U0120311

残雪 著

趋光运动
回溯童年的精神图景

湖南文艺出版社

序

　　无数的书写者都曾企图返回自己的童年。童年果真是能够返回的吗？人的记忆是最不可靠的东西，哪怕你深信不疑，像描工笔画那样一五一十地将某个片断描下来，却只是一件赝品，一种误会。往往，人和童年的距离比人同那些古代兵马俑的距离近不了多少，那是永远不会在重重迷雾中现身的庐山，是一去不复返的"好的故事"。我们在这个意义上可以说，童年便是艺术的起源，理解、感受到了童年，也便等于是入了艺术之门。

　　大概是由于不知创造为何事，我们才将童年丢失得这么彻底的吧。西方人总是回顾，那是真正的回顾，所以他们的时间里充满了一条一条的暗道，他们在文学中返回，在绘画中返回，在各种学科当中返回，那是何等精彩的表演，多么自然的再现。同他们相比，我们敢说自己是有历史的吗？历史不是讲出来的，而是做出来的，由于从来不行动，我们的身后便只有永远不变的混沌虚无。我们错将陈词滥调当历史。

　　人的深层记忆同样是奇怪的东西，不是链，也不是线，如果你坚持十年如一日的开掘，它就呈现出对称的几何图案，以囊括一切的气势向下延伸。如果你滞留在表面呢，它又还原为高深莫测的一团，使得你简直要怀疑你看到过的那个图形是否还在。是经过长时间的实践的检验后，我才知道，它是伴随行动呈现的，只要停下来，通道便又重新堵死了，只有不间断的开掘才会使记忆变成美丽的、有结构的东西。所以又可以说，是人创造出深层记忆，或者说记忆只会在创造中复活。我这本书并不是那种纯粹的结构，要看那个结构得看我的小说。也许这是一本将我的小说通俗化、浅显化的书。我想，深处的东西同表面的东西总是有相连的线索的，我也许还可以将这类线索称之为"痕"。不断地努力从你起步的地方寻找，终归会找到那些"痕"。起先这些"痕"似是而非，它们依仗于你的凝视而变成时间，变成你的历史。童年的世界就是"痕"的世界。

我今年五十三岁，我之所以坐下来写自己的童年，倒不是因为自己有了多大的把握，而是隐隐约约地有些小感触，又不愿放过，所以就来做一次努力，一次尝试。我相信，一定有某种长长的暗道，通到儿时长久地逗留过的鸡笼子旁边。那只下蛋的黑母鸡，我曾无数次用食指伸进它的屁眼里去探那些蛋……

某种灵光在人的一生中只闪现一次，然后便泯灭在一片黑暗之中。如果人在一生中不再去寻找她，她就等于从来没有过。一般来说，我们都是些没有童年的人，几乎所有的人津津乐道的，都是那同一个老套，怎么也弄不出新意来，真有点"白活了"的味道。上天是公平的，她给予过了；我们的民族却是可悲的，她从来接受不了，也记不住。这老迈的民族，徒有作为自然人的儿童的特征，却从未生出过真正的童心。可我还是要尝试……

写于 2006 年 12 月

目录

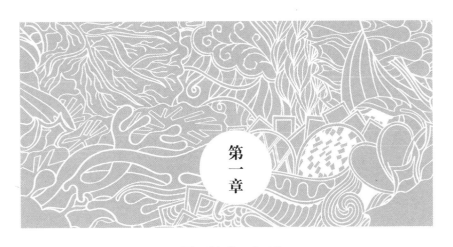

第一章

障碍与出路

01. 无法逾越的障碍

　　模仿是人类的天性，这个天性里头包含了如此巨大的功利，使得世世代代的人们乐此不疲，以至于遮蔽了人性中那个最为古老的源头。

　　我最早的记忆是三岁多时的一件事。似乎是，我从小就缺乏肢体模仿的能力。那时的幼儿园经常排节目，在我的印象中，我特别害怕这类活动。具体情形是如何的全不记得了，留下的只有深深的恐惧。似乎每一次，我都像个傻瓜一样站在队伍里，或茫然地跟着队伍移动。有一天，是周末在家里，父母要姐姐表演一个节目，好像是跳舞，姐姐是个乖女孩，马上表演了。接着他们又要我表演，那一刻我恨不得钻到地下去。但父母都是很执着的人，他们更起劲地催促我，于是我只得大哭起来，把大家的好兴致全部败坏了，搞得家人愤愤的。很久之后，当我已经成年时，说起这事来，他们仍然不理解，唱歌、跳舞，这类他们看作是儿童天性的事，对于童年的我来说是多么的不可能。虽然我在幼儿园的时间十分短暂，但连一首儿歌也没学会，更不要说跳舞了。我对幼儿园的唯一深刻印象就是每天盼着外祖母的身影出现在栅栏那里。幼儿园里的那些个游戏，还有风琴的曲子，它们到底是怎么回事？我从来没有弄懂过。

后来我上小学了，我是一个极为内向的孩子，具有惊人的自制力。这个阶段，我已经尝到了一些模仿的甜头。比如写毛笔字，我的手性是最差的，握着笔的手既发抖又没个定准。我很羡慕字帖上那些美丽的汉字，于是我花费了比别人多几倍的努力去练习，居然一跃成为班上毛笔字写得最好的学生之一，受到老师的表扬。在那个年头上学，还有什么是比老师的表扬更令人兴奋的呢？还有跳皮筋，我始终学不会通常的跳法，人家都是用脚掌钩皮筋，我却用脚背去钩，无论如何改不过来。但由于我付出的努力比别人多几倍，这种将错就错的跳法终于使我慢慢摸索到了接近正确的途径，后来我也跳得比较出色了。

在小学里面，只有一样事我学不会，而且那也是我生活中的最大恐惧。我说的是上课时的发言，尤其是语文课和政治课的发言。尽管天天听老师说那些听了昏昏欲睡的套话，如果要我模仿，则难于上青天。所以我读了五年多书，从来也没举过一次手主动发言。如果不幸被老师叫起来了，就脸涨得通红，声音像蚊子叫，句子不成句子。或干脆一语不发地站在那里受煎熬。这种可怕的经历一年里面有一两次。要是算术课或地理课就好多了，直接说出答案就是。现在看起来，如果要让少年时代的我学会那种"发言"，除非每天逼着我对镜子练习演讲，就像我练毛笔字一样，也许会有一点点进展。我的喉咙，我的舌头，这些肢体运动的工具，无论如何也没法将常人习惯的"话"说得流利。这也许是我二十多年后以笔为舌的直接原因？但也不尽然。在二十一世纪初，我接受过日本三大报纸的共同采访。在那次采访会上，我系统地叙述了我的文学观，流利地轮番回答了每一个记者的提问。我顺着自己的逻辑说下去，一下子就变得滔滔不绝起来，记者们都受到了感染。这里头确实有些神秘的东西，同每个人的语言系统有关。

我的身体并不是天生不协调。比如跑步，这种从幼儿时代就以最自然的方式发展起来的运动，我能够做得最好，不但跑得很快，姿势也很好。而游泳就不同了，我十一二岁才开始学，一直到二十七八岁还每年都去游，很认真地学，但我的最远纪录是两百多米，速度为半小时两百米。我终于放弃了对游泳的学习，但直至今日，我快五十三岁了，仍然每天跑步。也许我的身体的性能就是对于我的社会属性的一种形象描绘：我极难适应外界的活动，到任何"单位"都觉得别扭，却在三十岁时自立门户，干起了个体裁缝；我极为厌恶官话套话，打死我也说不来，却能够在自己的文学领域里自圆其说。

"文革"期间我放弃了上中学，就是对于那种我没法模仿的语言的恐惧。那时天天搞大批判，每天都要发言，我一想到这些事就像热锅上的蚂蚁。实际上，不上学使我找到了学习语言的正确的模仿途径——阅读文学书籍。这样，我不知不觉地学会了模仿，同时也保留了不模仿的权利。那时，为了从熟人那里借到一本小说，我可以在一天里头跑三十多里路。上午借来，匆匆地看，饭也不吃，晚上还得去还书。一本好书反复地读啊，抄写啊，甚至连插画都要用透明纸蒙着描下来。强大的动力将模仿变成了最快乐的事。

青少年时代，我读过哲学书、历史书和文学书。到头来，只有读文学书的那种模仿是永不厌倦的，那就如我童年时代的奔跑一样自然。的确，文学几乎就是我的肢体的语言，这种语言的选择性极强，但一旦学会，就有无穷的表演前景。我常想，我会要等到自己衰老不堪，连句子都记不起了的时候才会停止写作。在那个不要文化的时代，一本好书可以使我连续一个月生活在白日梦当中，那种梦就如同电视连续剧的回放，就连角色对话的语气之精微都能全盘保留，当然也被浓浓的自我的色彩所浸透。还有谁比我更乐意这种模仿呢？从这种意义上来说，也许我从一开始就是那种广义的"本色演员"。我的本色不是某一类的角色，而干脆就是文学艺术的本质。确实，我一辈子都坚信有一种这样的本质，它深深地嵌在世俗的事物当中，而我的使命就是将它表演出来。这种表演需要的不是那种表层的模仿技巧，而是一种深奥的灵魂复制的能力。我感到老天已经将这种能力赋予了我，我决不能将它白白浪费掉。我要将我内部黑暗混沌之处所发生的一切复制出来，我认定只有这，才是我所乐意的那种模仿。

我现在终于明白了，在我的青少年时代，为什么除了读文学书，其他方面的模仿对于我来说都是如此的艰难，或者根本就做不到；为什么我的肢体的活动常给人一种不协调的、难受的感觉；为什么我连人之常情都学不会。这一切，都是因为我内部的那个幽灵在保护着我的才能啊。如果我终于学会了那些事，如果我变得协调了，看起来顺眼了，我生活中的重心也就转移了。所有的心的渴望，都是向着愉悦展开的。一颗自由的心，就是一颗以最合理的方式发挥能量的心。我认为自己在漫长的写作年头里不断地获得过幸福。

02. 沉重的包袱

一早起来，我就在忐忑不安。班主任老师规定，这个星期里头每个人至少要做一件"好事"。而今天已经是最后期限——星期六了。如果再不抓到机会做好事，下个星期我就有可能挨批评。对我来说，当着全班人的面挨批评可是要命的事。我拿了两个馒头就匆匆往学校赶。前几天，因为去学校不够早，扫帚和撮箕都被人拿走了，我只好眼巴巴地看着同学们"做好事"，自己插不上手。啊，当时我真像热锅上的蚂蚁。如果我不吃饭就来到学校，也许可以拿到扫帚。但我又害怕那时同学们还没来，只有我一个人孤零零地扫操场。要知道过一会儿他们都来了的话，我在他们面前会多么害羞啊。就好像我是特意表现，做给他们看的。我想来想去得出了结论：我必须既不早也不迟，要选在刚好是那些经常做好事的同学到校的时间到校，然后混在他们当中去抢一把扫帚，这样就没人注意我了。最近经常做好事的同学有班干部也有"要求进步"的学生，有不少人呢。

我跨进校门之际，很快就发现自己到早了，到处静悄悄的。那么，扫帚拿还是不拿？拿的话，万一现在来了同学和老师，看见我一个人这么早在扫操场，他们会怎么想，我又会是多么的难为情！如果不拿，等同学们来了，还不知抢不抢得到呢。今天可是最后一天了，再也没机会了，要是被老师骂一顿，那才是更可怕的事。我选了一把好扫帚握在手中。糟糕，对面有个人来了。待他走到面前才看清是个工友，于是松了一口气。我一直走到操场尽头，靠食堂的拐弯处，这样别人就都看不见我了。我就在那个弯弯里面慢吞吞地扫着落叶。过了好一会儿才听见喧闹声，是他们来了，他们在我对面一字儿排开，扫过来。我连忙跳出来，对着他们扫过去，同他们会合。"咦，她也在这里！"有人吃惊地说。我很得意，在心里欢快地反复对自己说："我做了好事了！我做了好事了！"那一天晚上，我在日记上写道："我今天做了好事，做好事并不难……"

母亲反复强调说："要学好，要做好学生。"我知道她的言外之意。并不等于我搞好了学习成绩就是好学生了，我的成绩总是名列前茅的。但我的品行鉴定上总是写着："要关心集体，多参加集体活动。"母亲就是因为这个对我不满。

有人每天下课后不去玩，留在教室里将弄乱了的课桌一张张摆整齐，我应不应该和她一块干呢？可她是班干部，老师面前的红人，我什么也不是，我要去做的话，别人一定笑话我。我只有在大家都一齐做好事的时候才敢掺和在里头去做。比如从家里带一块抹布来擦玻璃，倒一倒垃圾。可是这种时候老师没注意到我，所以她对我的印象还是维持原样。大概她认为我是个阴沉的、不爱说话的孩子，对争当好学生没有兴趣。其实，我多么羡慕那些好学生啊。但我也知道我是当不成好学生的。我同那些好学生太不一样了，要让我变成他们那样，简直是要让太阳从西边出来。

好几年里头，我一直被"做好事"的沉重包袱压得伸不起腰来，因为老师每个星期都要总结班里头的好人好事。有几次，班上几乎每个人都得到了表扬，可就是没有我的名字。实际上，我每个星期至少做了一件好事，比如倒垃圾啦，比如捡干净地上的废纸啦。可是她没看见，班干部也没有向她汇报，我太不显眼了，做好事的时候又太爱害羞了，就像做贼一样。与此同时，很多人都喜欢当着老师的面为集体干活，老师一走，马上就把手里的活一丢。

老师反复在讲台上说："班级是个大家庭。"我听了非常害怕。因为这对我来说意味着每天都要做好事，还要去关心同学的困难。班上谁有困难？我不知道，因为我只同两三个同学有来往。我怎样才能担负起家庭成员的职责呢？在老师的授意之下，有一个成绩很差的同学主动来找我了。这个同学把我带到她的家里，是很破旧的木板楼，处在城市贫民窟里头。我兴奋得要命，那摇摇晃晃的楼梯，那又黑又小的房间，对于我具有多么大的诱惑力！我们坐在黑房间里聊天，快活极了。聊完天才开电灯，匆匆将作业写完了。当然我也给了我的朋友应有的帮助。但是我和我的朋友都不知道这种事情要向老师汇报，我们都懵懵懂懂的。我对这个同学的"帮助"持续了半个学期，我们一块玩了很多好玩的地方。我们的老师似乎忘记了这回事，也可能是我做好事的效果不显著，反正后来没有表扬我。到了下个学期，老师就不再要我帮助同学搞学习了。期末时我得到的评语仍然是："要多关心集体，关心同学……"我把我的学年记录藏起来，但家里人还是看到了。我感到我是一个有致命缺陷的人，时常心事重重的。所幸的是童年时的诱惑太多了，那些游戏常常可以使我忘掉自卑，重又同大家站在同一起跑线上。

我对作为大家庭的班级一点好感都没有，唯一留下深刻印象的就是同一个一个同学的交往。我最喜欢同某类女孩去她家。一般她们住在贫民窟里，属于"早当家"的孩子。她们一回家就要做家务：生火啦，淘米啦，做饭啦，洗衣啦。她们做起活来一举一动都那么优美，我简直看呆了！我由此知道，被我所厌恶的家务劳动（因为耽误了我玩的时间）还有这么大的乐趣。手工劳动那种宁静的、聚精会神的优雅铭刻在了我的记忆里。至今我仍然感叹：她们是多么美丽的女孩子！何等的有才能！

做不了好学生，又羞于同老师接近，所以也出不了头。现在看起来这真是很好的事。孤独感锻炼了我的意志力，还有独当一面的能力。更主要的是，孤独让我养成意识到自身存在的习惯，并得以将这习惯保持下去，使自己能在人生的重大关口做出正确的选择。在我那个时代，"不合群"是一个小孩最大的缺点，必须要加以克服才能走进社会。这种情形今天已经有所改变了。我时常鼓励家庭里的下一辈做不合群的事，希望他们能在某种程度上保持孤独。据我亲身体验，我接触到的某些小学老师是多么的糟糕啊，同四五十年以前比较起来似乎毫无进化，反而还有了新的问题。也许，一个孩子要真正有出息，仍然只好成为一个为集体所排斥的人？我所说的出息，当然不是指做官成名之类，而是做一个独立不倚的个人。

03. 交流的冲动

那是我读小学三年级时发生的事。

我在班上是一名不被注意的学生。除了成绩好之外，在其他方面很少有人关注我。我太腼腆，也太压抑，很难同人交朋友，也羞于在众人面前表现自己。大部分课间休息时间我都是坐在自己的座位上一动不动，看别人玩。只有当同学们的游戏缺人时来叫我，我才跑过去。然而这种时候是多么的少啊。一方面我害怕被人注意，另一方面，我又是那么渴望有人来叫我，注意我!

我们住的大杂院隔壁是一个食堂，食堂里长着一棵古桑，桑树的树干从瓦屋顶上伸出来，巨大的华冠伸展在我们院子的上空。到了夏天，古桑就结出很多美丽的紫色桑葚。风一吹，成熟的桑葚掉在院子里和屋顶上。围墙的下面有一堆水泥板，从那上面可以爬到食堂的屋顶上去捡桑葚。我几乎每天都要上去一小会儿，从离得最近的那些瓦缝里捡桑葚，捡回来洗干净，当水果吃。这一天，我决心要捡一大捧桑葚带到学校去，让同学们都来羡慕我，问我要吃的。我也要表现自己一回。上课的时候，我被这个计划暗暗地激动着，几乎都没听见台上老师在讲些什么。

中午吃过饭之后，我就迫不及待地和朋友一起爬上去了，当然是瞒着大人的（他们正在睡午睡呢），不然要挨打。

啊，收获真不小！都是刚刚掉下的，那么新鲜，那么饱满，看了都馋得要流口水了。但我一颗也舍不得吃，都放在手巾里头。很快屋檐这边的都被我们捡完了，但是靠屋脊那边还有几十颗最大、最好看的！我几乎不假思索就往那边的瓦上踩去，一下就捡了十来颗，简直心花怒放。踮着一双赤脚下来的时候，突然脚下的橡木"咔嚓"一响，我的半个身子立刻陷下去了。当我终于用力爬上来时，几乎魂都被吓掉了。"啊呀！啊呀！"我的朋友喊道。但她马上停止了喊叫，因为我已经上来了。手巾里头的桑葚始终被我紧紧地抓着。我们下到地上时，朋友嘀咕道："以后再不来捡了。"我也是这样想的。

那天下午在班上，我感到像过节一样快乐。男同学和女同学一轮又一轮地来找我要桑葚吃，连课都上不安了。我一次给他们两颗，他们都很馋，吃了又来要，还好奇地问："哪里捡的？告诉我吧，告诉我吧……"我当然不告诉他们。实际上，我心里正忐忑不安呢。我的不安并不是自己刚刚遭到过大的危险，而是害怕被我踩塌的那个大窟窿生出事来。万一调查出来了呢？我的朋友会不会讲出去呢？可是看着同学吃我捡来的桑葚，被人需要的感觉是多么好啊。我第一次成了大家注目的中心。

一连好多天，我在家里都很不安，不敢看父母的脸。在宿舍里，我也是躲躲闪闪，尽量少露面。然而一切都很平静。

直到过了一个月之后，才隐隐约约听人说起隔壁食堂屋顶上的那个大窟窿，但并没有提到我的名字。一定是围墙那边的人过来告状，但没有抓到现场，最后就不了了之了。当年秋天，那棵美丽的桑树就被锯掉了。

如今我仍然不理解，当时我哪里那么大的勇气，一脚就跨过了危险区。要知道，那是一座多年失修的房屋，瓦片下的椽子几乎全都朽坏了，我真是胆大包天啊。而我的朋友，一直小心翼翼地扶着墙在靠屋檐这边活动。

04. 封闭与敞开

一般来说，害羞内向的孩子往往自我意识较强。小时候我很怕见生人，如果父母向客人介绍我，我总是满脸通红，恨不得立即跑开。到外面去同人打交道更是紧张得不行。七岁那年，父亲带我到食堂给家里买饭菜。他在那边买菜，叫我在这边排队买饭。我随队伍移动着，快到那个窗口了，我的全身都在发抖。啊，爸爸怎么还不来呢？我终于绝望了。怀着赴死一般的决心，我将饭篮子放进窗口，用力提高了嗓门喊道："三十两（即三斤）！"可是因为太慌乱，我将饭票掉了两张。里头的师傅说饭票不够。幸亏父亲过来了，从地上捡起那两张饭票补上。后来这事成为家里的笑话。

我到底怕什么呢？我真的是对生人感到害怕吗？细细一想，恐怕最怕的不是别人，而是暴露自己吧。向不熟悉的人敞开自己，又不知道别人会如何看待自己，对于我来说是需要极大的勇气的。我自己是自成一体的，所以特别"幼稚"，特别不懂得社交的礼仪，而且也学不会。那个时候的"自我"，是模模糊糊的，见不得人的影子，在光天化日之下总是缩到墙角的。

上学以后，最害怕同老师在外面邂逅。老师对于我来说当然也是很陌生的。我应该向她（他）打招呼吗？还是装作没看见？或者躲开？大部分时候我远远地看见了那个身影就躲开了。也有的时候躲不掉（狭路相逢），我就红着脸叫一声"老师好"。当然，我从来没有主动同老师说过话，那对我来说是无法设想的事。

被"外人"打量，同人打交道是多么可怕的事啊！这种时候，我总是深感自身的褴褛和不像话，我不知道要如何开口才是体面的，合乎规范的。每一次，我都希望自己这副不自在的身躯马上消失，或希望煎熬快快结束。然而事情还有另一面。同家里的姊妹，同我的那几个朋友在一起时，我总是那么急于敞开自己，要将自己的新奇念头告诉对方。很少有人像我那么渴望交流的。而且我对于别人的故事也怀有非同一般的兴趣。和伙伴在一起时，我的话很多，谈自己，也听别人谈。天南海北的竟可以聊到半夜还不睡，兴奋得要命。

成年之后我虽然有了一定的自控能力，但仍然在社会上难以立足。我只要进入某个单位，便会陷入自己永远适应不了的泥淖。虽然我也懂得那里头是什么样的黑洞，那些复杂关系是怎么回事，但我就是处理不好。因为我缺乏那种文化性的本能反应，也不打算学那一套，所以在任何单位都是个"异己"。

一个人的作品，就是他在几十年里头塑造出来的自我的形象，精神的世界。我的小说世界排斥读者，一般人很难进入到里头，那种封闭性令人生畏。我的用词造句都极为朴素，从不用生僻的字句，但一般读者就是有难以逾越的障碍。这是因为我从不写大家所公认的这个世界里的事，我将这个所谓的"现实"世界看作一个表层的世界，我的兴趣在海上冰山下面的部分。只有属于夜晚，属于人的原始欲望的东西才是我的书写范围。然而，属于原始欲望的描写应该具有最大的普遍性，所以我的古怪的作品又是向一切关心精神事物的人们敞开的。读这样的作品不需要很高的学识，只需要敏感性和渴求，以及一定的阅读现代主义的经验。我是多么渴望交流啊。交流使我仿佛回到了少年时代与伙伴彻夜畅谈的情境，每一次都是一个意外的惊喜，一件无价的礼物。在交流中，坚冰被打破，作品的形态浮出海面，闪烁着异域的光芒。那些作品就是我，是通过交流而成形的我，那么开放，那么自豪，而且坚不可摧。但大多数时候，作品在海底沉睡，它们等待勇敢的探索者来激活它们。

残雪作品（也是一切现代艺术作品）所包含的这种阅读的二重性，是由几十年的坚守自然而然形成的。几十年前那个怕见人的影子终于发展成了一个庞大的小说世界。

05．一次机会的失去

儿时的我，对语言的领悟能力极强，可是对人际关系的领悟能力极差，属于那种特别"嫩"的类型。

我去报名上学时，老师拿出一个识字本，那上面的字我大部分都认识，可是由于腼腆害羞，我一律摇头。最后哥哥着急地说："一个字都不认得会报不上名！"于是我才勉强随老师的手指移动说出了三个字"毛——主——席"。我就成了一年级的小学生了。

那位女老师戴眼镜，长得很秀气。她似乎是很快就发现了我对语言的敏感，上课总叫我起来回答问题。有一天，她在班上宣布说，我已经被任命为副班长。她说完这句话大家就拍起手来。我是多么受宠若惊啊！我的脸涨得通红，宛如在梦中。我，竟然要当副班长了。接下来便是恐惧，因为我不知道副班长意味着什么，与别的同学有些什么不同。

有一天，老师在放学时宣布，班长和副班长第二天要提早到校，到少先队活动室去，学校有任务安排。这几句话我当时好像听懂了，又好像没听懂。我只知道有一点是肯定的，那就是明天我必须提早去学校，去少先队活动室。那个地方我从来没进去过，只是凭感觉猜测出它的大致的位置。

唉，多么可怕的一件事啊，明天我怎么办啊，我可要鼓起勇气啊。那天夜里，我想啊，想啊，对这件事无论如何想不出个头绪来。

第二天我早早地到了学校。一进校门我就往那间放队旗和队鼓的房子那里跑。房子的门关得紧紧的，再看周围，一个人也没有。怎么回事，也许我来早了？那就等一等吧。可是等了好久，还是没有人来。为什么班长也没来呢？有几个老师手拿馒头一边吃一边过去了。又有几个学生也过去了。他们看都不看这间房子一眼。我突然感到很窘迫，赶快站到房子的对面去了。我在那边眼巴巴地看着这边，企盼奇迹出现。到底怎么回事嘛？难道我找错了地方？我又在周围转了一圈，觉得只有这个房间有点像，因为这里不但放队旗队鼓，排练节目也是在这里面，我曾见到高年级的学生在里面唱歌跳舞。可是他们为什么还不来呢？等的时间多么漫长啊。终于，上自习的预备铃响了，我被吓了一跳！啊，不会再有奇迹出现了，根本就不会有人到这里来！到底是哪里出了问题呢？我，一个一年级好学生，怎么会连老师的话也听不懂呢？

我快快不乐地走进教室坐了下来。她，也就是叫我去少先队活动室的这个班主任老师，这个清秀的戴眼镜的胡老师，她进来了。我坐在一排，她最先看到的肯定是我，可是她一点也没有惊奇的样子。她拿起书，带领大家读课文。第二节、第三节课还是她上，她没提到那件事。我以为她总会提到的，但她以后再也没有提到。

不知不觉地，我这副班长成了挂名的，老师再也没有交给我任何任务。而我，对于那一次去少先队活动室的事百思不得其解。后来我已经弄清了，那间房子的确就是少先队活动室。但那天早上为什么没有任何人到那里去呢？为什么班长也没到那里去呢？我是不敢问班长的，那个小男孩，我从未同他说过话。他是老师所信任的红人，名副其实的班长。

这是我命运中第一次做人上人的机会，而我，稀里糊涂地将它错过了。是我错过了，还是我的老师改变主意了呢？这种事情再也搞不清了，而后来在学校也再也没有这样的机会了。

第二章

极致与美

01. 追求极致

由于早年家庭遭难，落入最底层，加上过了三年的"苦日子"，其间患上肺结核，童年的我身体的营养状况是极差的。我记得凡到我家来的亲戚朋友，见到我那副样子都很吃惊。我不是一般的瘦，而是极瘦，皮包骨头的那种，我的皮肤也不是一般的苍白，而是白得像纸一样。小学毕业时，我的个头不矮，体重却是全班最轻的，只有不到三十公斤。我的内心同我的外表形成巨大反差，我虽瘦，又属超级过敏体质，却并不弱。不但不弱，还强烈得不可思议，皮包骨头的体内日夜燃烧着纯净的欲火，不断寻找着突破口。从本性上说，我是一个对外界充满了好奇心和沸腾的激情的小孩，什么事都想尝试，一旦入迷，很有点走火入魔的味道。所以我的童年既是阴郁的、孤独的，又是狂热的、充满激情与想象力的。反差之大确实令人费解。

我是一名荡秋千的高手，我身体轻，力气也不小，更重要的是我几乎是出自本能地学会了利用惯性。我在空中越荡越高，差不多要和秋千架平行了；我记得我已经超过秋千架的高度了。多么的回肠荡气啊。然而暑假到了，我不能再去学校荡秋千。我郁闷，我在郁闷里开动脑筋，对门口那棵高大的谷皮树打起了主意。只要弄来绳子，就可以自己造一架土秋千。那个时候，绳子是很贵的东西，是用来晒衣服和捆箱子的。如果动用家里的棕绳是要被打死的。我想到了报社里面捆纸的草绳，那些绳子都收在一间杂屋里，我看到过。下午，我约了一个隔壁的好朋友去报社偷绳子。我们来到那间杂屋外面，看见最上面的那扇窗没关，便一前一后从那扇窗爬进了屋子。啊，我们置身于一个绳子的世界了！那么长，那么新的草绳！于是选好了一大堆。我的朋友先爬出去，我在里头将绳子往外面扔。扔完后我再爬出去。我俩一人手上挽一大卷草绳，没命地从后门奔出了报社。回到家，我爬上高高的谷皮树，将绳子挽在一根横着的树枝上。一边四根，共八根。我的判断是，即使绳子断了，也不会一齐断掉，所以不会有危险。八根草绳在下面打成结绑上一块木板，就成了秋千。这架秋千我们玩了一个假期，虽然远不如学校的秋千好用，毕竟在某种程度上解决了我的饥渴，尤其是行动前的策划，那是我永生难忘的体验。这架能飞上天的秋千后来进入了我的小说。

我终于到了自己能看懂文学作品的年龄了，那大约是十三岁吧。我一下子进入了一个比现实更为刺激的、瑰丽无比的王国。虽然只有有限的几本小说，但都被我翻来覆去地读得烂熟。

一般来说，我最入迷的是那些描写爱情的段落，至于其他描写，就随便带过了。我的阅读速度极快，但每本小说里的爱情描写我都几乎可以背下来，那是反复阅读和揣摩的结果。那几本书是母亲从图书室借来的，其中有《钢铁是怎样炼成的》《青年近卫军》《苦菜花》等等。我忽然就得到了《红楼梦》的全本，可是我一点都不耐烦看那些烦琐的描写，我只看宝、黛、钗的爱情。每天废寝忘食地看，不知看了多少遍，揣摩了又揣摩，还用透明纸蒙了一张宝玉哭黛玉的画像，然后用毛笔描出来。那也许是我第一次将爱情同死亡联系起来的尝试吧。从那以后，我读得最过瘾的爱情描写就是那种极致的描写，爱到死的那种。

我认为这方面的顶峰是《安娜·卡列尼娜》。我读完托尔斯泰的这本书之后一连好几天精神恍惚，既深深感到命运的可怕，又感到人生的强大吸引力。显然，我的神经是极为强韧的，我渴望读到更多这种类型的书。几年下来，我已经熟悉了俄罗斯文学。我私下里认为最好的还是《安娜·卡列尼娜》。这还要归功于那个时代的优秀的翻译家，如今他们大都已不在人世了。如果要问有什么因素促使我后来去搞文学的话，这本书可能是最重要的因素之一。就像我决心要将秋千荡到超出秋千架的高度一样，安娜的形象既让我体验到那种回肠荡气的自由感，也让我领略了地心引力（也就是死神）的阴森可怕。我能在青少年时代就接触到最高级的文学，这实在是一种幸运。也许那时在下意识里，追求终极之美已成了我的宗旨，只是我还不知道而已。那就是光，只要有她，生活中的一切都会被照亮。所以在后来的日子里，哪怕物质生活再贫乏，个人"前途"再暗淡，我也从未产生过哪怕时间短暂的颓废。我总是兴致勃勃地投入生活，托尔斯泰的理想主义将我带到了一种更高的境界，在那里，中国文化的淡泊、无为或不可知论是受到排斥的。只要我醒着，我就在策划改变自己，也改变别人。当然在梦里，我也在做同样的事。我没有正式写，也没想到要写（因为没有发表的可能），但我的个人生活一直在冥冥之中围绕这个中心做准备，如今回想起来真有点奇怪。

进入到文学的更高层次是通过阅读卡夫卡和但丁来达到的。我接触这两位作家的作品时，已经做了母亲，过着平淡的家庭妇女的生活。那个年代，大家都在准备考大学，而我刚生了孩子，并决心自己来带小孩。我一边做着烦琐的家务，一边体验大师的境界。忽然有一天，我感到自己能够进入那个境界了。却原来，这个世界上还有另外的一种文学。我说不出那是什么样的东西，我只是感到，这是一种将我整个身心都吸进去，然后对我进行再造的文学。这种文学由于艺术家的真正意图隐藏之深，是很难读懂的。如果你不全神贯注，如果你的体力不够，你的思维就飘荡在词语的表面，抓不住底层的结构。但一旦你从某一点上进入到了作品内部，世界就完全变了样。这样的文学，她不是要描绘人某一方面的情感，她要描绘的，是人的本质，人的原始冲动的形式。而人的一切表面的、社会的生活，都是受到这种冲动的制约的。当然，那个时候我还说不出这些道理，我只是被强烈地吸引，又因为被吸引而更加努力地去阅读。我读《城堡》《审判》，读《神曲》，读《野草》，一遍又一遍地重复。我渐渐感到我里面有个东西要出来。我想，也许，我有让它出来的能力。直到我成为成熟的作家以后，我才知道，原来我所具有的，是复制灵魂的能力。于是我将这类大师们的文学称之为"灵魂的文学"，而将我自己的写作称之为"新实验"，即，拿自身做实验的写作。

02. 希望与行动

　　我曾万分羡慕小学同学们饲养的那些蚕宝宝。蚕宝宝吃桑叶的样子是多么的优雅，如果凑近去听，它们咬啮桑叶时发出的"嚓嚓"响声简直令人心荡神摇。有一位男同学的蚕宝宝已经变成了很多茧子，那些雪白的茧子当中竟有一颗金黄色的，金色的茧子略大于其他的茧子，椭圆的曲线尽现皇后的风采。啊，我多么想拥有！后来到了朝思暮想的地步。

　　终于有一天，我得到了几粒蚕卵。同学说，要放在贴身的口袋里蚕宝宝才会出来。于是我将蚕卵用棉花裹着，放在衬衣口袋里，紧贴着胸口。几天后，比蚂蚁还小许多的黑色小虫咬破壳钻出来了。一共出了两条。我连忙将它们用棉签粘住，放到同学送我的桑叶上面。蚕宝宝一天一个样，几天后就成了白色的、体态圆圆的小虫。可是食物成问题了。没有桑叶，用莴笋的叶子代替，两条小虫一天天瘦下去。好不容易盼到了星期天，吃过早饭就带了弟弟们去公园采集桑叶。没想到公园里的桑叶也不见踪影了，只剩下光秃秃的桑枝，大概是因为养蚕的小孩太多吧。沿着人工湖走了一圈，差不多都要绝望了。忽然眼前就出现了一棵伸向湖面的老树，一根旁枝上头还零零星星地有一些桑叶。那一刻我的心都跳到了喉咙口！于是小心翼翼地爬上树，将桑叶采了下来，用手巾包着，有满满的一捧！怀揣救命的食物，和弟弟们赶快往家里赶。

回到家却发现放蚕宝宝的小纸盒不见了！我心急如焚，将家中每一个可能想到的地方都找遍了。我明明放在皮箱盖上，早上出发前还观察了它们一阵，怎么会不见了呢？找啊，找啊，那一天余下的时间都在找，简直焦虑得要发疯了。然而还是没找到。我成了世界上最最沮丧的人了，连哭都哭不出来。晚上，我将那一包救命的桑叶浇上水，仍然心怀希望：说不定一觉醒来，蚕宝宝就出现了呢；说不定我将它们放在一个最安全的地方，自己忘记了，睡一觉就想起来了呢。但是奇迹并没有出现。第二天，第三天，第四天，仍没有出现。桑叶终于坏掉了，希望彻底破灭。

直到一个月之后，因为打扫卫生搬动那一堆箱子，我才在箱子底下发现了我的蚕宝宝。打开小纸盒，枯萎的莴笋叶上面的两条蚕宝宝都成了灰色的干尸。一定是家里人开箱拿东西，没注意到箱盖上的小纸盒，盒子就掉下去了。当我终于找到蚕宝宝的尸体时，却并不那么悲伤了，大概这个时候，激情和狂热都已经变成灰烬了吧。然而我记得过了好多年，我还在梦里发了狂似的寻找我的宠物。那是我的最大的一次幻灭，可是我努力过了，也就没有什么遗憾了。

我很想拥有一支"永久"牌的钢笔。那时我还没有用过正式的钢笔，我的笔是父亲拿一支用坏了的笔改装的。他将磨光了的铱金笔的笔尖拉下去一点，再到麻石上面磨尖，就成了一支样子有点古怪的钢笔。他干这件工作花费了好几个小时。这支钢笔写字很流利（可见父亲还是很内行的），但笔迹有点粗。我更喜欢那种细细的笔迹。

暑假到了，有些小孩子到街上去推板车，我也是其中之一，并且是对这项工作最狂热的小孩。因为推一次板车可以赚一到四分钱，假如你运气好，碰到一个拉长途板车的，一次就可以赚一毛钱，甚至一毛二分钱。我的样子极为瘦弱，拉板车的工人一看到我就砍价，别人给三分，到了我这里就只有两分或一分。但我不气馁，不就多花点时间吗？还有什么比这种有希望的工作更有刺激性呢？推啊，推啊，眼见放在铁筒里的硬币一天天多起来，关于钢笔的想象也一天天变得鲜明而急迫了，这真是磨炼耐心的工作。一支"永久"至少要一块两毛钱，而每天推板车只能赚五到六分钱，还要天不下雨才有赚。但这些都难不倒我，暑假不是有两个多月吗？我更起劲了，南方最为酷热的那些天，别人都在家中歇凉，我还是痴心地站在滚烫的柏油马路边等雇主。我一定要赚到一块二！一回我和另外一个女孩推长途，推到郊外去了。卸完货，那位工人将空板车套上"回龙头"（一种机械轮子），让我和伙伴坐在上面回家。车子踩到城里了，我想下去看看，工人放慢了车速，但我还没等车停下就往下跳，并且是往后跳，一下被甩出好远。这时正有一辆卡车经过，只差两尺远就压到我了，同伴和工人都吓坏了。捡回一条命的我却并不怎么后怕，也许那时是麻木了。

终于赚到一块二毛多了。于是去买钢笔。在城里跑了五六个文具店，都是那种黑笔杆的"永久"。我很想要一支彩色笔杆的"永久"，我见到同学用过。顶着烈日将大店子和小店子都找遍了，终于在一个偏僻的店子里发现了一只绿色的"永久"。让店主拿出来，左看右看拿不定主意，因为不如同学们的"永久"好看(也许他们的笔比这要贵)。"绿钢笔好看呢。"店主和蔼地说，我感到他看穿了我的心思，于是一下子脸红起来，赶紧伸手到口袋里掏出那一大把硬币。他在柜台上数了好久才数清。然后钢笔就归我了，没有盒子，只有单单一支笔。那支绿色的"永久"我用了好几年，写起字来笔迹的确细细的，但远不如父亲给我的笔流利。后来不知被我怎么弄丢了，我不太爱惜东西，大概对我来说，只有追求过程才是最有意思的，那时也不注重要留个什么纪念。

也许，我是最善于给自己制造希望，也最善于将这希望变成行动的人。1979年我生了儿子，失去了工作在家待业。到了1981年、1982年，找工作的希望依然渺茫。一边在家带孩子一边看书，日子过得很郁闷。有一天，一个想法慢慢成形了：我要和丈夫一道自学缝纫，以此来养家糊口。说干就干，我立刻就开始在家里那台旧缝纫机上练习制作，将旧衣服、旧裤子拆开，再按缝纫书上的步骤重新缝上。反反复复地练习，有时搞到凌晨三四点钟还不睡觉。丈夫则每天下班回来用报纸练习裁剪，也要搞到凌晨一点以后才睡。当时我们家里仅有两本《上海服装裁剪》，那是我们全部缝纫工作的指导老师。这样努力了三个月之后，第一位顾客上门了（熟人介绍的）。然后是第二位，第三位……梦想成真，我们马上开始赚钱了。我们的缝纫以式样的新颖、时尚为特点，也做特体的老人服装。量体裁衣，为顾客着想，使得我们的生意很兴旺，不久就带了四个徒弟。做不完的工作赚不完的钱，虽然累得要命，却是多么的兴致勃勃、情绪高昂。就这样，我和丈夫无意中成了最早的"个体户"。但我志不在此。我虽然也对缝纫有浓厚的兴趣，却一开始就是将它当作谋生的手段——我心里放不下我所酷爱的文学，之所以搞缝纫就是为了打好经济基础来从事文学创作。大约开业之后半年多，我就开始了写作。我的第一篇作品就是在文坛上得到公认的那篇《黄泥街》。那是在什么样的环境里头写出来的啊。白天帮顾客量身，出式样，管理各项事务，带小孩，还要见缝插针地在笔记本上写下我的灵感。到了晚上再将那些片断整理好。

我成功了，并不完全是俗话说的"有志者，事竟成"。关键的关键是你体内那不息的冲动，以及顽强的意志力。一个人如果能始终忠实于自己的冲动，不为外界的蝇头小利所动摇，他总会达到某种自由的境界。

03.锤炼

　　我的脚板光滑而柔嫩，脚后跟几乎没有茧子，一直到十来岁都是这样。在夏天的四五个月里，很多小孩都打赤脚。这一方面是因为家里穷，另一方面也是因为打赤脚方便又可省钱。我是一个女孩子，如果我要穿鞋的话，家里还是有的，但我坚持要打赤脚。每年夏天刚开始的时候，我的脚踩在那些小石子和瓦片上是有些痛的。但我更加努力地去踩，我要让脚板底很快长出茧子来。果然，半个多月之后脚就适应了。天天打赤脚，难免有意外。一次在学校操场玩追跑的游戏，踩在破玻璃瓶上头，将脚趾划出一寸长的伤口，能看见白色的肌肉。我一步一脚血印，回到教室找出纸来暂时缠着，居然没发炎，十天以后就好了，照样打赤脚。在我四十八岁时，脚板的一个旧伤口发炎，只好去医院做小手术。这是十岁那年被脏瓷瓦扎破留下的伤，那时的医院没给我清创。

能挑重担的小孩真让人羡慕！我决心要练习挑担子。可是家里认为我太瘦弱（皮包骨头），也太小（十一二岁），不让我挑。我就自己练习挑了几担水，压得靠颈脖的那根筋很痛很痛。一有机会我还是练习，后来我终于拿了家里的煤折子去买煤了。我用两个竹箩筐挑了五十斤煤回来，父母对我大加表扬。那时我的体重也就五十多斤吧。我挑东西的样子很难看，背伸不直，也走不稳，但我还是坚持要锻炼自己。我从小就有苦行僧的倾向，究竟是为了什么并不十分清楚。就是愿意吃苦，更盼望自己在吃苦中看到自己不断长进。这也许是家风的影响，也许是我天生的完美主义吧——我希望自己变得越来越强大。到十三岁的时候，我挑得起七十斤了，那时我的体重才六十斤。可以想见挑担子的姿势是多么难看，多么惊险！幸亏父母上班去了，没人管我，不然要挨骂的。

听老师说长跑可以使人的体质强健，我决心来练长跑。我是那种有心思的女孩，决定要早起，夜里就睡不安。五点钟，天还没亮，我就蹑手蹑脚地溜出去了。市中心的操场那么大，雾蒙蒙的，一个人也没有。我跑得很快，连跑三圈，然后再跑回家。我一连跑了好几天，终于被父母发现了，遭到一顿恶骂。他们担心我天没亮就出去不安全，也担心我跑出病来。没有办法，只好起床晚些，跑一圈，或早点到学校去跑。尽管很愿意锻炼身体，但由于营养差，不会保护，又属过敏体质，还是常生病。一生病就是高烧，打青霉素。我多么羡慕那些运动员！我幻想自己长大了也会变成他们那种样子，有美丽的体格。我的锻炼看不到成效，但我从不气馁，也不放弃追求。我老这样想："总有一天，总有那么一天的……"当然，我等到了那一天，是很久以后，我十八岁时。我忽然长成了苗条的少女，我的身体柔韧而又有耐力，充满了活力，走在街上路人的回头率相当高。谁会想到我小时的绰号是"豆角子筋"呢?

从我拿起笔来写作的那一天起，我就开始了正式的长跑。我跑过很多地方，有什么条件就在什么地方跑——马路上啦，街心公园啦，河堤上啦，小区内啦等等。可以说，我的作品全部是"跑"出来的。长跑令我情绪高昂，将抑郁之气一扫而光。肢体越运动，潜意识越活跃，创造力也就越大。二十多年了，我从长沙跑到北京，在北京又跑了五年了。我已快五十三岁了，但仍感到体内还沸腾着活力，我的创造力甚至超越了青年时代。一本又一本的新书源源不断地出来，我对新事物仍然是那样充满了渴望，而创新，永远是我的写作的宗旨。就像有神灵指示一样，从一开始我就悟出了运动同我这种特殊的写作之间的关系。像我从事的这种潜意识写作，很少有人能够做到丰产，而我做到了，并且越写，身体反而越好。当然并不存在什么神灵，只不过是从小就铸就的理想主义生活方式在起作用：从前，我向往体格上的完美；今天，我的身体属于写作。而我的写作，是我活的方式，至少目前，我一刻也不能停止。

04. 企盼奇迹

　　学校给我们每人发了两粒蓖麻籽让我们拿回家找地方栽种。还说了一些好处，如蓖麻可以用来制药、制润滑油之类。我没听懂，还以为是可以榨出炒菜的油来。那个时候，油是多么宝贵的东西啊。后来将蓖麻种在山坡上的红土里头了。夜里想着这事睡不着，两株蓖麻可以结多少蓖麻籽啊，收下种子后，明年再扩大栽种，栽它一大片土，然后卖到药铺里去……

　　以后日日往山坡上跑。终于看到两根小芽发出来了，长了叶片了。那么可爱，就像是我的女儿。只要一放学回来就浇水，决不马虎。然后还要左看右看它好一会儿。可是蓖麻在出叶片的第三天就遭难了，到底是什么东西咬掉了它的叶子呢？是虫子，还是鸟？我万念俱灰地站在那里，脑子一下子麻木了。那也许是我人生中第一次希望破灭。当时是七岁。

少年时代我不太会干活，手也比较笨，也不善于模仿。但很少有人像我那样对某件工作寄托那么大的希望，在工作时萌发出那么多的遐想和激情，甚至完全脱离了现实。

有一天，我和同学们在一个织布厂搞劳动，我们每个人都在车间里捡到了许多彩色的纱头。我从未见过那么鲜艳、美丽的纱，怀揣那一大堆宝贝简直心花怒放。后来同学们大概觉得那些纱头没有什么用处，就随手扔掉了。我弯下腰，将它们又捡起来，粉红的啦，鹅黄的啦，浅绿的啦，天蓝的啦，美得令我心疼。我对色彩有着那么大的敏感！

整个回家的路上我都心潮澎湃。我正在用白棉线织袜子，我决心将这些纱头织进袜子里头去。也许，我会拥有一双公主穿的，彩色图案的袜子，穿上它，所有的人都会羡慕我！织完这一双，我还要给我的好朋友也织一双，让她吃惊得眼睛瞪得像铜铃那么大！

我用粉红的纱头在袜筒上织出了第一排悦目的方块，啊，美得没法说！立刻跑到隔壁去给我的朋友瞧。"咦，怎么这么好看？"她说。我激动得血都冲到了脑袋上，于是继续往下织。我打算第一双就用天蓝和粉红相间的图案，我坐在家里一动不动地忙乎了一下午，手都织得发酸了，脖子也僵硬了，热情始终高涨。这将真是一双公主穿的袜子，好看得没法说啊！比新疆姑娘的衣服还要鲜艳，还要抢眼呢。然而问题很快就出现了，那些纱头太硬太硬，将我织的袜子撑得像帆布一样，根本就没法穿了。我用力揉了好久，一点都没有，袜筒还是那么硬。那不像袜筒，倒像一只靴筒。我的心一下子冷了，脑袋里飞快地掠过一个念头，怪不得同学们都不要这些纱头……

那只织了半截的袜子后来始终放在抽屉里，一看到那些美丽的色块便会回想起当时的激情和想象。

我创作之际总是脑海空空的，我什么都不想，也不构思。也许那种瞬间我回到了童年时代，也许我的心灵在乞求："奇迹降临吧，奇迹降临吧！"这些发生在自己潜意识深处的事我都不知道。我只知道一件事，那就是只要我一动笔，就会有奇异的、生动的，一时难以释义的句子从笔尖流出，它们那么迫不及待，就好像已经在我里面等待了几十年，或更久。是啊，我确实等得太久了，我的执着，我的虔诚，终于得到了报答。如果用力去看，看到深处，就会发现，这些文字，这种奇特的结构，不就是我儿时编织的那双"公主袜"吗？那痛苦，那欢乐，那企盼，全都包含在内，那么饱满，那么灵动。

05. 高潮的平台

　　我不是冲刺型的作家。很多作家的作品曾达到炫目的高峰，就是这种冲刺的结果。而我，每个时期有每个时期的高峰作品，并且绝不止一篇，它们在那个时期聚成一个平台，虽不那么炫目，却也是名副其实的空中楼阁。我想，作品的这个特点同我的性格、力量的类型是一致的。

　　我从小学四年级开始练短跑，我的成绩一直领先，属于跑得很快、有爆发力的女孩子。我的爆发并不体现在冲刺上头，而是一听到起跑的哨声就爆发，可以持续较长一段时间。似乎是，我的爆发有一个极限，那同心脏的承受能力是一致的。我总是很快就在奔跑中达到极限，然后就在那个极限的速度上延续下去，不论五十米、一百米、两百米，还是更远一点，我都是以相类似的形式奔跑。如果在高速的平台上别人再叫我冲刺，我就觉得有心脏破裂的危险（总之难受极了）。所以，也许我的速度并不那么惊人，但于我自己却是达到了极限。也许用专业的训练方法还可以提高，不过我认为像我这样一冲动起来就可以达到极限的人并不是很多。这个特点完完全全地体现在我的创作里头。我写小说，不写则已，一旦开始，必定要超出常人的想象，到达陌生的、从未有人涉足过的领域，沉浸在那种空中楼阁般的风景里，并且始终不肯降格。每天我都要在这样的极限处凭自己的体力持续一段时间，写下七八百，或千把字。由于已经成了老手，一发力就能到达那个领域，多少弄出些奇思异想来，所以虽然辛苦，倒也还是心中有数似的。对于我来说，关键是要冲动起来，而这件事，同我儿童时代的短跑并没有什么两样。我的大脑某处有个开关，只要一触动那里，我便进入了冥思，剩下的工作就只是如何将它更好地持续一段时间了。我从不从外部去直接获取灵感。文学、新闻之类，我是关心的，但这些东西唤起的情感只是一种积蓄，要待它们转化成潜意识之后才会发生作用，创作时我是不去管它们的。发动冥想便是下意识地（我这么认为）调动这些转化了的积蓄，在运作中将它们应用到作品里。

　　后来学校建起了两个秋千架。我可以很快地将秋千荡到令人羡慕的高度，在半空中有把握地、激情地飞翔，持续相当长的一段时间。我总是竭尽全力做这件事，我的秋千快要同秋千架平行了。但是我看到过还有男孩子可以荡得更高，我暗下决心要向他看齐，但同秋千架平行仍然是我的极限，我只能在自己的能力范围内发挥到顶点。那是何等激情的美的旅行啊，两眼不看地，也不看天，只"看"眼前的风，因为只有这样才不会头晕，不会失去方位。也许我看见的是我体内的律动吧，顺应它才会达到理想的高度啊。荡秋千的原则后来也运用到创作中去了。我的写作是没有参照物的写作，我发力，写下文字，文字的参照只能是心的律动。那是什么样的一种参照呢? 有点神奇，有点说不清，有点类似儿时荡秋千的情形。方位不在外部，而在内部。所以我小说中的文字总是以奇特的方式跳舞，我在那种风景里似看非看，一心二用。

我早就失去了荡秋千和搞短跑的肢体能力，我将那种能力转化成了我运用语言的独特能力，我在文学的王国里疯跑、冲锋和飞翔。大地在我脚下，天空在我上面，而我，在这中间的自由地带竭尽全力地表演了好多个年头了。我不是那种达到高潮后就迅速坠落的明星，我是一名能吃苦耐劳的艺术探索者，我要沉着地、一个阶段一个阶段地完善自己，因为这给我带来无限的幸福。

06.断岩

在断岩边缘，哥哥和弟弟都伸长了脖子在朝下望，我只望了一眼，就吓坏了。那下面……那下面的情形不堪回首。我不安地站在那里，离那缺口至少三米远，我盼望他们快点离开。可男孩子们仿佛对那种事有无穷的兴趣，看个没完。山涧在下面咆哮，阴森的、笔陡的岩石一溜下去有几百米深啊。想一想我都觉得全身发软，站立不稳，心里一阵阵紧。男孩子们终于玩够了，掉转身离开那断岩，我这才松了一口气。看来，我是无法面对那种场景的。奇怪的是我并没有恐高症，我的秋千也荡得很出色。那么，我到底害怕什么呢？我害怕的是凝视某种景象。那就像深夜凝视一个黑色的树影一样，当风吹得那影子张牙舞爪起来的时候，我的身体也会颤抖起来。

我在荡秋千的时候是不看下面的，那种运动最接近于自由体验。人知道极限之处是死，但人不看那个极限，人仅仅执着于摆脱引力的欢乐，在欢乐中向极限冲刺！而站在高处望下面的深渊，对于我来说，这种举动是没有什么快感的，只有一阵紧似一阵的恐惧。我难以适应以肉体直接感受恐惧，更害怕那种用技巧来使自己的身体在险境中平衡的运动。也许由于在这方面我的能力太差，所以深渊对于我来说就同死亡一样可怕、咄咄逼人。

杂技团来露天电影场演出了，他们用木头搭起了一座很高的天桥。演出还未开始，我的同伴爬到天桥上走来走去，还跑起来。他们怂恿我也上去玩。我犹犹豫豫地爬到了桥的一端，这时我全身立刻抖起来了。多么高啊！掉下去就是死！我可耻地退了下来。心里虽羡慕高空的同伴，可是只要多看他们几眼腿就开始发软。不，我不能同"那个东西"面对面，我必须借助于一种媒介才能站稳脚跟，才能表演。这个媒介是什么呢？如今回想起来，那无非是一种自我欺骗似的遮布，即一种信念——我是绝对不会死的！我的行动所需要的就是这种永生的信念，否则我便会失去平衡，落于永劫不复的处所。在天桥的上方，我没有这块遮布，我可耻地败下阵来。

还有平衡木，很多小孩都可以在上面走来走去，我却不能。每挪一步我都想着掉下去的事，最终还是一脚踏空掉下去了。不光是由于肢体的笨拙，也由于头脑里没有树立必胜的信念。也许经过长久的训练，我也可以像学会荡秋千一样掌握在平衡木上行走的技巧吧。

沮丧感和去不掉的耻辱终于在冥想中复仇了。我的小说是什么呢？那其实就是在死神面前走钢丝的运动。无论是人物，还是背景，都暗示着死神，但又和死神隔着一块遮布。表演就这样拉开了序幕。死神的面目越狰狞，表演的难度越高，舞者的精神也越振奋。也许是为了改写心灵史，我重演了断岩下的景象，我只能在写作时做到这一点，因为写作是世界上最安全的那种活动。啊，我无数次在断岩的边缘跳舞。从那深渊里飞上来的蝙蝠精灵们，居然能发出那种远古的叫声，这种沉默了几千年的小动物，完全改变了它们的形象！我的眼前有块遮布，我隔着那块布尽情地表演，蝙蝠使者们同我一块，我们组成一幅画面，太阳在我们的背后，天穹无比高远……

07. 美

在那以前我不知道美丽的人或漂亮的人是什么样的。

那是一个夏天的傍晚，我们忽然有了看杂技表演的机会。在那个很大的操场上，有人在草地上围了一个圈子，杂技团就在那个圈子里头表演。凡是进圈子去看的就要买票，我们呢，当然只能远远地站在凳子上，让视线穿过那些攒动的人墙当中的缝，到达表演者的身上。这样看下来的表演是不连贯的，模糊的。可是那些穿着红红绿绿的表演服，衣裳上还缀着晶片的小伙子和姑娘们是多么美！我和弟弟们多么激动！我们简直要发狂了。啊，用双足顶盘子……又没看清，只看到双足和盘子，看不到人……啊，走钢丝！这下看到人了，是一个绿衣小伙，可惜刚一看到马上就表演完了……我们像几只瘦鸭一样尽力伸长脖子，我们脚下的凳子在摇晃，不那么可靠。

人墙分开又合拢，我们忙着调整。就在这时，"美"出现了。

那是穿红色绸衣，衣服上缀满金片的少女，她正在表演"搭椅子"的传统项目。椅子已经搭得很高，场里和场外的观众都可以看得清清楚楚了。在那短暂的一两分钟里头，我那小小的脑袋已经被突如其来的"美"震昏了。至今我也无法用语言来形容我那鲜明的感觉。似乎少女背后是昏沉的夜幕，灯光只照亮她活动的那一小块地方。她是一个真人，世界上怎么会有这么好看的女孩？

她很快就下去了，人墙又挡住了我，这一下我什么都看不到了。我站在那里，听见自己的心在胸膛里"咚咚"地跳。后来的表演我都没有兴趣了，因为太模糊，太破碎。

在回家的路上，杂技少女在我脑海里成了红色的火炬，火炬的燃烧使得我的脑袋自始至终在发热。后来，再过一会儿，睡眠就遮暗了火炬的亮度。

一个真人，一个比金发公主还要好看的活人！快五十年了，我仍然记得当时心跳和血液沸腾的情形。后来我还围绕那梦一般的红衣少女编织了故事，在那种故事里头，我将我收藏的宝贝通通献给她。"她"是不说话的，但"她"能理解我的心思。

在人生的旅途中，我曾多次同美邂逅，但唯有最初的那一次最接近纯美的意境，就好像触手可及似的。并且后来我关于"她"的想象，自然而然地都同奉献相连，与占有无关。那便是我最初的沟通尝试。从前，在夏天的草地上，我做过那种工作了。伟大的自然是何等的奇妙，她使那种戏剧在每一个地方上演，使自身的理念悄悄地繁荣。

细细一想，在那个混沌的年纪，我同文字还没有多少接触。

是发达的感觉促使我到周围事物中去捕捉美，还是美的观念要从我黑暗的内部挣脱出来，自己给自己赋予形象？我是不知道的，我只不过是茫然而又有点自觉地操练着，满怀秘密的激情趋向于"她"。

炎热；青草；灯光；人头攒动；凳子的碰响；青色的天幕；民间乐器的吹奏；惊险的表演；红绸衣上的金片——这些细节可以让我毫不费力地回到那个夏天，回到那个决定我今后职业的瞬间。

一个幽灵在天地间游荡，它什么都不丢弃，什么都不遗忘。是因为有了它，天地万物才各就各位的，而它自己，却是由人类的冥想聚集而成。

第三章

小学时代

01. 愤怒

　　我刚刚上一年级的那几天，老师叫我们排路队回家。我记得我们这一队有六七个同学，我们都是住在山坡上的，但我以前并不认识他们。那是冷天，我戴着毛线帽，我们走在山间小路上。我像往常一样默默地走路，因为同他们不熟，我不好意思说话。忽然有个男同学嘲笑起我来，我不记得是什么方面的话题了，反正大家都开始来笑我，扯我的衣服。我是很倔强的，于是回嘴。这一下他们更起劲了。儿童如果没有教养的话，一旦受到鼓动就会兽性大发。当时有五六个人围上来打我，将我的毛线帽上的毛球都扯掉了，布书包也被他们扔到地上踩了几脚。我一走他们又围上来追着我打。后来他们到家了才散去。我的家最远，一路上我都在哭，不是因为被打痛了，而是因为屈辱和愤怒，我气得全身发抖。

　　终于到家了，外婆问我是怎么回事，我便号啕大哭起来。

哭过之后也并没有什么办法，就不了了之了。幸亏后来也没再排路队了。而我也不那么精明，一直没搞清欺负我的到底是哪几个人，大概因为知道没人会替我报仇。

"气得全身发抖"是我在真正遭到侮辱时的生理反应。不论我的理智在后来漫长的年头里是如何发展，也不论我的自制力有多么惊人，这个生理反应始终如旧。由此又想到我三岁时发生的一件事。那时比我大三岁的姐姐被邻家大男孩欺负了，好像是打了她。我听了这个消息也是气得要命，牢牢记在心里。终于有一天，那调皮的男孩来我家附近玩游戏了，我一看见他就发抖了。我慢慢挨近他，趁他弯下腰去躲藏时，猛地往他背上打了两拳，发疯一样地跑回家。奇怪的是那男孩根本就没来追我。而我，回到家后那个激动啊，那个心跳啊，那个害怕啊。后来当然平安无事。现在回想起来就清楚了：一个三岁的小女孩，打在一个大男孩背上的两拳算什么呢？也许他根本就没有觉察到，当时他在玩"躲摸子"的游戏呢。可是我当时的预谋，我的紧张，我鼓起勇气时的那种感觉，以及报复的实施，一直到了今天仍然历历在目。我估计当时整个过程也就不到五分钟，那五分钟也许是我生命中的转折点吧，我的感觉有一个小时以上。

1985年，儿子上小学了，学校离家不远。但是我还是不太放心，因为他才六岁，长得也矮小。十一点多钟我就去接他。刚走出家门便看见儿子狂奔而来，大书包在屁股上"啪嗒啪嗒"的。他跑得满脸通红，头上冒汗。一问呢，原来是被同学追打，是那些同学"欺生"。我舒出一口气，分明看见历史又在重演。不过那一次，我并不那么愤怒，我知道这种经历对于儿子将来的成长是很宝贵的，我也没有天天去接他，或报告老师。

愤怒是一种直觉，它既可以催生艺术，也能毁掉一个人，就看这个人的理性是如何发展的，看他有没有反省的能力。一般来说在中国传统文化中这种直觉是受到坚决排斥的。一个中国人，如果能在始终保持自己的这种直觉的同时，不断提高理性方面的修养，如果他又长期受到压抑（保持直觉就必然要受到压抑），那他的潜意识的储藏一定是非常丰富的。然而，绝大多数的中国人是怎样做的呢？他们要么"看破红尘"，变得油头滑脑，早就不再愤怒；要么极为善于将自己的情绪平息，变成整天练"气功"的植物人；要么就由于得不到发泄而真的变成了精神病人。大概这也是中国真正的艺术家如此之少，就算出了几个也难以坚持到底的原因吧。没有西方思想的底蕴，大部分作家后期的写作都变成了玩弄技巧，玩弄文化，不再有真实的冲动。因为要在这方水土上生活得好，人就得学会化解内心的矛盾，学会向植物化方面发展。

02. 红花衣和日记本

　　我们家里小孩多，布票远远不够用，母亲就买回一大匹极便宜的粗麻布给我们做衣服。衣服做好后，男孩子的全部用染料染成黑色，只有我的那一套没有染。我记得裤子是紫色的底子上起花朵，上衣是大红底子起绿小叶。我一点都不喜欢这种色彩搭配，觉得怪扎眼的，难看死了。可是没有别的衣穿，只能穿它们。我穿着这身衣服忐忑不安地来到学校，马上就听到了议论。"乡下人……"女孩们说。有一个长得像洋娃娃的同学还特地到我跟前来问："你怎么穿这种衣服啊？"我答不出，我的脸发烧，恨不得钻进地里去。

　　那一天，大家都不愿和我玩游戏，嫌我乡里乡气。不过毕竟是孩子，到了第二天，第三天，他们就忘了这事，又和我玩起来了。当然，我知道她们当中有几个是从心里瞧不起我的。想想看，一个奇瘦的女孩，脸色苍白，穿着那种母亲用手工赶制的，硬邦邦红通通的大花衣，同样硬邦邦的紫色花裤子，那会是什么样子，当然土得掉渣。我是不敢同人比穿的，我的最大的愿望是不要引起别人的注意。一来我瘦骨伶仃，穿衣服撑不起；二来我的所有衣服全是便宜布，母亲粗针大线缝制的，上不得台面。

尽管样子难看，尽管从来出不了风头，尽管老师也因为我的"出身"而对我有异样的眼光，我却并不消沉。现在回想起这事来有点怪，或许是我体内超出常人的活力给了我某种自信？我总是蠢蠢欲动，跃跃欲试，从来没有一刻消沉过。荡秋千我能荡得最高，短跑我能跑得最快，作文我能写得最好，算术总是第一。当然我做这些事也远比别人认真，花费的劳动也比别人要多。

老师让我们每天写日记，交给他批改。他要求我们每个人买一个正式的日记本，外面有塑料壳的那种。那时的塑料是很贵的，是时髦的东西。

星期六，父母带我上街去买本子。我们来到百货店的文具柜，我看中了柜里的好几种，红的黄的，有花儿的，我激动得一颗心在胸腔里"怦怦"直跳。可是他们叫营业员拿出来翻了翻，又退回去了，说"太贵了"。我大失所望。后来又去第二家，又看了一通，还是说"太贵"。这时我已经很不高兴了，但还抱希望。第三家是大百货公司，里头什么日记本都有，简直看得眼花缭乱。我觉得那本鹅黄色的、厚厚的最合我的意。我眼巴巴地看他俩商量了很久，最后，父亲居然叫营业员拿出一个深墨绿色的、马粪纸的外壳，然后再要了一个小小的写字本，将那简易写字本往马粪纸的外壳里头一套，说："好！这不就是日记本吗？"我站在那里，眼泪几乎就要夺眶而出！我脑海里不断地出现同学们那些花花绿绿的塑料包皮的日记本，委屈得一个字都说不出来。

于是我就在这个一半马粪纸一半漆布做成外壳的日记本上写日记了。我的字迹端端正正，我几乎每隔几天就发誓，要努力锻炼自己，将自己改造成一个更好的人。当老师将全班人的笔记本放在讲台上时，我看见我的墨绿色的小本子缩在那一堆花花绿绿的豪华本里头，那么不起眼，那么害臊！

当我长大起来后，再去看父亲给我买的日记本时，就发现了他深藏的一番苦心。本子的纸张十分好，一点都不是低档货；而墨绿色的外壳更是大方朴素，很有格调，确实是比那些塑料本本好看多了。我那个时候看不出，是因为我还没修炼到他那个份上吧。啊，那种压抑，不是于无形中打掉了我身上的轻浮之气吗？回想这一生，的确从未真正轻浮过，主要还是得益于老谋深算的父亲的影响吧。

母亲让我穿难看的红花衣是为了省钱，维持家庭的收支平衡，父亲给我挑日记本则是于无言中教会我什么是朴素之美。那一次的委屈刻骨铭心，是不是就因为这，我的小说里头才从来容不得花哨的形容词，也容不得轻浮呢？是不是这类原因呢？这又要追溯到潜意识里头去了。

03. 红色

东京的街头，姑娘们一色的黑衣裙，配上黄色的皮肤，像清秀的乌鸦。黑色是典雅，是神秘，是高贵，令人想入非非。但一旦满街都是这种东西，心里就感到有点乏味了。哪来那么多的神秘啊。那是 20 世纪 90 代初我看到的风景。如今我们这里的姑娘和妇人也学着这样打扮了。似乎个个都想高雅，个个都想神秘。当然，绝大多数人那样着装只是为了跟上潮流。因为黑色不"俗"，因为生怕别人说自己"俗"才穿黑的吧。可这本身就是最大的俗啊。

在儿时，我最喜欢的色系是红色——大红、金红，那是接近于火的颜色，也是我的最爱。水红，接近自然，激起幻想。我不喜欢玫红，觉得有点儿脏。那个时候，我没有挑选衣服的自由，家里给我什么就穿什么，再难看也得穿。有两个小姑娘穿着大红色的小皮鞋来到学校了，在我眼里，她们像一对小公主！后来儿童节来了，母亲不能给我们买新衣，就买了两根大红色的薄绸给我扎头发。那只是窄窄的两绺，而且只扎了两天就坏掉了。可在那两天里头，我时时刻刻感到说不出的激动！我不知道自己好不好看，我只知道我太喜欢那蝉翼般透明的红绸，它们的色彩，它们的质感几乎令我喘不过气来！每次我向镜子里头一看，就无比的振奋。然而儿童节不是常有的，我很快又回到了灰溜溜的、不合身的服装里头。

一个人的时候，我常常想象一个全身穿着火红衣裙的公主；我收集的水果糖纸里头，最爱的是那张金红的米老鼠图案的。但家里从不给我买红色的衣服和用品，也许他们觉得"扎眼"。我记忆中只穿了一次红衣服，是那种脏兮兮的，红底起黑花的便宜布，同学都说难看死了。而同学那件湖蓝底子起水红点子的泡泡纱裙子，让我几乎看呆了。我喜欢煤火烧出的金红色，我久久凝视那火眼的深处，那么热烈，那么有力。如果燃烧得不充分的话就不好看了，昏昏的暗红色，很脏。这时就要用火钩去拨弄，让空气贯通进去，直到中心变成金红，升腾起骄傲的蓝火苗。常常我能听到火苗生长的声音："呼——呼！"那是挣脱地狱钳制的生命力。有一回，终于得到一盒劣质的蜡笔，立刻用来画金红的火花。画着画着就失望了：那么脏，红不红，灰不灰的。

最美的，最能代表我的渴望的是晚霞的金红，尤其是那种"火烧云"。我站在院子里看呀看的，生怕看漏了一点点。这大自然的最后的燃烧，在我心中掀起莫名的浪涛。我感到，纯金般的朝霞没法同她相比，她红得那么不顾一切，那么符合我心底的欲望，我一次又一次为那红色的绽放在心里欢呼。啊，看啊，又来了，还有更难以想象的呢！那个云门的最深处里头喷出来的火……站在院子当中的小女孩看到的，决不仅仅是纯粹的大自然的力量，令她心底战栗的，应该还有某种理念的庄严。她说不出，但她感觉到了。

到了十四岁，我才开始喜欢玫红了，不过只限于纯正的、玫瑰花的那种玫红。那时我已看了托尔斯泰的《安娜·卡列尼娜》。我感到安娜就是那种红色——一种成熟到极致的、决绝的美，还有高贵的品质。托尔斯泰的女性里头写得最成功的就是这一位，我们那个时代有不少女孩都以她为偶像——大概潜意识里头，人人都想拥有高贵的精神吧。而其实，她的高贵正是来源于她的质朴和深厚。那是上天和环境赋予女人的稀有的礼物。她的那种品性甚至使得她的情人也彻底改变了自己。看到玫瑰我就想起这位俄罗斯女性，想起作者心灵的这个方面。

现在我很快就要老了，我仍然喜欢红色。当我每天走进大自然获取灵感之际，我的大脑就会燃烧起来。我看见火烧云，看见红得奔放的秋叶，那么自在、自足，仿佛是最后的告别，又仿佛是重生的开端。我一边奔跑一边想，还有什么是比这更美、更幸福的瞬间？在云海深处，隐约传来异域的号角声。

04. 灾变

我们常要"演习"，因为有各式各样的敌人来进攻。

那一年我还没到上学的年龄，外婆在居民小组开会回来，她告诉我们说，下午要演习，因为"苏修"有可能打过来，我们都要做准备。一听到防空警报，我们就要躲到防空洞里头去。我听了以后心里极为不安，那几个轰炸机的名字（不知是谁提供的）让我听了更是恐怖得不得了。但是下午我们好像并没有去防空洞，也许演习取消了。关于轰炸机的梦啊，充斥着我的童年。我不知道轰炸的后果是什么，也无从想象，因为那时还未曾领略过"死"。我记得自己在梦中看见很高很远的天空里悬着轰炸机，而我在下面奔跑，那么的弱小无助。

后来上小学了，不仅常演习，还要学习各种战地知识，尤其是关于原子弹的知识。据老师说原子弹是可以防御的，只要方法得当就可以保全性命。由于怕死，我听得特别仔细，我心里只有一个念头，那就是我决不能死，决不能。

上课途中，警报就响起来了，于是猫着腰跟在同学后面出教室，到墙根下蹲着，用手蒙住眼睛和耳朵。我心里想，只要不看那原子弹就死不了。这么多人，哪里就轮到我来死呢？那些调皮点的同学都从指缝里偷看老师们放爆竹，只有我一本正经地蹲着，一动不动。哨子一响，我就惊跳起来跟着老师换地方。我必须掌握战地知识，这样，即算明天原子弹来了，我也可以保全性命。

我们都不知道战争是怎么回事，但我们的脑子里天天被灌输那种明天就有可能开战的紧迫念头。如果炸弹丢下来，看上去很大，就说明离得比较远；如果看上去很小呢，你得拼命跑，不然小命就没了。在操场上，我一次又一次地仰着脸看那刺眼的天空，拼命设想着炸弹的情形。

好多年里头，我一直坚信，灾变是可以避得开的，只要你有足够的警惕性和灵活性，以及判断的能力。然而现实将我的梦彻底砸碎了。一年又一年，我渐渐地明白，有很多灾变都是绝对躲不开的，它就是你自己，它潜伏在你体内，如同那些有致命杀伤力的病毒，随时等待发作。我被可怕的灾变击倒过好几次，有时，那就同死过去了一样的绝望，我遍体鳞伤。好多年里头，我也明白了一件事，死里逃生的确是可能的，正如那时课堂上老师教导我的那样。啊，就好像，童年时的演习真是某种预兆。不过后来，我没有躲，因为无从躲起，不知道灾变从哪方来。我唯一能做的，就是使自己的心灵增强耐受力，以便自己在意想不到的事发生过后，再一次地死里逃生。

同一般人不同，我的这类特殊灾变完完全全都是属于我自己的，它就藏在我的自我意识里头。只要灾变一发生，我的自我意识就开始发动，灾变过后，我被打倒，认识也渐渐地完成了。我负有很大责任的父亲的死就是这么一回事。是我的自私和轻率害死了他，他是我最爱的人，可是他再也回不来了。这个坎，我终生都越不过去，我只能闭上眼睛背对，而后让它变成我背上的包袱。今天这包袱已同我生长为一体了，我将背着它走向我的末日。父亲的骨灰被我带到了新家，将来我也死了，就让别人把我的骨灰和他的都随便扔到哪里吧。

　　对于我来说，内在的、根源性的灾变比外在的灾变更不可避免，你以为你已经准备得很好了，但打击总是猝不及防，凶残而暴烈。灾变是可怕的，人的承受力却几乎是无限的。每一次的死里逃生之后，你就成了一个新人。当然前提是你要不放弃认识。

05. 隐私

那个年头的小孩，谈得上什么隐私呢？五六个人挤在一间房里，两三个人睡一个铺，桌子抽屉、衣柜衣箱全是共用的，连洗脸都是五六个人共一条毛巾。当我收集了糖果纸，唯一想得到的私房地方就是床垫底下，也就是一条厚毯下面的稻草里头。我们只能垫稻草取暖，褥子之类是没钱去买的。有一回我的糖果纸找不到了，结果将所有的稻草翻了个遍，弄得房里一地的草。还有一回我得了一张"劳动模范"奖状，觉得很珍贵，又不愿家里人看见，就藏在床垫下。直到很久以后搞卫生才被家人发现，大嚷大叫起来，弄得我一脸通红。

没有个人的空间并不等于没有隐私。也许所有的孩子都同我一样，我们的隐私既发生在夜深人静之际，也发生在任何可能有的闲暇里。甚至有可能发生在日常的繁忙之中。我们的私房场所是我们那颗"心"。我们做着工作，突然在中途一怔，就进入了那个里头。很可能我们中国人的人心是最深不可测的？由于日常语言远远地落后于人心的深度，在多年勉为其难的反复实践中，就发展成了今天这种含糊、多义、飘忽、没有棱角的样式了。就连一个儿童，也能明白其中的微妙。而且，我们民族也许是最能够将自己的双重人格统一起来，浑然生活于其中的民族。

我读小学时写过日记，那都是写给人家看的——老师、家长、同学。我才没有那么傻，会将自己的隐私写进日记让别人去发现呢。真正的隐私我不会讲给任何人听。后来我又写过日记，但也不记下什么隐私。由于住房条件等的限制，我也早被训练出了没有个人空间的习惯。那么，隐私到哪里去了呢？当然是心里。那颗心啊，层次越来越复杂，越来越深邃。在灵魂出窍的瞬间，根本不用思索就能感到黑色煤层的丰富。但那已经转化成了说不出口的财富。有好几年，我一直在考虑如何说出第一个词。我的隐私比绝大多数人都要多，都要深。我于不知不觉中积累的财富在多年的冥想中已被转移到了最最下面的黑暗处所，在那种地方，黑乎乎的岩浆日夜翻滚着，冒着阴森森的气泡。那就是我的真正的日记，我的见不得人的黑暗财富。

转化是一个多么叵测的、奇妙的过程啊。不去开掘，没有人会知道自己的那颗心会有多么晦涩难解，里头会埋藏着何种奇怪的记忆。在开掘中，我甚至感到我使用的古老语言也转换了功能。我使用起这种暗示性的、没有时态的语言来竟是那么的得心应手。因为这是幽灵在说话，因为作品中的一切都发生在未来！不见天日的地下之物内部蕴藏着强光，在开采的现场，那光照亮着我的心灵。于是我看到了它们在那里。它们，被遗忘的、世纪的记忆，在永劫不复的死水中无声地翻滚，等待我去打捞。我用听觉辨认，用嗅觉分级，投入紧张的劳动。

创造就是发现。我发现，人心就是一个无底的储藏室，你放进去的东西越多，你的精神的层次就越丰富，结构就越容易显露。读者啊，你对自己感兴趣吗？你想重温你曾有过的一闪念的隐私吗？你对于自己的未来有着某种焦虑或企盼吗？你处在难以做出某种人生决定的踌躇的痛苦之中吗？这里是残雪的小说，读一读吧。也许它不会解决你的实际的问题，但它是强心的营养。它来自心的最底层的矿区，那里是储藏光源的处所。

06. 男生

　　我是不敢同男生说话的。这一方面是我非同一般的腼腆内向的性情所致，另一方面也是由于时代风气的影响。整个小学期间，我都和男生保持疏远，当然偶尔也有例外。并非我对他们不感兴趣，其实我常为他们所吸引，尤其是那些穿得干净、成绩又好的男生。但我就是不敢主动同他们做任何交谈。

　　四年级的时候，学校组织我们去公园。自由活动时间，我们玩"工兵捉强盗"，男生一边，女生一边。我那时生着一双鹭鸶腿，跑得非常快，男生也要怕我三分。在树林里，我抓住了另一个跑得比较快的男生。我抓的是他背后的衣服，抓到后还要在他身上拍三下才算俘虏了他。可是我太紧张了，害怕接触他的身体，不敢伸手去拍。那男孩看出我的犹豫，就猛地一推，将我推开了。我真是后悔得不行，眼睁睁地看着"猎物"跑掉了。后来女生都埋怨我。

在我的印象中，很少有女生同男生关系密切的。如果有一个女生同男生多来往几次，全班人就会讥笑他们，说他俩要"结婚"了。五年级时调换座位，有一个调皮鬼，被大家称为"象鼻"的人坐在了我后面。那是一个脸蛋黝黑、十分精神的男孩。他几乎从来不听课，总在下面搞小动作，忙乎。"象鼻"很快盯上了我，而我是守规矩的学生，一开始当然不理他。我坐在那里，就有个纸团落到我的书上，我连忙用书遮住打开一看，上面写着："姓邓的明天就会死！"当时我竟然扑哧一下笑出声来，不知为什么我觉得这句话特别好笑。接下去当然没有心思听课了。我偷偷在石板上写了几个大字："象鼻提前进棺材了"，然后将石板竖起来让他看到。这下他更得意了，一连扔了好几个纸团到我桌上，有的里头包一块石头，有的画着桃子和苹果，旁边写着："你想吃吗？这些都在天上！"然后我又在石板上画一只象鼻，写道："老象被爷爷砍断了鼻子！"我们就这样一来一往，笑得一塌糊涂，哪里还听什么课。幸亏那几节课班主任都不在，我们才可以这样胡作非为。我感到这个男生真是妙不可言，让我的课堂生活变得如此生动活泼。回想起来，之所以上课时那么守纪律，主要是因为胆怯，怕老师骂，怕丢脸。当然也因为无其他有趣的事可干。现在有了这么有趣的男孩，当然无法做到一动不动地坐在那里了。

终于因为他闹出的响声太大，老师发觉了。女老师骂了我们一顿。他是厚脸皮，无所谓，我却脸涨得通红，眼睛看着地下。没几天他就被调开了座位。我隔着座位看见他又在戏弄别的女孩，心里对于不能重返那几天的快乐而感到非常遗憾。当然这个男孩并不是我喜爱的那种类型，我喜爱长得白白净净，又很能干的那种，我同绝大部分女孩的审美观是一致的。但他的性情的躁动与顽皮让我感到别有风味。

　　我住在父亲被关的"牛棚"所在地附近，每天独自一人穿过一个篮球场去食堂吃饭。有一个半大的男孩天天在球场练习投篮，他穿一身草绿色的衣服，体态匀称，头发也很漂亮。我特别希望他注意到我。我，十五岁，穿着飘飘的素花绸裙，手里拿着碗，目不斜视地从那男孩旁边走过。我不知道男孩看没看我，反正我每次吃完饭回来都要激动地遐想老半天。只要听到那嘭嘭的拍球的声音，还隔得老远我的心就跳起来了，今天他会不会看我呢？他是住在球场边这栋红色小楼里头的吗？他家有些什么人？我有机会认识他吗？这些秘密的思想是我枯燥的日子里的兴奋剂。当然，我决不会主动去结交一个男孩，一切都要依仗偶然奇遇。这世界这么大，日子这么长，谁又能断言偶然奇遇不会落到我的头上？如果他的父母也是关在牛棚里，那就更好了。啊，但愿他的父母也是关在那里！这种秘密的单相思给我少女时代增添了那么多的激情。

07. 点石成金

　　我有很多梦想，我想买一支永久钢笔；我想去图书铺里将那些最好看的小人书都看一遍；我想买一个没有海绵、单有一层橡胶的乒乓球拍……可是钱呢？钱从哪里来？

　　忽有一天，我看见有小孩在地上捡橘子皮，那是人们吃橘子扔下的。他们将橘子皮卖到药店，一次就能卖几分钱甚至一毛钱！啊，橘子皮，我满脑子都是橘子皮！我的近视眼变得十分锐利，隔得老远就能看到马路上那些红斑点。我飞奔到面前，将它们一点点捡起，收进我的书包。不光马路上，还有报刊橱窗下啊，南食店门口啊，街道拐角那里啊，到处都有可能出现令我血流加速的橘子皮。我在家属区一轮又一轮地溜达，眼睛滴溜溜地转。瞧，楼道里有一堆。但我不敢进去捡，那些小孩站在那里，万一已经有主了呢？心里痒痒的，还是一走一回头地离开了。每天放学我都要清点橘子皮，将那些被踩脏的洗干净，晾在窗台上。终于有一小袋了，拿到药店，卖了八分钱。

可能很多孩子都在捡，吃得起橘子的却不多，橘子皮越来越少了。我又听说了玻璃可以卖钱。于是又到处寻那些在阳光下扎眼的小东西。第一天居然收获可观，捡了一袋，卖了三分钱。三分钱啊，可以看两个小时的图书了。捡碎玻璃就是要不怕累，不怕脏，到那些弯弯角角的地方，还有堆垃圾的地方去找，去翻。总不会空手而归。单位堆废物的地方往往有意外的收获，因为办公楼的玻璃窗被大风刮坏之后，就会有大量的碎玻璃扔出来。有的垃圾年深月久，得用煤耙子去挖松才找得到玻璃。如果玻璃深埋在地下，或许我甚至会掘地三尺！连梦里面都是玻璃，白晃晃的，让我激动。整整一个夏天我都像猎狗一样寻找着那些小小的闪光物。三分五分的，加起来总共卖了几毛钱。秋天来到之际，玻璃的光芒暗淡下来了。废品站不收它们了，要收塑料。

塑料的来源主要是旧鞋底。家里的旧鞋底不能动，因为要补贴家用的，必须到外面去翻垃圾堆。塑料比玻璃卖得起价，两双鞋底就一毛多。可是怎么会天天有鞋底捡呢？别人家的鞋底都要留着卖钱的。有过两三次收获之后，就再也觅不到鞋底的踪影了。我陷入郁闷之中，绕着单位的那栋大楼走来走去。到处都是那些久违了的玻璃片闪闪烁烁，但是它们不再吸引我的眼球了，现在我眼里只有塑料。塑料在哪里呢？这梦的道具藏在什么地方呢？那一天我没有找到塑料，却意外地找到了一块旧铜，那是门的把手的一部分，足有二两！它就躺在长着野草的泥巴地里，它几乎不像真实的铜，真是功夫不负有心人啊。我的手发抖了，我后来得到了五毛多。捡过一次铜之后，对那些垃圾堆里的金属就特别敏感了，老觉得里头藏着奇迹。于是一一翻看，然而总是失望。过不多久就隐隐约约听到议论，说小偷偷单位的铜，被逮住了。那么，我捡到的那一块是不是赃物呢？万一他们到废品站去查可不得了啊。后来当然是没有人去查，平安无事。卖了那次铜之后，对铜制品也特别关注起来。邻居家有个小铜壶，总被我拿在手里反复看，深感那是特别珍贵的东西。后来又卖过一次塑料鞋底，是在公共厨房的角落里捡的，不知谁扔在那里的。但那激动远远不如卖铜的那一次了。

那么，我实现了自己的哪几个梦想呢？我不记得了，那也不重要。实际上，我的梦想不在那里，而在我那点石成金的、寻找的旅途之中。寻梦的人，嗅觉是多么敏锐，目光是多么明亮！他用热血的沸腾，心的猛跳，一次次证实了梦想王国的存在。有梦，就会有道具，一切事物都可以成为梦的道具；有梦，就会有激情，寻找的操练会使得平凡的人趋向最高理想。其实，每个人的内心都隐藏着艺术的潜能，如果你不仅能保持，还能认识自己的潜能，并在理性的监护下有意识地发挥它，你就是一个艺术人。

08. 灵动与滞重

我又被老师批评了，说我有"旧社会的残余落后思想"，不能和同学们搞好关系打成一片。啊，我生活在水深火热之中！我是很想做一个好学生的。在学校各式各样的庆祝仪式上，我看见那些同龄人，也就是那些学生干部们在飘动的红旗下面表演，幼嫩的面庞庄严而又纯真。我心中的激情一点也不亚于他们，不，也许我比他们更有激情，更有想象力。多年后的今天，那蓝天下的白衬衫红领巾，那咚咚的队鼓声仍然给我带来异样的感觉。但现实是冷酷的。我明白，老师对我的印象如一道万丈深渊，永远隔开了我和我追求的意境——蓝天、白云、红旗、队鼓，少年的美目，少女的身材。

逻辑似乎是这样的：如果我想在蓝天里的红旗下表演，想同那些美丽的少男少女并肩而立，我就必须同我周围的人"搞关系"，成为他们当中的一员。而以我的天性，是无论怎样努力也难以同人"搞关系",成为"大家庭"中的一员的。我也曾咬牙做过一些努力，但完全没有什么效果。于是终日处在惶惑里头，深感为人、生活的滞重。他们不会注意到我，我也无法同任何人拉关系，我只能是我，一个在老师眼里激不起她的兴趣的灰色小孩。我渐渐明白，那种意境离我越来越远了。然而每当咚咚的队鼓声响起，我仍然是那样地脸红心跳，我的双眼贪婪地紧盯那些美好的人形，那些耀眼的白衬衫。

我渐渐成长，是非观念渐渐改变，但我的焦虑仍在延续着。我想做一个同"我"完全不同的人，一个比"我"更高尚、更好的人。我幻想着阿霞的金发，达吉娅娜的白裙，我将那个不存在的"我"寄托在这些化身的身上。然而，我居然越来越庸俗，越来越不可救药了。我自私，而且有时有点卑鄙，我在深不见底的黑洞里往下沉，多么危险啊。我是个什么样的人？惹是生非的长舌女孩，只管自己不顾别人的孤家寡人——还有更恶劣的。要是能一下子死掉，再重生一回就好了。但是重生的我是否就会好呢？没有把握。那么放弃诅咒，去想俄罗斯小树林里头的少女达吉娅娜吧。达吉娅娜遇见奥涅金的那一天，她穿的什么衣服？

我怎能不焦虑呢？我在现实中一败涂地，想做好人的企盼也要落空。我一无是处，拿什么来拯救自己？在苦苦地叩问中，答案始终没有显现，而我所执着于的那个境界，仿佛是对我的一种嘲弄。但人是有权利做梦的，谁能控制人的梦？日常生活有时如黑暗的地狱，但我仍要死死地抓住那点光。对，我要抓住，我要朝那里飞升。我不停地阅读，阅读，直读得眼里像揉进了一把沙粒。我放下书，却并没有从半空里掉下来。那么，是不是这水火不相容的两个世界是可以并存的呢？那时我不可能想这种问题，我只是拼全力在生活，时而忧郁时而恐惧，时而又热情奔放，追求极限体验。是阅读使得我的另一个世界成形。我慢慢强壮起来，一天比一天更能战胜恐惧，也不再那么在乎自己是否是个"好人"了。无论我多么恶劣，在别人眼中多么卑下，我里面不是还有"另一个"吗?

"另一个"使我的目光变得深沉了。不久我的另一个世界里又有了新的、更有意思的主人公：那些主人公身上充满了矛盾，他们能理解发生在我身上的一切黑暗的事，他们比阿霞和达吉娅娜们更有力量。他们还于无言中传达给我这个信息：生命就是冲撞，就是在污泥浊水中吸收丰富的营养。每当我处在人生的转折点上，从另一个世界里就会传出那种声音来，我的那些主人公就会开口说话。我的主人公具有非常古老的身份，他（她）既是我的过去，也是我的未来。在波光粼粼的湖边，我和这个人曾一块垂钓。

我一直在倾听，至今仍然如此。

第四章

神秘的黑洞

01. 神秘的大人们的世界

　　住在院子西头的那一家，家里的父亲在郊区劳改，很少回家，母亲也在远郊的一个小学劳动，一星期才回家一次。那一家有三个年龄接近的女孩子，我同她们常在一起玩。她们都是能干的、会做家务的小女孩，也很懂得享受生活。只要谁攒下了两分钱，我们就一块去书摊上看图书。这一家有九口人，住在两间房子里，一个八十多岁的奶奶瘫痪在床，全靠小女孩们照顾。家里有点拥挤，却被几个勤快的女孩子收拾得干干净净。我虽同女孩们趣味相投、稔熟，可是她们的父母在我眼里，始终是一个不解之谜。那位父亲和那位母亲很少同时回来度假，一般是岔开。大概只有过年才团聚。据女孩们说，团聚时总有激烈的争吵，然后一方摔门而出，提前回了单位。

　　那时我和这家的女孩们最恨另外一个娇里娇气的女孩子。她家的父母是单位的小干部，她当然就比我们高一等，我们背地里叫这女孩"小姐"。那时"小姐"是一个蔑称，指妖里妖气、不爱劳动的女子。我们平时受了"小姐"的气，心里很想报复。有一天我正在这家看图书，最小的妹妹进来了，她双眼发亮，做出很机密的样子告诉我们几个说，"小姐"在后院那里洗澡（那时每到夏天，很多人就在院子里背人的地方架几块砖，站在上面用桶子装了水洗澡）。于是她们三姐妹按早就商量好的计划，提了一桶脏水，朝那个方向猛地泼出去，然后飞快地回到房里。然而她们闯了大祸，站在后院洗澡的竟然不是"小姐"，而是她们自己的母亲。最小的妹妹眼睛近视，犯下了不可饶恕的大错。

事情后来的发展是非常奇怪的。被淋了一身脏水的、瘦小的母亲气急败坏地将三个闯祸的女孩招到一块，没有骂她们更没有打她们，只是命令她们坐在房里"学习毛主席著作"，学完后做检查。愁眉苦脸的三个孩子坐在竹床上，念一念毛主席的"老三篇"，又打一会儿野。母亲则垮着脸，不时过来呵斥几句，叫她们"集中注意力"。当我偷偷地在她们家门口露头时，那位母亲就愤怒地提高了嗓门警告她们说："你们不要被坏人教唆、利用！"难道她说的竟然是我？可是不是说我又是说谁呢？屋里没有别人，她是看见了我才说这话的。那一刻我真是受了惊吓，回到家里好久还惦记着这事。长久以来，我就感到大人们的世界是极其神秘而又不可理解的，这一次的事更加重了我的这个印象。明明是她们自己犯下的错误，同我毫无关系，为什么说我是背后的教唆者呢？我不过是去她们家去得勤一些罢了，再说她家姐姐比我还大两岁呢，我教唆得了她们吗？关于大人们的事情，我发现的神秘之处太多了。我觉得他们思考问题的逻辑也是非常神秘的，绝对不可理解的，就如同这件事一样。所以对于这类问题，我不可能想得很深入。我决心把这件事忘记，并且以后少到她们家去玩。毕竟，那位母亲说出那样的话来令我不寒而栗。

可是不到她们家去玩又到哪里去玩呢？我性格孤傲、腼腆，同院子里其他的孩子都不常来往，只有这几个热情的女孩子是我愿意结交的。于是过了不久，我又鼓起勇气到她们家去了。玩笑之间，她们又谈到那一次的"错误"，大姐又骂了小妹几句，说她"眼睛没吃油"。慢慢地，我就淡忘了她们母亲对我的那种特殊看法，又与她们日日缠在一起，共穿一条裤子了。而她们的母亲，也似乎不记得那回事了，并不反对她们同我来往。

这么多年过去了，此刻回忆起这个童年的谜语，使我想起了"集体潜意识"这个词。很可能当时那位瘦小的母亲的思维，就是在这种神秘的潜意识网络的控制之下。她说出那种话来（对一个十一岁的女孩），连自己也不明白是为什么，说的又是什么。

02. 性的知情权

　　那一家的姐姐像个小大人，她不但要安排家务，还掌管着家里的菜金。两个妹妹都听她的，当然有时也小小地反抗一下。

　　夏天的夜晚是儿童蠢蠢欲动的时刻。这时院子里家家都搬出竹床来歇凉了，三个一堆，五个一堆的在凉风习习中说话。我最喜欢去那一家，我们四个人就像"油盐坛子"，到一块就有说不完的话。大姐很了不起，会讲故事。

　　忽然有一晚，在半明半暗的月光下，大姐讲起了一个强奸的故事。我和两个妹妹立刻屏住了呼吸，紧张而又激动地将她吐出的每个字都吸了进去。实际上，她说得很含蓄，那种含蓄是由于生理知识的缺乏。大意也就是一个歹徒捉住了姑娘，姑娘经过一番挣扎还是被"强奸"了。"强奸"这两个字令我们四个人都遐想联翩，我相信讲故事的大姐（十二岁）也是搞不清其内涵的。我们既感到毛骨悚然，又充满了对神秘未知事物的兴奋和向往。啊，那究竟会是什么样的一种情况呢？可是我没想到，大姐居然还有更多的、更新奇的这类故事。于是又开始了第二个"强奸"的故事。这个故事发生在船上，而歹徒不是一个竟然是三四个！讲述的声音很低，生怕被大人听了去，情节带点受虐癖的味道。但关于人体器官和动作之类的描述始终是缺席的，通通用一个"搞"字来代替。正是由于这种缺席，反而刺激起了丰富的想象。三个人都竖起耳朵，生怕听漏了情节，而姐姐，沉浸在自己的描述中，仿佛说梦话一样。多么令人激动的故事啊！被大人们忌讳说出来的那些陌生的词汇，在夏天的夜里，在我们小姐妹那黑暗的心田里像蘑菇一样生长起来，我们兴奋得一点瞌睡都没有了。后来又讲了第三个，第四个，第五个……一个比一个受虐狂，情节也一个比一个匪夷所思！这种特殊的性的启蒙既令人心惊肉跳又充满了渴望和欢欣，越听越想听，恨不得听一通夜!

过了不久院子里就有种传言，说我们在一起讲"不健康"的故事，每个人都上了三四趟厕所等等。这当然是胡说，因为我们根本就没有上厕所，不过肯定是有人偷听了去了。推测起来，姐姐大约是从她那些高年级的同学那里听来这些故事的，可见那时有很多这类"故事"在青少年当中暗暗地流传。那应该是禁欲所带来的副产品吧。

我观察到在那个无性的年代里，凡是对性的问题和自己的身体有莫大的兴趣，又喜欢探究到底的女孩，都是比较热爱生活的类型。而不屑于讲或听这类故事的、比较端庄的女孩，一般都缺少生活的热情，或精力不够旺盛。这差不多是一个试金石。

虽然在歇凉时不敢在大庭广众间讲这种有趣的故事了，但我们一有机会还是讲。比如外出买东西啦，比如上某个地方去玩的路上啦。每次都是姐姐讲，我们听。所有的故事一律是强奸，没有通奸，更没有女人挑逗男人。这同我们的年龄，同那个时期对于性和生理方面的无知，以及时代的风气是一致的。也许在那个时代，大部分女孩的下意识里都盼着强奸的事发生在自己身上？我不知道。我只知道从那不知疲倦的、始终兴致盎然的讲述和倾听本身，应该得出这样的结论。由于意识形态教导我们打消对于自己的身体的关注，我们就偷偷地将这种关注转移到了语言的世界。我们的故事是那么的刺激，那么的强烈，毫不弱于一次成人的做爱！那是我们的身体的觉醒，也是儿童自慰的特殊方式。冲破了束缚，儿童的幻想世界本来就是充满了野蛮的，而"强奸"这个语言符号正是那种可以挑动我们，并满足我们的符号。我们渴望一种外力来打破我们对于自己的身体的无知的局面，因为我们没有知情权。

03.从染缸里突围

女孩子们聚在一块时，最喜欢做的一件事就是背后讲别人的"坏话"。两三个一堆，四五个一群，私下里将想象中的对手攻击得体无完肤。那对手并不固定的，今天和这个好，明天不和她好了，她就变成了攻击的靶子。女孩子攻击人的特点是刻毒、残忍，不留余地。所以一旦暗里或明里同人闹翻了，结下的就是"死仇"。当然这仇恨也可以因为一件小事就宣告解除的，然后冤家又好成一团，共穿一条裤子，直到某一天又成为仇敌。

我也很喜欢说别人的坏话，喜欢和人吵架。我的特点是一旦同人吵翻，就很难再破镜重圆，因为感到怪难为情的。好多年里头，我总是想这个问题：讲坏话和吵架的激情是从何而来，以至于我们这些中国公民即使到了七老八十，还是保持这一禀性？

孩子们的暑假冗长而又无聊，于是聚在一块玩扑克牌。玩着玩着就有人舞弊，我同那人争执起来，在争执中，我不但将她这一次的不诚实加以狠批，还涉及她以往的某些丑行。对方当然决不示弱，就也开始揭露我做过的坏事。终于发展为破口大骂，骂他一两个小时也不住口。旁边还有帮腔的，有的帮我，有的帮对手。啊，我们的精力是多么旺盛，想出的那些刻毒句子又是多么解气！那些场面至今历历在目。讲别人坏话的冲动确实是一种无意识的发泄，其前提为自己是清白纯洁的。骂人既是攻击对方也是表明自己——我多么好，你多么坏！对方回骂时心里则在想，我并不坏，你也不是什么好家伙，我比你还好得多！总之，双方都认为自己是好的，对方坏，所以要揭出对方更多的见不得人的事来，使对方彻底暴露。这种"同坏人坏事做斗争"的禀性形成的直接根源便是我们的文化氛围，想想我们从小看过的电影和戏剧，哪一部又不是这种模式的翻版呢？

除了表白自身纯洁的快感以外，说人坏话的另一种隐秘的激情便是"幸灾乐祸"。我曲折地影射某个对手偷窃的往事，向大家暗示，这个人从来就小偷小摸。我自己是绝不会去偷的，所以我有资格批判她。听众则千方百计打听，到底偷了谁，怎么偷的。然后是共同的唾弃，发泄过后的神清气爽。我们就用这种杀人的流言将一个小女孩孤立起来了，因为她偷过，是"贼"。细想起来，我，以及我们，是多么的怯懦啊。将她说成是贼，我自己便有了安全感，便再次向自己证实了自己的清白。我们在幸灾乐祸中获取良好的自我感觉，将浑浑噩噩的日子混下去。

但我并未能将中国文化学到手，因为我总是难为情（朦胧的自我意识）。别的小孩同人闹翻后，只要有一点小利又可以同那人和好如初，甚至还更好，所谓"肉烂了还在锅里"。而我却做不到这一点。不是刚刚骂了她"贼"吗？怎么能和贼穿一条裤子呢？我的生硬使得我的伙伴越来越少，在学校里，在大院里，我都是越来越孤立了。他们在那里玩，但他们并不叫我（因为觉得我怪），我也不好意思过去。我成了寂寞的游魂。寂寞啊，寂寞啊。整整十多年，我的大部分时间就在这样的氛围里度过。而我不甘寂寞！

后来进了一家小厂，仍然是孤独和寂寞。这是社会最底层的大染缸，男男女女只要聚在一块，总在叽叽喳喳地说某个不在场的人的坏话，从中获取无穷的乐趣。我当然也加入这种场合，也跟着说，以此取乐，为灰暗的生活增加一点亮色。我也知道有人在背后说我的坏话，甚至中伤。有什么办法呢，你说人家，人家也说你。起先我以为，社会就是这样的，和我童年时代的情形差不多。可是我大错特错了。这个底层还有一种我没有觉察到的潜规则，一种属于传统道德的法则，就是这种看不见的东西将散沙似的人们联系在一起。像我这样傻乎乎的女孩，满脑子从家庭带来的理想主义，肯定行为举止都有悖于传统。而且又口无遮拦，不知道什么话可以说，什么话不可以说。果然，不到半年时间我就被孤立起来了。凡有一点权势的人——小领导、办公室干部、老师傅等等，一律对我白眼相向。我到底犯了什么错误呢？为什么他们在一起有讲有笑，一见我出现就全都住了口？我是个扫把星吗？我深深地感到，人际关系真是个无底的黑洞，我就是花费一辈子时间也探不到真相，也无法成为大众中的一员。

在后来漫长的年月里，除了两三个小姐妹以外，工厂里没有人把我看作一个"好人"。既然不是好人，就必定是有问题的人。我一直是那些领导和老职工心目中的问题青年、异类，因为太不会"搞关系"了。传统道德高深奥妙，一不小心就被我踩着了界线，众人心知肚明啊。明明对某个人恨得要死，当面还要做出巴结的、谦卑的样子去讨好，因为"肉烂了还在锅里"嘛，谁没有缺点啊。这是每个青年都懂的做人技巧，只有我不懂，我太喜欢走极端。最后我终于被那厂子开除，回到了家庭——我要调走，他们绝对不肯，就开除我了。他们还用毛笔写了一个关于开除我的决定的公告挂在宣传栏里头。

十年以后，我成了一名专业作家，又一次面临人际关系的黑洞。当我进入作家协会之后，我很快感到当年的旧戏又在重演。他们说我"太不像话了"——实际上我从来就不像话。通过创作，我的自我意识已经充分冒出来，当年的难为情已经发展为水火不相容的憎恶（对自己，也对别人）。这倒不是说我已经变了，变成一个不再背后说人坏话的君子了。这方面我依然没多大变化，但我的人格已经开始了内部的分裂，长年潜伏在我体内的艺术自我这个时候已占了上风，一切违反理性的俗务都变得如此的不可忍受。我从心底感到，我是永远不可同"他们"搞好关系的，只要同众人一道从事那些俗不可耐的活动，我就会无比地憎恶自己，就会连写作都受到影响。由此拉开了我同单位长达十年的"冷战"序幕，我成了一名特殊的专业作家，我不参加任何会议，却又在单位领一份工资。当那里的领导几次威胁要开除我时，我就写信向省里面"反映情况"。这一场黑色幽默似的争斗的结果是我保住了自己的位置。如今我已成了一名老作家，硕果累累，完全可以倚老卖老，所以单位也没人来同我为难了。通过写作，我创造了另外一种生活，也拯救了自己那堕落的灵魂。我将自己的世俗生活压到最小，将艺术生活当作主要目标，形成了自己的模式。这样，不论我在世俗中有多么恶劣的表现，只要我还在创作，我就有了活下去的充分理由，我的黑暗的世俗生活也被赋予了重大意义——它成了火焰的燃料。而假如我不创作，我就会被自己内面的黑暗所压倒，落入度日如年的悲惨境地。我不敢说自己现在已经变得多么"好"了，但至少，因为从事艺术创造，我没有堕落得不可救药。

04. 人际关系和孤独的事业

也许是由于不善于模仿，也许是由于内在的东西太强，难以为外界所同化，我童年时期最大的恐惧和尴尬就是同陌生人接触。因为父母都是有"问题"的人，家里的客人特别少，偶尔来一个不认得的大人，我就紧张，生怕要我去同她或他说话，也不愿意叫"叔叔"或"阿姨"什么的，最好是赶快躲出去。在我看来，人际关系本来就不可思议，再加上父母又有"问题"，常被人影射和白眼，同陌生人打交道就更可怕了，完全搞不清路数和规矩。那时我不但见客人就躲，见学校老师就躲，就连邻居里头的叔叔阿姨也不好意思打招呼，打招呼也要脸红，不自然。我只有在少数几个同龄朋友当中才是自如的。

小的时候，如果大人们的谈话涉及了我，我就会感到万分紧张，感到大祸临头。那是一个我不可能在其中扮演角色的，无法呼吸的世界，他们要在那里对我做出某种惩罚呢，还是决定我的命运？如果某一天，我在屋子外面犯了一个什么错误，而我又听到某个大人在谈论这事，我便吓坏了，一连好多天都疑神疑鬼的，觉都睡不安，只想平安无事地挨过一天又一天，因为时间一长，什么事都会淡忘——我有过多次这种经验。有很多事我看不到，社会的风暴同我之间有一个板结层，我有意无意地避开着"他们"，并且越来越听不懂他们的话。这种本能的自我保护更加剧了我的所谓"乖张"。我只要一开口就不合时宜，只要一动作就如大象闯进了瓷器店。我十八岁进工厂时，那些师傅们当我的面说，我在所有的青年里面看上去最"幼稚"，根本不像十八岁的人。这种评价不无贬义，也预示了后来的麻烦。

儿时人际关系的状态的直接后果就是不得已的孤独。我生活里最缺的就是玩伴。我的空闲时间有一大半是在孤独中挨过去的，那种逼迫人的寂寞的最大作用便是促使我早早学会了阅读。我大概是九岁读完了第一本薄薄的恐怖小说，十三岁便可以看《红楼梦》等文学作品了。如果每天有人玩，如果生活中还有别的刺激，我也许就不会将阅读看作最大的乐趣了。阅读文学其实是一项孤独的事业，也是意识到自己存在的手段。在阅读之际，我是不希望有任何人在旁边的，那是灵魂出窍的瞬间啊。一本悲情故事很可能让我泪流满面，我当然不愿任何人看到自己的失态。我无法模仿社会中的人的言行，所以为人们所歧视。我静静地坐在家中，在孤独的事业中寻根。这种寻根是不自觉的，从本能出发的。也许在那莫名的忧伤里，我已多次同古老的幽灵相逢；也许黄昏空气里的树脂味当中，我已同从未出生过的姐妹邂逅。我不知道，我一直都不知道。

我只是读，越来越深，越来越广地读。即使你躲开那个社会，即使你对身旁那个社会一点都不能适应，这也并不妨碍你阅读。因为你阅读到的，是另外一个世界，是你的梦。只要你没丧失梦想的能力，你就会层层深入，你就可以扮演角色。这个孤独的事业又是多么纯洁，多么给人以希望啊，因为有了这个秘密的事业，我的胆子也越来越大，有时候，居然敢同社会抗争！在"文革"中，我主动离开了学校，但我心里是不怕那些人的。不论是他们来抄家也好，来抓我父亲也好，逼我一次次地搬家也好，我都没有慌张过。我蔑视他们，这些没有人性的工具。我还暗下决心，决不堕落，决不浪费时间，无论在什么情况之下，都不放弃自己的秘密生活。

　　好多年里头，我一直生活在底层，后来又忽然一下子升到了上层。但在我心目中，这种外部的变迁不值一提。我认为底层和上层本质上毫无区别，无非是将赚饭吃的时间变为写作的时间罢了。我仍然以我固有的格调对待生活，我同"他们"的矛盾总是同样的矛盾，恩恩怨怨也相同。我终于熬到了这一天：内在的生活几乎成了我的全部，谁也不能再来干涉我了。

05. 延长了的蒙昧期

在我们这样的国度里，家长们总是用"懂事"或"不懂事"这个标准来衡量一个孩子的成长。如果用他们的水平来衡量我的话，我属于那种懂事懂得特别晚，甚至有点执迷不悟的类型。晚到什么程度呢？说出来不怕人笑话，晚到三十六岁——在那个年龄我还被单位领导斥为"真不懂事"。

我刚刚踏入校门不久，就被老师任命为副班长。那个时候一个班有四十多人，副班长是一个很大的官了。七岁的我为此忐忑不安。有一天，班主任吩咐我和班长第二天早一点到校，到少先队办公室去学习升旗仪式。我夜里激动得不能入睡，第二天很早就来到学校，在少先队办公室门口等。但我等了很久，并没有任何人来到那里，一直到快要上课了，我才满腹狐疑地离开。为什么他们都没来呢？难道班长和少先队的辅导员将这事忘了？难道他们改日期了？难道我没听懂班主任老师的话？这个疑问成了我一生中的一个死结。后来，不但没听到老师再提这件事，连我的副班长的职位也再没听老师提及，而且也没给我安排任何工作。也许老师真的忘记了，也许后面有神秘的背景。由于天生腼腆，也由于我不太弄得清的父母的"问题"，我是不敢去向老师询问的。于是我于不言中又成了一名普通同学，不再是副班长了。也许，那是我第一次感觉到外面的世界是如此的高深莫测。但那个世界就是我的世界，如果我想要"懂事"，我就得进入我的世界，弄清里头的种种联系。然而不知为什么，出于本能，我既反感，又抵触，我自始至终融不进去，所以成了一个落寞的边缘者。我也想讨老师的欢心，也想得到表扬，只是我是那么的笨拙，不自然，所以就被老师忽略过去了。在学校，我始终是"有他不多，无他不少"的那种人。

很小的时候，当我在山上游荡之际，我以为花儿、鸟儿、鱼儿、虫儿，还有我的弟弟、外婆，我的玩伴，他们就是我的世界。在那个混沌的世界里，我是那么的自如、自足。学校为我打开了一张门，我过早地看到了另一个世界，一个我今后将要在里头生存的地方。那里头的规则是很神秘的，我就是再有悟性也搞不清，适应不了。想不清的事我就不去想它，我虽然异常敏感，但又一直懵懵懂懂，非常迟钝。我也听到过人们对我这种矛盾性格的评价——"不懂事"。

后来我长成了一个瘦精精的、营养不良的少女。不论在学校还是在家里，我的表现离"淑女"总是差了十万八千里。某种看不见的钳制令我感到说不出的难受，我一点都不想勉强适应我所属的这个世界，我逃避到幻想里面，到书籍里面。我在学校怕老师，在家里不听家长的话。那个时代，同那些懂事又体贴的少女比较起来，我的确是个晚熟的"愣头青"。而且我的晚熟还有种永远也无法成熟的倾向。那么，这种不由自主的对于"蒙昧"的坚守，是不是说明了所谓的蒙昧对于我来说有种难以言说的魅力呢？还有，成年之后的我的蒙昧是真的蒙昧，还是我具有一种为社会、风俗所不容的特殊眼光呢？也许只有我这类"不懂事"的人，才能穿透表层的伪装，触到事物的实质？也许就因为我坚持了用一个儿童的眼光来判断事物，这才使得同我熟悉或不熟悉的那些人暴跳如雷？的确，我时常表现得太不懂规矩了，我张口就说出事实真相，也不怕自己亵渎了权力。游荡在那个世界的边缘的我，终于渐渐地弄清了那里头的内幕。但这并不等于说，我就可以充当那个世界里头的一员了。鸿沟仍然有十万八千里，因为认识真相和按规矩行事是两回事。

我很想弄个专业作家来当，就托朋友去找了市委书记，帮我拨下来一个名额。这样我就可以到作家协会去领一份最低的工资了。可是我听人说，我这个作家还是临时作家，还没有"转正"。于是有一天我鼓起勇气去问作家协会的领导，什么时候帮我转正？领导一瞪眼，说："还没到时候。你这个妹子，真不懂事！"那一年我三十六岁，却被他称作"妹子"，而且说我"真不懂事"。也许这种事是不能直截了当地问的，也许我口气太大，居然同领导平起平坐讲话。总之我冒犯了人，所以是"妹子"。又过了两年，因为我不愿参加单位的会议，领导们觉得不能容忍我。还是这同一位领导劝我回家，不要当这个作家算了，还说他们可以考虑给我一点生活费用。看来我在当时的举动不但是不懂事，简直就是大逆不道了。他们想不通，一个人怎么可以不懂事到这种程度？难道她不是这个社会的人吗？既然从单位拿钱就是单位的人了，怎么可以没有规矩、我行我素？三十八岁的我当然不是不懂事，而是深深地懂得那里头的"事"。为了让创作顺利进行下去，我曾经做好了被他们开除的打算。然而时代风云又发生了变化，开除始终没有到来。

我所写的，正好是那位领导永远弄不懂的事；我之所以能写，正好依仗于我的不愿"懂事"。儿童时代那幸福的蒙昧期使我受益终生，对"不懂事"的个性的坚持使得我的作品有了一种先知先觉的风格。我将永远如此：一只脚跨在世俗社会的边缘，另一只脚立在我的空灵王国内，将这种交合的探索做到底。

06. 黑洞

在那个年头，谁家的小孩又没有排过队呢？买计划物资要排队，买煤要排队，买粮食要排队，买布、买猪下水都要排队。父母事情多，排队的艰巨任务就落到了小孩身上。排队是天经地义的事，谁也别想白得好处。排队是有技巧的，在经历了多次失败之后，幼稚如我这样的小孩也慢慢地悟出了这一点。可是，我自始至终也没有找到成功的诀窍。

有的人很会插队，找到一个队伍里的熟人就唠叨个没完。谁能反对他们唠叨呢？这又没有规定！一个小时过去了，又一个小时过去了，那人还在唠叨，也在一点一点地向队伍里靠拢。别人都已忘记他是插队的了，只有我恨恨地记得。可是我这么腼腆，这么瘦弱，怎么敢去说他呢。在我漫长的排队生涯里，几乎每次都要碰见这种人，每次都是敢怒不敢言。

同一些无法预料的因素比较起来，插队这种小事就算不了什么了。时常，有好几个队伍摆在你面前，你选哪一队？我们同院的小孩都比我灵活，到队伍里钻几回，换来换去的就换到了对自己有利的那一队。我不知道他们选择的标准是什么，我每次都是死心眼地站在一个最短的队伍后面，可回去得也最晚。我不会换队，每次都一站就站到底，哪怕队伍移动得像蚂蚁那么慢，心里也存着希望——毕竟还在动嘛。我记得有次买油，当我终于排到柜台跟前时，发现所有的顾客都走光了，我羞愧地成了最后一名，除了一名老头来帮我打油外，其余人都吃饭去了。

最怕的是更为神秘的因素的干扰，它们常常可以使得我白白浪费大半天时间。那时的人"走后门"还没有现在这么厉害，可是在任何场合，都有可能出现强权人物，这些人可以不按规范，多吃多占。有一回我为家里买煤，我又按惯性选择了一队最短的队伍。这一次，居然排了一个多小时还一动不动地站在原地。怎么回事呢？刚好一个朋友路过，就请她帮我站一下队，自己到前面去观察。却原来，在我的那一队的窗口前，拥挤着七八个青年后生，有的还攀跨在窗台上方。我踮起脚，从人缝里看过去，我看到的情况总是模棱两可：好像里头在卖票，但是又没看到人出来。那七八个后生始终将窗口遮得严严实实，似乎里头有见不得人的秘密。过了好久好久，终于一声吼，一个小伙子拿了一张煤票挤出来了，他浑身都是黑汗，我在心里安慰自己说，队伍并没有一动不动，还是有人买了票出来了。于是我回到队伍里，继续耐心耐烦地等。这时我发现只有一个小孩排在我后面，而我，已经快排了一上午了，才总共挪动了四五米的样子。再去排其他的队是绝对来不及了，只好硬着头皮排到底吧。可以想见，那一天我没有买到煤。我在回去的路上一直想这个问题：那些人为什么围在售票窗口不离开呢？如果是来买煤的，买了就应该走啊。还有里面的营业员，她（或他）多长时间才卖一张票呢？怎么我站在那里观察了差不多半小时，才看见有一个人拿了票出来？莫非她（或他）上厕所去了？莫非吃饭去了？莫非这一队并没有专人售票，只不过是敷衍我们的？莫非所有的煤票都落到了那几个强权人物手里？

社会生活中的黑洞常常令我不寒而栗，儿时排队的经验只不过让我远远地看到了洞口的一些表象。也许像我这样的小孩，即使全看到了，也还是学不会适应的技巧吧。

07. 忧心忡忡

　　我的童年和少年有很大一部分时间是在忧心忡忡中度过的，这种心理来自于对我未知的那个世界的害怕。通常一桩心事让我的那种心理状态持续好多天，甚至半个月，最后才得以解脱。忧心忡忡的原因总是一个——怕同人打交道，尤其是陌生人。在那种场合，我既容易脸红，又时常听不懂别人的话。

　　"文革"中有段时候，父亲被关牛棚，要由我去代领他的工资。他的工作地点是学院里一个叫函授处的地方，似乎他解除劳动教养之后就在那里整理资料。开始还给他发八十三元工资，后来就只发四十五元生活费了。

　　我记得我第一次去领工资的情形。在那之前好几天我就开始惶惑不安了。父亲之前带我去过一次函授处，是一栋别致的两层楼房，门前有花坛和万年青。听他说领工资的地方是在二楼进门左手边第三个门。我最担心的是，万一财务室的人不相信我怎么办呢？他们根本就没有见过我，我手里只有父亲的一颗图章，凭了这颗图章他们就会发工资给我吗？还有，万一他们问我什么事，我听不懂他们的话，那就糟了。越临近考验，我越像热锅上的蚂蚁。然而只好硬着头皮去了。

上到二楼，心里怦怦跳个不停。财会室里头人很多，都是领工资的，我默不作声地排在队伍后面。时间就仿佛停滞了一般。啊，轮到我了！我亮出图章，对那人说："我是邓钧洪的女儿，来领工资的。"由于刻意用力讲话，我的声音很大。那人看了我一眼，从那一排纸袋里头抽出一个，把钱交给我，然后在表格上盖了一下图章。直到下了楼，我才感觉到自己在发抖。那时我没想到，他们肯定是熟悉父亲的图章的，而且我的样子老实又腼腆，当然不会怀疑。从那以后，领工资就成了我的事。我虽仍然紧张拘谨，但远没有第一回那么恐惧了。

那个年月，对于落到头上的灾祸（比如被抄家；比如被从家里赶走，搬到楼梯间去栖身；比如去为牛棚里受难的父亲和被关押的母亲送生活用品这一类事）我既不紧张也不忧心忡忡，反而显得很平静很沉着。只有去单位找人开证明转学啦，去管理处购买食堂的饭菜票（外面的人不得在学院的食堂吃饭）啦，这种要同人打交道说明情况的事，我才会感到很为难，很厌恶。看来那种正常的将自己看作社会的一员的观念从来也不曾在我心中扎过根，所以我才会一到了要同作为"组织"的人打交道时，就难为情，畏惧。又由于生活上少不了这类麻烦，我隔那么一阵就会忧心忡忡好几天。而灾难就同这种事不同了，我不用同人打交道，只要忍受并且蔑视就可以了。我已经在父亲的教育下成了个懂道理有理想的少年，完全禁得住风雨了。

忧心忡忡的实质到底是什么呢？那不就是个人要不要作为社会的一员来生活，这个问题对我产生的冲击吗？啊，这的确是个问题！虽然对于一般人来说是理所当然的。从儿童时代起我就为了这类事焦虑、恐惧、失眠过。长年累月，我站在外围观察，但始终融不进去。如果我不预谋的话，我的言语、我的举动就永远是不得体的、异端的。几十年都过去了，摆在我面前的仍然是这个问题，即：我要不要开始"生活"，"正常的生活"对于我这样的人究竟有没有可能？我依然忧心忡忡，就像久远的少年时代那一回要去领工资一样。

08. 生命圈

　　我想，我和弟弟都有一个生命圈。他的圈比较小，是中国式的。他每天上班，每天惦记他的宝贝女儿，还看一点书，基本上不怎么与人来往。我呢，我的圈子是西化的，不断向外扩张的。我每天写作，稍微惦记一下我的儿子，同丈夫商量一下家务。我的圈子是通过作品向外拓展的，因为我也不怎么与人来往。

　　焦虑从两三岁起就伴随着我。外界是一个黑洞，幼儿园和医院里那些令我恐怖的日日夜夜，影子似的在眼前穿梭的大人们，宛如噩梦。我总是想，只要一觉醒来，一切就会改变了。所以我应该紧闭双眼，马上入梦。所幸的是这些日子都很短暂，我得以回到我的圈子内。我对三岁多时家中发生的那场灾祸并没有太多的记忆，也许一方面是晚熟，另一方面也是那件事并没有很深地触及我的生命圈？那个时候，我们生活在外婆的羽翼之下，还用不着我们去同外界打交道。从这个意义上也可以说，我的童年既完整又幸福。即使后来进入了学校，即使要焦虑的事大大地增多，我里面那种已经成形的东西也并没有被破坏。

从一开始我的圈就不是完全封闭的，它是一个矛盾，既排斥外界，又渴望着外界。当我搬回城里时，外婆已经去世两年了。我终于在宿舍里交了一个好朋友。那一天，我决心要将我外婆讲给我听的一个极为幽默的故事转述给她听。我和她来到井边，我模仿我外婆的外乡口音给她讲了那个故事，自己笑得上气不接下气。很可惜，她没听懂。我有点失望，有点惆怅，还有点恨自己口才不好。那么好的故事，那么好笑的方言，都被我弄糟了！后来我又将那个故事对自己复述了一遍又一遍。

一次我们写一篇作文，题目是"伟大的祖国"。写的时候我忽然记起了我读过的那些课外书，于是产生了来抒一把情的欲望。我写的第一句是："伟大的祖国，美丽的母亲！"写完这句，我就去找那些书，参照着书上的段落改写一下，成了一篇漂亮的文章。这篇文章惊动了我们班，甚至惊动了学校。一些外班的学生都来问我这么好的作文是怎么写出来的。我的老师问我是不是让家长指导了。我老老实实地说，没有，只不过我参考了一些课外书。老师说了一句令我费解的话："写作文一定要是自己的真实情感。"我想，莫非她要我别看参考书？但她又补充说，参考书是可以看的。其实我觉得，那篇改编的作文就是我的真实情感，我一边写一边差点掉眼泪了，那时的情感就是那么浅薄的，带欺骗性的。那一次是我里面的东西向外扩张的一次重要尝试。不论我那篇作文多么幼稚、虚假，那也是我自己的第一次，它是我生命圈内的东西的一次暴动，而绝大部分孩子都没有这种抒情的需要。后来老师也并未重视我的写作才能，我的扩张的尝试失败了。我仍然写那些枯燥无味的命题作文，与此同时继续醉心于阅读，让自己园子里的东西不知不觉地生长。

在我们这个国度里，同人打交道是最耗人精神的，一来二去你就会变得干干瘪瘪了。这个社会完全是病态的，病的时间那么漫长。像我这种艺术气质的人，在实践中永远跟不上外界人士的思路。所以我最感到痛苦和恐怖的年头是独自在街道生活的那十年。但即使是在那种阴沉的，充满了你死我活的文化氛围的环境中，我也仍然偷偷地保留了我内心的自留地。我既学文化也读文学，时常记日记，时常通过信件和哥哥交流思想。我是不会将自己的精神耗在那些人际关系里头的，就因为这，我的人际关系极坏。当我发现自己永远找不到两全的出路时，就不再管那一套地我行我素起来。而一旦我行我素，内部的东西顿时就强大起来了。一个人，连别人对他的评价都不在意了，别人拿他有什么办法？中国文化是欺弱怕强的文化。一年又一年，我扩展着我的生命圈，到今天，她终于成了不可战胜的。

第五章

书籍的恩惠

01. 严肃书籍

我是伴着书籍长大的。从很小的时候起，我脑子里就形成了这样一个印象，即，有些书籍是"严肃书籍"，不是一下子可以看得懂的，要等我"长大了"才能接触。爸爸书架上的那几排书就是"严肃"的，里头有西方哲学、马列主义，最显眼的是那套蓝色布面精装的《资本论》，还有几套大部头的中国古典文学史。我多年里头司空见惯的事就是，他每天都在读这些书，大部分都是一遍又一遍地读。

在台灯下，这些书散发出一种特殊的味道，说不出那是什么味道，总之引人遐想。那时候，我喜欢趁家人不在之际将那些书一本一本地摊到桌子上面细细打量。我用鼻子凑近了去嗅，用手反复地摩挲。那些书的装订全都朴素而精致，书里头则布满了父亲的笔迹，也许，用"仰慕""欣喜"这些词都远远不能概括我那种朦胧的、神往的少女心理。那时我自己也开始读书了，大都是一些通俗书，我是不会将它们归到父亲的书那一类去的。我如饥似渴，什么书的短期刺激性最强就读什么，读完后那些书就不见了，没有收藏的冲动，也没有条件收藏，大部分书是借来的。那个时候谁买得起书啊。

父亲的书静静地躺在书架上，始终对我有种无言的诱惑，它们的存在让我下意识里感到，某些书籍里头有一个无比深邃的世界。如果一个人想进入那种地方去弄清某些事，他就得花费掉一生的时间。那灯下长年累月的夜读，那镜片后面冥思的眼神，当然不是为了装门面，当然也同我读那些通俗书产生的激动是迥异的。那么，那究竟是一种什么样的情形呢？那个时候，没人说得出，父亲也说不出，他只是说："将来，我的这些书你都要读。"那么，将来我也会像他一样长年累月面前放着同一本书，既看又不看，沉浸在冥想之中吗？我不知道。

那一天终究到来了，那是我同文学正式结缘的时候。我手头也有了几本"严肃书"，并且它们的数目还在慢慢地增长着。在后来探索的日子里，我越来越感到，某些书籍是会变魔术的。在密密麻麻的文字下面，有一个莫测的世界，这个世界可以称作语言的世界，也可以称作文学、艺术、哲学或人性的世界。最奇怪的就是对于阅读者来说，这是一个互动的世界，只有你通过冥想的发力真正感觉到了她时，她才会延展，并显出自己的丰富层次。而如果你的阅读是懒惰的阅读，那么，哪怕你是一个有天分的人，那个奇妙的世界对于你来说也始终处在"偶尔露峥嵘"的阶段。你进去不了，只能为之叹息。一名现代读者不但要反复读，反复冥想，甚至还要动笔，在写的当中去拓展被你感到的那个世界。这是最辛苦，也是最有收获的阅读。

一名高级的具有现代精神的读者其实也是一名侦察，他能够在书籍的树林里根据某些蛛丝马迹发现下面的巨大宝藏。那些严肃书籍向他发出信息，他自己体内浓缩的精神接受了信息，并立刻产生新的信息。这种混合的信息引领着他进入精神的隧道，就在那个地方开始了伟大的揭示。那是既迷惘又清醒的过程，是人与神一次次晤面的瞬间，那些严肃的书籍都具有这类属性。我们作为读者，如果想要获得现代阅读的快感，就得从体内压榨出精神，就得去进行那种艰辛的冒险。

你已经有了伴随在身旁的严肃书籍吗？如果你对这个问题的回答是肯定的，那就说明了你是一个真正有精神追求的人。

02.《金发公主》和《牛虻》

　　爸爸的书架上只有马列主义哲学书，书脊上面的一些字都被我记熟了，另一些我记不住，因为太抽象了。我每天在爸爸的书架前流连。忽然有一天，爸爸从图书馆借回了几本外国的童话书（他在图书馆被监督劳动，称之为"劳教"）。爸爸是借回来给姐姐看的，因为姐姐上小学了，认得好多字了。其中有一本叫《金发公主》，爸爸说了一遍，我就永远记住了那几个字。书的封面上画着一名少女，生着金黄色的长发，一直拖到脚踝那里。我的眼珠鼓得老大，久久地盯着那张画像。世界上怎么会有这么美丽的头发呢？要是我能得到一根那样的金头发，该有多么好！

　　好多天里头，只要拿起那本小书，便会有异样的激情在胸膛里高涨。我常趁着没人时仔细端详我的金发公主，我以为金发就是黄金的头发。而且那张脸多么的谦和秀气！想入了神之际，我就将书的封面贴在自己的脸颊上。要是坏人来了，我就要将金发公主藏在最最秘密的、谁都找不到的地方（比如说后面山坡上的那个土洞里），等坏人走了再接她出来；如果她没有东西吃饿坏了，我就要把家里唯一的黑母鸡生的蛋都拿出来送给她；还有爸爸昨天给的一粒糖，也送给她。我一定要和她好。

那本书久久都没有还给图书馆，我就把它当作我家的东西了。和邻居小孩吵架时，我突然提高了嗓门叫道："哼，我有金发公主！你有吗？你有吗？"当然，她没有，她被我的气势压倒了。

书后来的下落我不记得了，也不怎么关心了。因为后来我认识了很多字，可以看童话书和其他小人书了，文字里面的世界比那张简单的图画更有意思，有意思不知多少倍！然而，阅读的模式仍是一个——联想。我们生来便会联想，而我，最善于在虚拟的世界和我身处的世俗世界之间搭起桥梁，以便自由地来来往往。或许，这是演出的冲动吧。把生活变成戏，有我本人参演的激情戏，那是我每隔几日就要做的操练。在大部分时候，那媒介就是文学，当然偶尔还有电影。我不是像别人那样简单地读或看，每一次我都要同作者一道扮演角色，同作者一道在他们的崇高的境界里生活。

《金发公主》之后的另一本书是《牛虻》。在十四五岁时，我得到了这本书。我是一个在某方面晚熟的、有点懵懂的女孩，所以《牛虻》这部小说里头人物之间的复杂关系我并不完全懂得。不过因为家庭氛围的熏陶，那里头的崇高境界从一开始就深深地吸引了我。开始是废寝忘食地一口气读完，然后重复读，再后来便将书藏在大箱子后面，以免被家里人拿走，像干坏事一样，时不时偷偷拿出来重温。我时常想，牛虻是如何做到忍受一切的呢？一个人怎能像他那样对付疼痛的呢？像那个时候的很多孩子一样，我自己也是非常有忍耐力的。我记得那时风湿痛几乎常年伴随着我，又没有药吃，我便训练自己在疼痛中入睡，我果然做到了。时常，晚上睡觉前两腿疼得厉害，到了第二天早上仍然很疼。但是必须去上学，一活动，就将疼痛暂时抛开了。然而，自从读了《牛虻》，我感到我的忍痛能力同他比较起来真是小巫见大巫了。还有，他的忍痛方式也给我非常深的感染，我朦胧地懂得了"独自承受"这几个字的含义。不但要能忍，还要保持沉默，不向任何人诉苦。只有这样的人才是有理想的能干大事的人。我将书中的每一个有关疼痛的细节设想了又设想，似乎是在测试我自己能否具有他那种超人的毅力。毫无疑问，我同他比，那距离太遥远了。不过我还小，还可以努力嘛。

在那个特殊年代里，很多青年都在模仿牛虻，而我对他的身体力行的模仿，也许是同时代风气的一种巧合吧。好多好多年过去了，绝大部分人都从虚幻的理想主义的高处坠下来，为世俗的嘈杂所淹没，我仍然在继续我的白日梦的演出，只不过角色和背景都大大深化了而已。

03．只有一本书的日子

父亲被安排在郊区劳教，我们全家也就随父亲住到了郊区。房子只有两小间加一个更小的厨房，极其简陋，一家八口人挤着住在里头。白天里，哥哥姐姐上学去了，我和两个弟弟在家。这栋房是那种一长排的宿舍房，傍着山坡盖起来的，一打开门就看见山。天晴时，我们整天都在山上，找野果和野毛栗子吃，要不就到溪水里抓螃蟹小虾，有时也帮外婆捡柴。除了肚子饿以外倒也一点不觉得"苦日子"有什么苦。

可是下雨天就有些无聊了，江南的淫雨要落好几个月，三个人待在没有任何一件玩具的家里免不了吵吵闹闹，有时还小小地打一架。虽然总可以想出点花样来玩，比起晴天来到底差远了。忽有一日，我们得到了一本小人书，书名大概是《桃园结义》（这是现在的推测，因为那时我和弟弟们都还不认得字）。是哥哥或姐姐借了别人的，忘记还给人家了，于是落到了我们手里。啊，那一天真是一个充满了欢欣喜悦的日子！我们三个人并排坐着，我拿着书，将那本书看了一遍又一遍。看不懂的地方就问外婆，外婆对三国的故事是很精通的。终于我们将每一个细节都搞得清清楚楚了。我们一致认为，最值得喜欢的人物是张飞，每次我翻到黑脸汉子出场那一页，三个人就要欢呼起来："张飞！"那骑在马上、双手握着丈八蛇矛的形象是多么的威风，多么的扬眉吐气啊，简直百看不厌！当然关公也是很好看的，一个长胡须的红脸汉子（外婆说他是红脸），不论摆出什么姿势都令我们羡慕不已。只有刘备没有什么印象，好像是个矮个子的普通人，穿着长衫。我记得那本书很厚，封面是彩色的，里面是黑白的。我们一连看了好多天，兴奋也一点点地下降。然而只要翻到张飞那一页，尤其是他骑在马背上打仗的场面，仍然忍不住要欢呼："张——飞！"黑脸的大胡子的张飞是我们三个人的偶像。

后来当然又找到了一些其他的好玩的事。可是只要一静下来，三个人就会不约而同地想道：看图书去！于是拿了那本书到厨房后面的山坡下去欣赏。厨房傍着山坡，中间只隔了一条下水沟，这里是最最不受打扰的地方。每次我们都要在那里消磨一个多钟头。总是那同一本书，总是那同样的欢呼，三个人一起看书是何等的畅快！"到后面去。"这句话成了我们三个人的暗语。后来那本书就总放在那里的一张破凳子上，隔一阵我们就要去那里充一充电。那大概是我们儿时看的时间最长的一本书。到后来封面都破了，书页也掉下来一些，但在我们无聊时，它仍然是解闷的法宝。

到底是书中的什么东西吸引着我和弟弟们呢？我记得我们

三个并不关注书中的情节，而且以我们当时的年龄（三岁、四岁、五岁）也不可能理解那些情节。我们只看画，看张飞的表演。不论已看了多少次，我们仍要兴奋，并且会情不自禁地欢呼。是什么在刺激着我们呢？

后来我有了儿子，儿子两岁时，我给他买了《大象巴伯的故事》。那是一本在大人看起来平平淡淡的外国图画书，讲的是动物大象巴伯的日常故事。儿子看得多么的专注，多么激动啊。那种情景立刻令我想起了我的张飞的图书。幼儿的内心都有强烈的表演欲，那时我们的阅读是将自己全身心地摆进去的，不论是张飞还是大象巴伯，那就是我们自己。那是真正的、一去不复返的纯洁的阅读，没有任何功利，也不会让俗套的思考来干扰，所以才会有那种出自内心深处的欢呼啊，想想卡尔维诺那位童年时代坐在鸡圈里读书的编辑吧。

今天我所写下的这种文学，就是要唤醒人们早已失去的那种阅读能力。可是失去的东西是很难再找回来的，也正是因为这一点，我的读者需要重新训练才能进入到那里，他们将遇见的是他们童年曾有过的那些奇异欲望。

04. 光感

　　说不清我是从什么时候开始获得那种清晰强烈的光感的。

　　我最早崇拜的人物是刘胡兰。我从课堂上知道她是一个小姑娘，但居然不怕死，一身铮铮铁骨。我反复地设身处地——如果是我的话，当脖子放在铡刀下面时，我会怎样呢？想了又想，还是觉得自己肯定做不到像她那么勇敢。那可是实实在在的脑袋落地啊！虽然我扪心自问，深感自己做不到让自己的肉体虚无化，但那种崇高的意境令我久久地沉醉。我爱这种敢于牺牲自己的人，不论是刘胡兰，还是《红岩》里面的江姐。我感到在英雄的末日境界里，有一束光芒在照耀。

　　稍大一点，我便深深地为安娜·卡列尼娜的死亡境界所吸引了。那样一种黑沉沉的、绝望的死，似乎扑灭了一切想象。然而并不是这样，我之所以愿意让自己停留在那个境界里，一轮又一轮地体验、扮演，不是因为黑暗，而是因为光。那种迷人的、能穿透五脏的光。一口气读完死亡的描述之后，又翻到前面去读她的日常生活，读她同儿子那令人心碎的会面，读她同情人的初次邂逅……在阅读之际，光芒始终照射着大脑里幽暗的深处，调动起体内的能量，使我能运用自身的经验重新构思美的世界。

再后来，很久很久之后，吸引着我的便是艺术家的死亡境界了。我终于明白了，我不是世俗中的英雄，我非常害怕肉体上的伤害。如果有那种事发生，我说不定会是一个懦夫。但我又太爱人的牺牲的姿态，太爱那种境界里的永恒之光，似乎我活着的宗旨就在那里头。那么，能够实现我的这种爱的，只能是模拟那种境界的实验了。这种实验可以令奇迹出现，而在奇迹中，灵光照亮幽暗的心田。

对于光的感觉和向往，似乎是从我很小的时候（大约三岁）就开始了。谁说幼儿只是自私的呢？一切都是很难界定的，所谓天性，难道不是从一开始就包含了光感吗？和煦的阳光照在窗外的杨树叶子上，幼小灵魂与肉身的分野在悄悄地进行。我幸运地在一个充满镜像的世界里成长起来，我周围有那么多的镜子在暗示引导着我，所以辨认就自然而然地开始了，整个的过程就如一场趋光的运动。现在回忆起来，儿童时代竟有过那么多美丽的瞬间！从幼儿时期对家人的依恋，到"文革"少年时期产生出保护父亲的豪气，这段过程里镜子的作用是关键的。我的父亲是一名真正的孤胆英雄，我做不到像父亲那样，但我将他传给我的内在气质转化成了搞文学的天赋。我通过文学创作的演习，一次次重现了父辈追求过的永恒之光。

文学的创造过程就是一场趋光运动，我不过是延续了幼儿时期的本能。也就是说，趋光，是人类的本性，人对于理想的追求是最符合人的本性的。自私自利与自我牺牲这个人性矛盾的两面，将在历史的长河中永远对峙下去，只因为人懂得从镜像中认识自己。

05．达吉娅娜

少女时代没有爱情，可是有爱的欲望。

我描过一幅插画，名叫"达吉娅娜在小树林里"。普希金的苗条的贵族少女，白的衣裙，忧郁的眼神，庄园里的静谧。我不喜欢普希金，我觉得他不过是一个浅薄的诗人，有点像现在的二流流行歌手。可是达吉娅娜，这是另外一回事了。达吉娅娜是梦，像我这样的少女的梦。当然，你也可以将她的名字换成阿霞，换成卡杰琳娜等等。那种永恒不破的忧郁，那种由敏感多变而导致的苍白⋯⋯

如今是看不到这样的人了。美少女是在心的深渊里成形的，她徐徐上升，脱离了脚下的尘埃，成为异质的大自然里面的幽灵。在压抑的梅雨天结束之际，我里面有些什么东西开始跃动，我迎着那道彩虹走出去。"啊，达吉娅娜！"我默念道。我一身轻灵，如同这蒸腾的地气一样上升。这里有松树、银杏树，地上有三叶草、蒲公英和野草莓。达吉娅娜的白裙在那棵巨松的树干后面飘荡。她手里拿着什么书？抑或什么都不拿，只作为书中的主角出现在这里？唉，达吉娅娜！从前有过，现在没有了，你已经到了将来的世界里。

对于达吉娅娜的阅读必须悄悄地进行。星期三下午不上课，家里又没有人，我就翻开了那本书。那几章熟悉的诗句，那两幅插画，让我整整一个下午沉浸在里头。俄罗斯的天空和小树林同我们这里的天空和小树林有区别吗？当然没有。达吉娅娜属于我们每一个人，只要你想，你就能变成她。也许，我本来就像她，只是自己不知道而已。

在暖洋洋的季节里，我们整天追追跑跑，历险的游戏一个接一个，情绪总是那么高昂。可是只要一静下来，内部就会产生那种空白，而达吉娅娜，就会从那空白的中心现身。她，俄罗斯的美女，用那样幽深的目光注视着我这个平凡的、有点灰色的中国少女。沟通是多么奇异啊，就像电击，又如初恋，虽然并不是异性相吸的那种冲动。我在房里走动，将窗子打开，看见小鸟儿将红果啄落，我便流泪了。达吉娅娜啊，没有你，我会如何成长？

从前，在一个毫无特色的日子里，我得到了普希金的这本书。我将书藏起来，等到家人外出时再拿出来一遍又一遍地重温。在达吉娅娜的小树林里，没有世俗的沉渣。和煦的阳光在聚精会神地演绎草莓的奇迹，幼鹿在草地上奔跑。那么白的裙子，只能属于她——少女梦里的异国偶像，一生中永恒的情人。对于年轻的阅读者来说，那个男人不存在。达吉娅娜暗恋着他，

122

这又有什么！真相是：阅读者暗恋着达吉娅娜。听，伙伴们在院子里疯吵，马路上有柴油车隆隆驶过，而东边，军人在操场上吹响号角，自来水在灶上的瓦壶里冒泡，我在冥想。达吉娅娜，我爱你！

我没有问过她是谁。我很可能已经问过了，成千上万次无声的叩问，夏日的风慵懒地吹着，精神却无比的亢奋。达吉娅娜在小树林里，她在那里，我能听到白纱裙扫过草尖发出的沙沙声。她在异域，她又在我们当中，难道不是吗？将手放在胸口，便能感到心跳，感到血流，这就是真相啊。

从前，在一个毫无特色的下午，我同俄罗斯贵族少女达吉娅娜相遇了。

06．心的定力

我是属于很不会干活，手笨腿也笨的那种小孩。如果某件工作需要掌握物体的性能，并运用我的肢体的活动去顺从那种性能的话，我往往会在实践中一败涂地，要通过加倍的努力才能达到中下等的水平。比如给煤火灶搭围子，比如挑担子，比如到井里打水等等，我都多次练习过，但进展还是那么微小，简直可说是没有进展。唉，物体是多么的不可捉摸，我的模仿算计能力又是何等的低下！

我在同学家看她用一把简陋的火钳在泥地上滚出一个个细小的湿煤球，然后将煤球一个一个地叠放在出口很小的、长长的灶膛里。那是多么高超的技术活儿，煤球要放得恰到好处，中间的火眼要空，架子要搭得稳。一会儿工夫，蓝色的火苗就蹿起老高，朝里头一望，黄通通、红艳艳的，燃烧得多么充分。由于是湿煤，燃烧的时间又更长，节省了燃料。"我每天都要做这个。"她自豪地说。我却很惭愧，我在家里弄火，常把火弄灭了。每次弄灭了，就沮丧得要哭出来。

干活，意味着将心力和肢体运动同外部的事物相结合，我大概是很不擅长这个的。我仅仅擅长技巧很少的、近似本能的体育运动，比如跑、跳、荡秋千之类。搞这类运动时，你的注意力不用投向外部，只要凝聚在心头就可以了。而且也不用构思和策划，屏住气就可以解决一切。

回头看看我几十年的阅读生涯，我发现，我的阅读从来就丝毫不关注"现实主义"的那些技巧和方法，我也几乎从来不去注意文章的表面结构，叙事的所谓策略等等。我每阅读一部喜欢的作品，都是"屏住气"，让语言发出的暗示信息在我心头开花。十三四岁读《红楼梦》时是这样，今天读《堂吉诃德》时仍然是这样，只不过现在比少年时代更自觉了而已。我的阅读方法始终没变。从前并没有人教我，应该说，那正是出自本能的阅读。

也许就是这种特殊的阅读方法在多年里暗中铸成了我的非理性小说。我的所有的小说都是"屏住气"的产物，是一种垂直的运动，是肢体力量与心力合一的自发律动。当太阳照耀着万物时，我的心底便会酝酿出一轮又一轮的这类运动。我几乎是刚一开始创作就体验到了自由，因为自由，就是心力的解放啊。同样，刚一开始创作，我就懂得了保存体力的重要，一定分量的体力才能保证心力的创造性发挥。如果我哪天感冒了，就会坐在桌边一个字都写不出。我的写作不需要任何技巧，唯一需要的就是心的定力。而保持这种定力，是需要很多很复杂的"活"的技巧的。也就是说，我必须艺术地活，才有可能将自己的创造状态维持下去。我现在也可以自豪地说这句话了："我每天都要做这个。"

我的心跃跃欲试，时刻准备着去进行那种异质的发挥。我要维持创作的状态，就必须尽量脱离同社会的直接联系，并具备在创作的瞬间将自己转化为"超人"的技能。当我专注于这种活法时，律奏便会自然而然形成。我跑步，锻炼身体，我同体内的疾病抗争，不敢有丝毫懈怠。每天，我坐下来写作两次——上午和下午。

我就快五十四岁了，我的心依然在跃跃欲试，我的目光远比年轻时深邃。

07. 恶魔

　　那是我读过的最入迷的一本书——在小学三年级时，书名叫《孤魂鬼影》。内容已经差不多全忘记了，似乎是写一个本地人成了一个受"美蒋"操纵的特务，住在坟地里，夜里出来搞破坏活动。有一个情节至今记得：那个坏人为了让村里的人认不出他来，就将黄豆炒热，倒在盘子里，然后将自己的脸压在滚烫的黄豆上面，烫成一个麻脸，像出过天花一样。我无数次想象这件事，就仿佛那些黄豆陷进了我自己的脸颊，我将它们一粒一粒地抠出来。那一定疼得钻心吧。

　　那本书就像一块磁石，我一做完作业就捧着它坐在那里再也不动了。我看得慢，因为书里头有些生字，但又急于了解情节的发展，所以我的情绪就如火烧火燎一样。那些场景是多么的恐怖啊，深更半夜，一个影子在坟茔间窜来窜去，然后消失得无影无踪。白天里，公安人员去那地方寻找，无论如何也发现不了这个鬼影的痕迹。看到这里，我全身都在发抖。屋外寒风呼啸，屋内的人全睡着了，我的思维在走钢丝。那个鬼会不会就藏在我家的床底下呢？或者窗户外头？有一刻，我看到有张模糊的脸在玻璃上晃动了一下，啊，我简直要发疯了！我应该钻到被窝里头去，钻进去就好了，谁也伤害不到我了。但是我还想看，我想知道结局。唉，结局！不认识的字越来越多，我越来越恐怖。我还在坚持。我瞟了一眼闹钟——两点三十分！明早还得上学，我吓坏了，放下书，钻进被窝，在寒冷的黑暗里，我全身发麻，但一会儿就进入了梦乡。

　　一连好多天，我心神恍惚，不断回想着《孤魂鬼影》里头的情节。我已经知道了结局，结局很没意思。可是那些情节，实在是给我太强烈的印象。我一遍又一遍地翻回那些惊心动魄的地方重读：黑森林啊，墓地里的鬼窟啊，同恶魔面对面的较量啊，平静的表面底下深藏的阴谋啊等等，还有什么比这更符合一个九岁女孩的想象力呢？当我沉浸在恐怖情节中时，我身上的疯狂就被激发出来了。也许其实，我以为自己就是那个恶魔？但恶魔终于被揪出来了，他脸上的麻洞凄惨地面对着白天的强光。真是不可思议啊，这到底是什么性质的表演？

　　在课堂上，在熙熙攘攘的人群中，在夜半醒来的时分，我常常会产生那种黑色的念头：魔鬼（书里说他是披着人皮的狼）会不会就在我们当中？如果被魔鬼盯上了，我会不会死路一条？多么可怕的家伙，竟然住在坟墓里头！我脑海里反复出现这样的画面：一个模糊的人影，提着一盏马灯在坟茔间转悠，有人发现了他，他跳起来，机警地躲在一块墓碑后面。为什么摆不脱这个鬼影？看来我太想扮演他了，他对我有着无穷的吸引力！

终于那本书还回图书馆了。从那个时候起，或许我模糊地揣测到了自己心底的嗜好吧——我喜欢恐怖体验。但在那个时代，恐怖体验是不容易找到的，它只会不期而至，那时你往往要被危及生命。于是我有限的几次可怕体验（从车上摔下，掉进水塘，踩塌屋顶的椽子等）成了我终生的收藏，隔一段时期它们又会像幻灯片一样回放。而我自己在片中，永远是那个夏天穿无袖衫、瘦骨伶仃的小孩，目光迷茫。

如今真的魔鬼是离我越来越近了，我还在不遗余力地扮演他。一旦结缘，终生相伴。无论我已经走得多远，那山间某地的林涛，依然如我孩童时代那样呜咽不已。

第六章

性格与写作

01. 日记

　　我从十岁就开始记日记，但记了没多久就停止了，中间断断续续又重操过旧业，但终于还是没能坚持下来。我在日记本上面写的字工工整整，我下决心要把心里所想的事全记下来。可是过了不久，我就发觉记下的东西没什么大的意思，还有点做作。因为一些模糊的念头自己也是很没把握的，而用当时那种水平不高的、多少有点夸张的文字将其固定下来之后，过一段时间来看，就觉得幼稚，没有意义。

　　我读到小学时写的那本日记，那里面大部分都是流水账，像是为了应付老师而写的作文。这同那个时候的小孩没什么大的区别。只有一点值得注意的就是，我对自己是有要求的，并且这种要求是持之以恒的。某一天，我写下这个句子："早上一定要锻炼半小时，以跑步为主，下雨跳绳。"我又写道："每星期做一件好事。"这些要求都是我痛下决心之后写下的，日后便一定会照着去做。写日记，我没有对自己撒谎的习惯。但是我却没有感到那是一种心灵的需要，所以我整个青少年时代只有一本日记，里面起先是老师布置的作文，后来就自己写，总共写了半年的时间。其中稍许有点意思的就是记录了大弟的死，记录了我养猫的事。

我想，大概因为我是那种晚熟的类型，对自己写下的东西完全没把握，也没很大兴趣吧。我是浑浑噩噩的，我也不自觉地有过很多冥思，但在那种年龄，完全不知道要如何将它们记下来，也没有产生记这些东西的念头。

青年时代我又尝试过几次记日记。一般是记录我所读过的书，我交的朋友，我的情感上的困惑等等。不知怎么，现在回忆起来觉得很浅薄，也许那个时候我正充分发挥着自己浅薄的那一面吧。另一个我还没有成形，还没有出来，它被保护得很好，几乎完全在我的文字里不露痕迹。也许是对自己不满，更多的是没感到心灵倾诉的需要，每次我都是没写多久（一两个月？）就放弃了。那个时代，如果一个人不记日记，是没有别的地方去倾诉的。我就这样一直没有倾诉地生活着。为什么呢？应该说是没有找到开启心灵的钥匙吧。传统的记日记的方式显然是无法开启我的心灵的，这个方式同自己拉不开距离，人就老是站在表层的自我的立场上说话，那种立场是不能让魔鬼现身的，充其量也只能记下某些痕迹，而且是无意识地记下，所以也就不可能有一贯性。我没有用文字记下我的心灵变化，但是我还是时常进入冥思状态，并且时常感到某种古老的情绪的冲击，并因了这冲击而产生伤感、惊悸……

有一天，我终于找到了最适合自己的记日记的方式——写小说。的确，我的小说就是心灵日记，这个日记记下的东西同表面的时间没有多大关系，那里头的时间是属于心灵的。一旦开始小说的创作，我就停不下来了。我写下的东西对于意识到的这个我有种强烈的反作用，我里面的东西拉动着一切，而这个意识到的我也仿佛就是为里面那些东西而存在的。开始时我不太知道自己写的到底是什么，只是感到强烈的倾诉的需要，远远超出了一般人记日记的热情。我每天都写，一天不写就心里不安，除非有重大的事情岔开我的写作。啊，这种活动是多么的幸福啊。从此我活在我的写作中，我就是我的写作，再也不是别的！我的开拓向着我的冥思、我的古老的领地挺进着，所有那些在生活中不时显露出凤毛麟角的"好的故事"，全都在这奇异的活动中现身了，随着每一次力的爆发，越开拓，就越有广阔的前景！我感到自己在进行一种难以言说的事业，我没有任何东西可依仗——只除了心的律动。这是怎样的一颗心？我不知道。我不知疲倦地写啊，写啊。我正在画出它的图案，这个图案是独一无二的，它通过我的有意识的劳动正在渐渐变得丰满、灵动。

02. 深

凡是我的读者都知道，我的小说是属于深奥难懂的那一类，如果要将这种文风追溯到童年时代去的话，我便会记起我儿时生活中那些朦胧的、充满了莫名情绪的挨时间的片断，还有无时无刻不在的虚构故事，充当主人公的冲动。在一块如此贫瘠的土地上，在所有的务实几乎都成为泡影的时代，我自然而然地走向了务虚的寻求之路。起源的具体时间是很难断定的，也许从有生命的那一天这种倾向就存在了。我的小小身躯的最里面有一块虚空，它的不确定的扩张表现为我外在性格的暴烈。对于少年时代的我来说，有个东西是不能碰的，这就是个人的尊严。但那是一个最不要尊严的时代，所以我就总是暴烈地发作。在这种发作的不断作用之下，内在的虚空便渐渐成形了。没有人看出我和别人有什么不同，我，青年时代在底层劳动，结婚，生子，抚养小孩，找工作……也许，我本来就是一个普普通通的人，有什么理由不呢？我的意思是说，普通人，他也是可以保留他内在的那块虚空，并使之成形的，那是他的尊严得以成立的根基。如果这个人在意识到了被称之为自我的那块虚空的存在之后，还能自觉地对其加以研究、叩问和开拓，这个人就有可能是个艺术家。

由于天生的敏感气质，我一直是有朦胧的自我意识的，这体现在我的害羞，我同伙伴同外界的格格不入，我的不由自主的孤独的冥思上面。长年累月，这种东西一直在不知不觉地发展着，她竭力要在我的内部凝聚成形。在外人看来，也许我只不过过着平淡的生活，我的生活中也缺少冒险，缺少奇迹。而实际上，在我内面，在那个黑暗的地方，我是经历过情感的惊涛骇浪的。这类颠覆性的冲击在开始也许连处在表层的我自己都不曾清晰地意识到过，但却深深地触及了我的自我，一次次地对那块虚空进行形式上的塑造。

有两个刻骨的记忆都与死亡相关。外婆临死的那几天一直发高烧说胡话。有一天，我在她面前时她要我做一件什么事，我没做好，她就气愤地责骂了我。我怀恨在心，晚上同她睡在被窝里，我睡另一头。我越想越气，就踢了她一脚。我听到外婆在说："你还踢我啊？"那苍老的声音让我既迷惑又惶恐，一直到今天都记得清清楚楚。我还没经历过死，我不知道死是什么，当然更料不到被我踢过的外婆会死。然而两三天之后她就真的死了，再也回不来了。我没有为她的死哭过，我眼里头没有泪，然而我永远记得，临死前的外婆被任性记仇的我踢过一脚。我是一个不知好歹、做事不计后果的莽撞的小姑娘，小时被外婆溺爱，所以一点都不知道为别人着想。

第二件事同大弟的死相关。我同两个弟弟在家里总是闹别扭，他们一同我闹翻，我就不理他们了。于是"分家"，共同收集的糖纸或冰棒棍子全分开，各收各的。大弟死之前我同他们两个就正处于这样一个冷战期。如果有事情了，我只同小弟说话，不同大弟说——既因为心里对他们有气，又因为自己不好意思。然而我还没来得及同他和好，他就独自一人走了———种深不可测的永别，一件想都没法去想清的事。绵绵无尽的悔恨伴随了我的一生。我无数次在梦中改写历史。我说："你回来了啊？这些年，他们都说你死了，我就不相信！"弟说："其实啊，我是到那边工作。现在回来还需要上户口吗？我想回来念书呢。""没有问题啊。你出去得太久了。"几乎每一次都是这类似的、无声的对话。四十年过去了，我还在改写这段无法挽回的历史。对话是那么的生动、鲜明，虽然我隐约知道我是在梦中，我还是几乎就要相信改写已经成功了！我盼望自己不要醒来。

这两件事便是我的死亡体验，我在梦里执着于它们，它们的意象永远那么鲜明。白天里，我透过窗户凝视窗外那一片阳光，然后返身回到书桌旁，记下那些几乎是来自祖先的回忆。通过这种不懈的劳动，我终于看出了，我内面那个不断扩张的王国是一个矛盾的王国。一方面，我知道铁板钉钉似的历史无法改写；另一方面，出于活的冲动我仍然要将改写的行动进行到底。

03.最害怕的事

我最怕别人放爆竹。如果是在我没注意的情况之下鸣响了一大串的爆竹，那还可以忍受。但如果有一个人正在点燃爆竹的引线，却又还没响起来，我就会吓得魂飞魄散，捂了耳朵就跑，跑得越远越好。小的时候是这样，一直到今天也没多大改变。只不过现在自制力强些了而已。现在春节人们仍然放爆竹，所以好久以来我在春节都不上街了。还有一种更大的"爆竹"就是爆米花的机器。那时没有多少副食品，隔一段时间就有人推着爆米花的机器来了。小孩们围着看，为了好玩，也为了闻那香气。炉火熊熊，铁罐子随着风箱转动，而我，一看到这个场面就心惊肉跳，连忙回家。即使在家中，为了那无法预测的一声巨响，我也是忐忑不安的。我恨发明爆米花机器的人，有什么好吃的啊，搞得人心惶惶！如果街边有人在爆米花，我就狂奔到街道的另一侧去，像有人在后面追杀一样。最大的"爆竹"是夏天的雷电。

江南的雨季，雷电是很吓人的，像要将房子都劈开一样。一道雪亮的闪电之后雷就来了，在等待的那两秒钟里头我总是屏住呼吸，似乎血管里的血都凝住了。那种天气当然不敢到外头去走。万一哪一回迫不得已到了外面，闪电一起来，就吓得全身如筛糠！有一回，我连雨伞都丢了，打得一身透湿。

其实最可怕的不是那一声响本身，而是期待中的想象。也许对于我，爆炸就相当于死亡，在那个东西欲来未来之际，我的想象就进入了疯狂状态。这种生理反应从儿时一直延续到今天，治是治不好的了。对于死亡的超出常人的恐惧是我与生俱来的。从小我就恐惧"死"，而且越来越恐惧。我怕看亲人的尸体，远远超出怕听爆竹声。

我的大弟是陷在工人挖河沙挖出的洞里淹死的，那一天，听到这个消息时，我周围的空气似乎是现出了黄黄的颜色，所有的景物都变成了旧照片。走廊里人来人往的，什么人在低声讲话。弟弟的尸体穿戴好了，来到了大门口，家里人都出去看他。我不敢去，我迈不动脚步，再说也没人注意我，我就待在家里了。世界停滞了，景物无比虚幻。然而死了弟弟的夏天仍然是夏天，只不过是有点发黄的夏天，树枝还是轻轻地在摇摆，小鸟仍然在啄食红果。我没法理解这种事，我感到彻底的无助，因为一切都要独自承担。听母亲说，弟弟的鼻孔里有血，是呛死的。多少年过去了，在梦里，我仍然拒绝接受这个事实，仍然要反驳，找出他还活着的种种理由。那不仅仅是因为自己的负罪感，也不光是因为害怕，可能起作用的还有倔强的、不肯认同死亡的生命力吧。

在我的作品里头，是没有消极、颓废和死亡的位置的。我自认为我的作品是生命之歌。由于与生俱来的极度的恐惧，我才选了这种死亡演习的写作。我的每篇作品里头都有死神，也有那些决不放弃、决不低头的怪人或奇异的小动物，他们身上凝聚着千年不死的东西，这两方面的争斗一直在花样翻新。我不要听那爆竹的一声巨响，也不要看亲人的残骸，即使听到了，看到了，我也要将它们排除出我的记忆，决不让它们来主宰我的生活。时间一长，不要看不要听的东西便被对象化了，以越来越狰狞的面貌出现。所以我的每一篇小说都是危机四伏，它们那催命的鼓点越敲越紧，但表演的，不是死神的战胜，而是生的希望和生的光荣。

我的眼前有一个捂着双耳飞奔的长腿的小姑娘，她的步伐那么急促而野性。那个时候，她一点也没有料到她会要将这种行为艺术一直扮演到死，她只是出于强烈的本能一次次地演出，在她后面追赶的，是她永远都不能接受的东西。

04. 平民的艺术

　　同我的书卷气相比，我的读者更能感觉到我作品中那种浓厚的生活气息，那甚至是来自社会底层的生活气息。我想，这大概是因为三十岁以前，我一直生活在社会的底层吧。所以现在，尽管我探索的问题非常艰深，尽管我的所有小说都可以归结到人的本质或抽象的人性上去，我的故事和叙说依然带有浓郁的社会底层的气味。这，恐怕永远都改不了了。三十岁，性格已成形，世界观也已基本确定，这些铸就了我的基本的文风。和某些人的看法相反，我实际上是一个非常入世的人，而且从未哪怕一刻有过出世的念头。我同世俗、同社会的矛盾是一个永恒的矛盾，一种从迷惑、痛苦、徘徊到冷静、坚定的争斗过程。我的作品大部分描写的就是这个矛盾，这个过程。所以，我又怎么能够出家，怎么能抛弃这令我魂牵梦萦的一切呢？

　　从小我就是个矛盾体，既孤独又不孤独，我同这世俗的世界有着很深的计较——所谓的恩怨情仇。老师在讲台上指着几个捣乱鬼的鼻子说："你们这些人，家里祖祖辈辈都没有受过苦。"我便将这句话记在日记本上，后来还记了一辈子。一般来说，家庭关系也好，玩伴之间也好，都不喜欢"较真"。说过的话就说过了，过一会儿就忘记了，所以虽然吵吵闹闹不断，却很少看到有真正的决裂。可我却不是这样，我常常同人决裂，动不动就较真，而自己的行为举止又并非无可挑剔。这能说明什么呢，只能说明我乖张，并且是极端入世的乖张。对于我来说，最大的快乐就是同自己喜欢的伙伴一起玩耍，可我又动不动与他们闹翻，闹翻了又难以和好，于是我就长期处于交流的饥渴之中。

我的青年时代深深地卷入世俗的矛盾，大部分日子都是在人际关系的焦虑中度过。我也曾反省过自己，企图扭曲自己的个性，挽回一些败局，但最终还是败下阵来，成了社会所不容的人。后来成了作家，又一次卷进社会生活的乱旋涡，又一次为社会所不容。回忆我同我们那里的作家协会十多年的不友好关系，我常常问自己：为什么不辞去这个官方给的职位呢？值得为此惹这么多麻烦吗？当然，他们发工资是一个原因，我需要钱。还有一个最大的原因则是，这种关系正好是我创作激情产生的根源。同世俗中人的明争暗斗越频繁，不由自主的自我反省就越深入，越有力度。很少有人能知道这其中的奥妙。那时，我听说作家协会的领导说不想要我了(因为我不参加协会任何活动，难管理)，也曾有过脱离的想法，但我从未打算主动回家，而是准备让他们来"开除"。回想起来，那几次差点被开除的遭遇所引起的心灵动荡，的确产生了我最重要的作品。什么叫社会磨炼人呢？这就是吧，虽然有点黑色幽默。

我的艺术感觉渗透于我在世俗中的每一件小事，所以唯一的出路便是全盘否定世俗，"把生活变成艺术"。这种行为艺术导致了我的实验小说的诞生。我的出世和超脱则是在于我的批判力——对自我的批判和否定。从童年时代起我就生活在平民阶层，所以我的思维也具有强烈的平民特征。士大夫那种飘逸文风同我是格格不入的，可以说我的每一触角都是"介入"的。我在世俗的内面，千丝万缕的联系使我无法动弹。这样，如果我要起飞，就只能依仗纯粹的灵魂的力量了。这也是我的小说为什么特别纯粹，不带一丝世俗杂质的原因。为了飞升，我将肉体抵押给世俗了。这同世外桃源似的飘逸正好相反。我关心什么？我每天关心的是世俗中的那些事和人，我对他们有无穷的兴趣和斩不断的牵挂，我永远是"他们"中的。我的小说也属于他们中那些想要有另外的一种生活的人。同时我在"他们"当中又很难受，很压抑，对自己的行为也很鄙视。就是这种种的情绪便积累了我在创作上要用到的潜意识吧。

05. 性格

　　我性格暴烈，容易冲动发火，这个特征大概从婴儿时代就已经显露出来了。童年和青少年时代，尽管阴郁的日子居多，内心的烈火一点都没有减弱，只要被点燃，就会"嘭"地一下烧起来。我的发作总是异常猛烈而持久的，和伙伴的争吵可以持续几个小时，同家里人闹翻则常常持续几天。如果受了冤枉或背了黑锅，满心都是恨；如果被人欺负了，则总想着报仇。总之是属于那种"放不下"的类型，所谓的"问题儿童"。有一次，弟弟看见我冲上楼梯，一把死死抓住一个比我胖大得多的小姑娘的双臂，那骂不绝口的小姑娘居然被我的气势吓坏了，"哇哇"大哭起来，我这才鄙夷地松开她走下楼去。弟弟对我佩服极了，想想我那时是什么样子啊，苍白，奇瘦，绰号叫"香棍子"！

　　童年的理智还没有健全起来，发作大多是盲目的。当然其间还是有一定的道德标准，即所谓的"认死理"。我认为自己是诚实的，家人却认为我在某件事上"撒谎"，由对骂而导致挨打，情感就如水库里的水倾泻而下，一定要闹出个真相来。但你又如何证实真相呢？真相不能证实，家人当然不相信，也不会去调查，家务太多，他们太忙。这个我是不想的，闹了再说，最后当然是没有结果，自己惨败。课堂上，后排男同学调戏我，乱吵，老师过来后，不说他反说我这个一贯守纪律的学生，就因那男同学出身好，是她的红人。我气急败坏，一顿乱辩，还哭起来。老师沉下脸来，训了我几句就走开了。大概她既有点看不起"出身"有问题的我，又觉得我难缠，事后我记恨了好几天。

　　一旦爆发，我是控制不了自己的情绪的，因为里头有疯狂的成分，就如被刺激发疯的奔马，必得要跑累才会停下脚步。我想，这种暴烈应该是来自血液里头的遗传吧。据说我的老外公是个疯狂的暴君，一发疯就用刀砍我外婆，我亲爱的外婆被他砍得遍体鳞伤。我继承了这种非理性的暴烈，在不同的生存环境之下，我没有变成外公那样的疯子，而是让自己的理性监控着体内的那个狂人，在文学的王国里肆意发挥，创造了奇迹。我的理性和逻辑能力来自父辈的遗传，我曾是我父亲的得意作品，他手把手地教过我哲学——野马皈依了强大的理性，两方面的合力构成了我的才能。

　　青年时代，在街道工厂做事的时候，因为受到那个厂长的欺负，无计可施，我就和另一位女同事在车间里破口大骂，整整骂了一个晚班，后来还赌气旷工，又到厂部门口当着厂长的面挑衅了一下，其结果是不了了之，并没有扣我的工资。像这一类的大爆发就远远不是盲目的了，那里面是有谋略的，当然也是对于压迫的反抗。踏入社会之后我一直为社会所排斥，也一直没有停止过我的反抗。

我的性情是改不了也不想改了，它就这样慢慢转化成了我的写作的方式。我每天都要在写作中爆发、叛乱和起义；然而，这种爆发、叛乱和起义却又是于朦胧中朝着某个方向的皈依。所以不论我写下什么，都可以从那里头看到多年前那个哭声响亮持久、异常躁动的婴儿的影子。这个婴儿长大之后，竟成了最善于用铁的逻辑来约束自己的人。我就这样在自我囚禁中得心应手地发挥着，毁掉老外公的暴戾也就这样成全了一名艺术工作者。但我并不能预测会不会有那么一天，我的逻辑崩溃，就像我父亲老年时的情形一样。

06. 记忆的复仇

　　魔鬼名叫记忆，住在深不见底的地方，我们在每个人身上看见它的痕迹。然而我们看到的那些，都是表层的、外在的记忆，比如儿子长得像父亲啦，几代人有同样的嗜好啦，父债子还啦，癌症基因啦之类。然而这记忆还有另外一种，它在人无法探测到的处所兴风作浪，到最后关头才会实实在在地影响到人。这种记忆是超出常识的预测的，认识这种记忆，则是文学和艺术工作者的毕生工作。

　　我身上装着一个火药桶，这实在有些不相称。因为我内向、瘦弱、害羞、多愁善感，又爱冥思遐想。据说我出生不久，就以夜间爱哭闹为最大特征，哭一通夜不消停的情况是常有的（从我后来养育儿子的经验判断，很可能是缺钙引起的神经方面的痛苦，但那个年代缺乏医学常识，所以不知道原因）。哭并不说明我就没有忍耐力（我的忍耐力很强），只不过是我要将自己的感受传达给外界。我在身体变化之际死命地啼哭，是一个有传达能力的婴儿。但我相信，我从来不无缘无故地哭，我应该是一个爱笑的婴儿，有一张照片记录了我灿烂的笑容，那可是我唯一的一张婴儿照片。然而我因为爱哭在某种程度上不受欢迎——这个世界不欢迎有传达能力的婴儿，人们喜欢那种静悄悄的、不劳动大人的婴儿——这是我们文明古国的风俗。

再大一点，表达自己就给我带来灾难，受到大人们的制裁。虽然挨了打，还是要反抗，要表达，欲望是如此的强烈，愤怒可说是刻骨铭心。我身上的那股"要说话的"冲力，必定是经过了无数代人的积累而发展出来的。中国的社会应该是一个制裁的社会，但魔鬼是不会死亡的，无论经过多少代。就文学艺术在本土的命运来说，棍子底下出天才应该是一个规律。当然这棍子，可以是实物，也可以是无形的情感的压迫。似乎我一直初衷不改，压而不服，是属于乖张、"难养"的那一类孩子。也许是因为时候快到了，我身上所负的使命已显露出基本的风范？在后来，"说"，终于成了我生存的方式。

我身上被镇压的冲动一旦爆发，就达到疯狂的地步，欲望或愤怒往往是以"反弹"的形式发挥出来。即，如果不去刺激它，它就潜伏在那里，一旦被刺激起来，它就如决堤的洪水。我想，既然它是存在的，而又被以凶残的方式镇压在深渊，那么，要伸张自己，表明自己，就只能是以疯狂反扑的形式了。从儿童到少年时代，周围人总觉得我有那么些不可理喻，这个模式经过无数次的反复运用，终于有一天进入了我的创作。每天，我都在导演着镇压与反弹的好戏；每天，我都要以此来测试我的理性的张力和欲望的强度。我在硝烟弥漫中去获取最高的享受。

　　至今我仍记得我在某些阴惨的夜晚，口中发出的那些诅咒。我愿自己变成蛇蝎，变成狼，对压迫我的一切施以可怕的报复。我要说，吐出我胸中埋藏了千年的污秽之气。那不就是孩童自发进行的演习吗？每隔一段时间，我就不由自主地演习一次，如同某种致命疾病的发作。当发作越来越疯狂之际，自制力也随之越来越强。当然，其结果总是爆发，而不是湮灭。

07. 意义与虚无

　　我感到幼儿园就像一个鸡笼子，当然那时的我还未见过鸡笼子，这是现在回忆起来的感觉。我惶恐地站在那里，周围是那么的嘈杂，我无处可待，也不知道该干什么。幸亏外婆来了，外婆在栅栏那里叫我呢。我奔向外婆，口里高喊："外婆！"外婆俯下身凑在我耳边说，她将一个饼子放在X老师那里了。她要我过一会儿去向X老师要了来吃。她说完后就匆匆离去，我重又陷入鸡笼子似的地狱。这些人，我不认识，也不喜欢，为什么要将我放在这个地方啊。中午睡午觉时，我睡不着，烦躁又情绪低落。X老师过来了，用手按着我的眼睛强迫我入睡。我心里惴惴地想，我的饼子呢？她为什么不给我吃？我不要睡觉，我不要睡！那几天宛如梦中，我对周围的一切都分辨不清。似乎是，大家唱了歌，排了节目，做了游戏。但那一切都同我无关，我只想外婆快来，我还想着那个没吃到的饼子。我不知道老师会要我干什么，我害怕。也许是由于由外婆建立起来的情感世界突然从我周围消失的缘故，那么小的我的确感到了茫然和虚无，就连唯一的情感象征物——那个饼子，也从未出现在这个陌生之地，我感到它神秘地、永远地消失了。后来的日子浑浑噩噩，没有在记忆中留下任何印象，可见我情绪是多么低落。也许，我体内的时钟完全停止了。这就是我三岁时在幼儿园的短暂生活。看来那时我的世界是由情感维持的，没有了情感，世界也就不存在了。也许那是我初次堕入虚无?

　　第二次发生在我生儿子后的那段时间里。我是一个完全没经验的母亲，而且没人指导我如何带孩子。我紧张，神经质，日夜不安。儿子的一点点小毛病就可以将我吓个半死。很快我就失眠了，到后来完全不能睡觉，一睡着就看见恶鬼来抓我，他就站在屋角那里，怎么也不离开。所以我就宁愿不睡，也不敢睡。几个月下来，儿子长得白白胖胖，我瘦得像个骷髅，走路轻飘飘的。即使儿子长得那么好，我还是担心得不得了，一点都轻松不下来。同时，我感到了前所未有的茫然，我不知道这种日子何时是个尽头。哪怕让我睡一个完整的觉也好啊，再不要让我这样一个小时一个小时地挨了。每天，我神情恍惚地干那些琐事，一件又一件，一件又一件。只要儿子一发出哭声，我就变得失魂落魄。我担心灾祸降临，就仿佛逼真地看到了毁灭。也许，那是轻度的产后抑郁症。由于体质的急剧下降，那段时间的确有惶惶不可终日的感觉。两年后，是文学救了我。当然我自己也从未放弃过挣扎，未放弃过东山再起的念头——那才是我的本性。

第三次堕入虚无的深渊发生于父亲去世期间。由于我对他的死有深深的负罪感，我便被自己的制裁彻底打垮了。只要我睁开眼，我就在推理——本来可以如何如何，之所以发生这事，是因为如何如何。在那些瞬间，就连写作也变得暗淡了。写，是生命的勃发，但当时我感到在死神的铁腕下，生变得无能为力了。只要我入梦，我便在反驳父亲已死这个无法变更的事实。不变更这个事实，我就失去了活下去的根基。父亲啊，你为什么要死呢？何况并不是寿终正寝？你一死，我的心也随你死去了一大半！那段时间里，我告别了文学，因为不再感到生命的涌动；心底充满的，是生的茫然，生的屈辱。然而时间一天天挨过去，反弹的契机终于出现。不记得从哪一天开始，我又拿起了笔。在我的笔下，死神出现了，但他不是真的死神，是一个扮演者。是的，那个扮演者就是我，我终于战胜自己了。复仇的浪涛在笔尖涌动，一个又一个关于死亡的故事出现，我又恢复了写作的能力！我要写，因为我仍要活下去，我改变不了死亡的事实，但我可以活在我的故事里，而且那是我唯一的、真正的活！就这样，在我坚定的、对他的丝丝入扣的描绘之中，死神隐退了。谁能挡得住艺术家那不顾一切地正面进攻呢？

08. 三维画的境界

直到好久好久之后，我才知道，我眼里的世界是三维画般的，也就是说，我一直就是用三维的方式在看世界。这个世界，不仅包括表层的、日常的存在、也包括深层的，人们往往看不到的存在。

由于缺乏模仿能力，我对表面事物的观察从来就不是细致的、有逻辑性的。在我眼里，人也好，事也好，往往都是混沌的、边缘不清晰的。我最做不好的事就是那些手工活、技术活。我脑子里面完全没有先后的次序（时间），也没有具体的安排（空间）。我拥有的，只是一腔盲目的热情，和不切实际的预期。

记得有一次我目睹了父亲修理一把油布伞的全过程，当时我佩服得五体投地，暗暗下决心要自己来实践一次。后来趁家里人外出时我大干了一场，结果呢，一败涂地。不是布剪得太小了，就是铁丝断了，或线太细了。所有的事都没有做出充分的估计，临场发挥时都反对我。最后只好放弃，其沮丧感刻骨铭心。不错，我是观察了父亲那种有节奏、有逻辑性的劳动，我也将那种节奏和逻辑吸收进去了，可是细节呢？那些细节我全部忽略了，我根本就没看清。漫长的岁月里，我在家务、手工活等等工作上反复训练自己，也取得过一些成绩，但同那些能干人比起来还是有本质的区别。那时我不明白，这个短处正好是我搞创作的长处。由于我看不清事物的表面构成，不能将逻辑推理运用到它们上面去，我的另外一种能力便大大地发展起来了，这就是冥想。

冥想使我能够在感知事物之际更深入事物的本质，也使我能够始终保持一颗童心，对生活中的谜充满了好奇。比如我在五六岁时同外婆的交流，我倾听她的故事的方式，就是这种冥想的产物。具体的故事情节，通常包含的意义之类被我记下来的极少，而某些特殊的语气、暗示（连讲述人自己也不知道的）之类则铭刻心底。我所进入的意境非常接近于文学的意境。

冥想还赋予了我整体把握事物的能力。逻辑性并没有丧失，反而在"去伪存真"的观察中成了更高级的东西。是的，我终于能够轻易地"发现"本质了。我发现的是语言、文学、人性的深层结构。我的小说表面看上去混沌、陌生、怪异，没有结构，这个表面正是我平时所感知的事物的表面。只要读者定睛凝视，很可能某种结构就会逐渐凸现在眼前。那种深层的逻辑，远远高于表层的逻辑，因为它是立体的，向着未来无限延伸的。长久以来我养成的习惯是，听人说话总是倾听"弦外之音"，因为这是我们这个民族表达自己的普遍风度，也只有这样听才能弄明白对方的真正意思，否则往往一头雾水。我相信没有任何一个民族在表达自己时能达到我们这样曲里拐弯的程度。你盯住对方的嘴，你领悟的不是对方吐出的词语句子的表面意思，而是通过想象捕获的别的意境。我的这种有意识的训练使我在人群中越来越孤立，但我自己的情感积累却越来越丰厚。谁愿意自己的隐秘心思被别人所洞悉呢？那种常常是模糊的、连自己也无法确定、仅凭本能冲动发挥的情绪，往往是见不得人的，谁要将它们挑明，谁就是恶人！我就是这样一个生活中的恶人，我的训练有素的深层思维的逻辑性，使得我不但能分析自己，也能分析别人。这种超常的发挥让我在日常生活中一次次惨败，最终却使我能在写作中战无不胜。

我小说中的人物的面孔都不清晰，那里面所发生的事物在时间上暧昧不明，但一切都遵循某种强大的规律，方向性非常明确。这就是我所体会到的真实，我的写作直奔真实的主题，将表面的种种愚蠢、无逻辑的规定撇开，切入事物的内核，并将其一一展示。

09. 有逻辑的梦境

　　我的梦有一个很有趣的特点，那就是梦与梦之间往往都有某种联系，有时候，甚至到了一个梦连续做十几年的地步，只不过里面的人物场景有所变化而已。熟悉的场景——某种样式的街道、房屋、车站、山路等等反复在各种梦里头出现，但这些场景绝对不能同现实对上号，它们是梦的符号。当我遇到似曾相识的场景时，我便想到，啊，这个地方在上次那个梦里已经来过了的。"上次那个梦"是什么样的梦呢？醒来之后无论如何想不起来了。只有在梦里，以前的梦才像连环套一样一个套住一个，那么鲜明，那么生动！

　　有一个地方，铁路如蛛网一样密布，铁路边有密友的简陋小屋。"我"来到这里，友人不在，"我"去找她，横穿无数铁轨跳来跳去。"我"还没有找到她就必须离开了，在心里计划着："下次再来。"下次是哪个下次？醒来后这个下次不存在，只有再次做梦时才有可能到达那个奇异的地方。但第二次的梦也许不是关于铁路的，却是关于护照签证的梦了。没完没了的奔波啊，被官僚部门弄得筋疲力尽，终于起飞了，在高空，心中的目的地却是铁路旁的木板小屋……毫无疑问，梦是有逻辑的，然而醒来之后，逻辑的密码就破译不了了。

人在梦中的能量难以估量。比如我想飞，就可以飞。有时候我用一张凳子翻过来做道具，坐在上面像滑冰一样起飞；有时候，我什么道具都不要，张开双臂纯凭意念上升。当然，不论哪种方式，我都不能随心所欲，不能飞得很高，地心的强大引力总是制约着我。隔一段时间，我就会在新梦境中想出新的办法来对付引力。那种微妙的、难以描述的方法有时很成功，使我在盖着瓦片的屋顶上方得意地翱翔；有时候，我的方法却很失败，我不断下降，越飞越低，只好放弃。我曾在梦里返回到儿童时代，当时"我"和一些小友在一个黑乎乎的、氛围很暧昧的院落里造一架飞船，我们打算坐上它到月球上去。我，还有那些小友认为这件事是理所当然的。飞船的轮廓很模糊，似乎是铁制的，又似乎是木制的。这一切都无关紧要，只有上天的欲望在我胸膛里扑扑跳动。最后到底坐没坐飞船？结局也很不重要，也就不了了之。

梦里的"我"是一个模糊的主体，只有视觉，没有听觉。或者说，这个"我"是一双眼睛，一双会思索、会感觉的眼睛。我总是在城市里匆匆行走，在郊区某些有固定标志的路上跋涉，在树林里穿梭。到处都有熟悉的标志——在从前的梦里出现过的标志。"哦，又到了这里！"这双眼睛说。然而目的地是不清晰的——去哪里？去干什么？去会见谁？眼睛是不会提这些问题的，眼睛只会疑惑、焦虑，不会追寻答案。眼睛看见了夹杂在陌生背景中的熟悉之物，那东西一闪而过，并不能给焦虑的眼睛带来缓解，眼睛还要焦虑下去。虚无化了的身体走啊走啊，旅途的风光不断以其意外刺激着眼睛。梦里的风景同这乏味的、可以预料的现实中的风景完全是两码事，那里头确实充满了猎奇，充满了危险，也深深隐含着希望和惊喜。有时候，站在大门口的传达室老头会突然露出衣襟下面的尖刀；有时候，林子里的一堆枯枝下面居然长着一大堆食用菌；更有那种时候，我在大路上奔跑着逃避追捕，我在敌人快要临近之际用力闭上眼，于一瞬间变出一间地下室，将自己闩在里头。睁大的眼睛在多数时候是迷惘而紧张的，看不完的风景探不完的险，只有在绝境（死神？）赫然出现之际，眼睛才会紧紧闭上，同虚构的身体一道策划致命的场景转换。这种策划有时成功，有时全盘失败，失败的结果是彻底梦醒——因为真正的绝境是不可能持续的，只能是一些瞬间。在我的梦里，大弟的死和父亲的死就是这样一些瞬间。那是天崩地裂的瞬间，眼睛停止了看的功能，也就是停止了存在。有人用无声的语言暗示我：他们死了。

我上小学的时候，班上有一位白面秀气的男孩是我暗恋的对象。当然，那种暗恋是绝对不可以表露出来的，必须深深地埋在心底。我居然被安排与他同桌了，这种安排使我产生那么多隐秘的激动，也使得我在课堂上正襟危坐，决不朝他那边转过脸去。然而墨水瓶滚到他那边的地下去了，他弯下身去将其拾起，大方地对我说："给你。"我不知道自己有没有红脸。同桌的时间是那么的短暂，我们很快分开了。多年以后，被我小心翼翼地深埋的幽灵出来活动了。那时，在我的大多数梦里，他都是我的情人，一个影子情人，有着模糊的男孩的形体。那是激情高涨的恋爱的梦，一幕又一幕，整整上演了十几年，却没有肉欲的冲动，只有心的渴求。也许那个孩子就是我自己，是童年的、被埋葬的我。而埋葬，正是为了梦中的复活。灰色而压抑的童年和青少年是老天给予我的馈赠，外界的现实越无味，越绝望，深渊里的王国越灿烂辉煌。只不过，那个王国我当时没法目睹，要等待好多年以后，她才会轮廓初现。

还有一个有意思的事便是，从儿时起，我在大多数的梦境里头都"知道"自己是在做梦。小时候不懂得延长自己的好梦的技巧，只知道要逃避噩梦。如果老虎在后面追，我就要往悬崖上跑，跑到了就闭眼往下一跳，以便及时梦醒。如果没有悬崖，大树也行，爬上树（我爬树的速度不错），选定一根树枝，然后也是闭眼一跳。似乎是，这种应急的手段没有一次失败过。我不知道别人什么样，反正我的自我在梦中是可以分裂的，因为我在某种程度上居然可以操纵自己的梦。后来又发展到不仅仅逃避恶魔猛兽，也逃避令自己难堪的处境。什么是难堪的处境呢？就是同世俗中的我所处的相类似的那种处境，比如人际关系的困境。走投无路之际便在梦里头去找一座悬崖，哪怕是一座废弃的建筑也行，到了那上面就闭眼往下一跳，于是醒来。成年以后，只要条件许可（比如休息日，比如夏日午睡），我总是尽量设法延长那些"好梦"。为了将一个那样的梦做下去，即使已在梦醒的边缘也用力闭眼坠入黑暗。这样做的结果是，梦的翻版出现了，后一个梦同前一个梦虽场景不一样，但内在的情绪是一致的，就这么一版又一版地翻下去，直到不无遗憾地清醒过来。

是好久以后我才慢慢知道的，我的梦境同一般人的确有点不同。也许，从一开始我就隐藏着把梦境变成现实的野心，从一开始我就想如同掌握梦境那样去掌握自己的命运，只是我没有完全意识到而已。是写作，激发了我在这方面的巨大能量，将我一次次带到悬崖上，去体验永生的境界。

10. 内心生活的三个层次

　　一般人，哪怕是一些高等文化人，是很少注意到，自己的内部的精神活动也是有层次的。可以说，越是关注这一点的人，他的层次就越分明，精神的世界也就越复杂，这个人也越具有自我反省的能力。反之，那些越是忽略这一点、混混沌沌得过且过的人，他的层次就越浅，越缺乏对自我的观照。一个人，平时的所思所想，对于世俗事物的情感反应等，我将其归纳为内心生活的第一个层次。这类精神产物还是比较初级的、粗糙的、未经过滤的，里面有很多杂质。夜晚的梦境则是第二个层次。在那里头，本质现身，让人换一双眼睛来重新看世界内部的模样，而自己也变成了一个对象，一个"他者"。所以人的梦境里头具有无限的可能性，这些可能性作为暗示弥漫在风景里头，敦促人向自己的本质回归。但夜晚的梦只是提供了反省观照的可能性，并没有将这种可能性付诸实践——因为做梦是不由自主地被动行为。只有人类的精神创造活动，才是内心生活的第三个层次。人在从事创造（音乐、哲学、艺术表演、文学等等）之际，进入到完全陌生的精神维度，在那里头，死人开口说话，完全意想不到的画面或事件层出不穷，一切世俗的常规全部作废，代之以神秘的、无法把握的逻辑所主宰的冲动。而且人只有在这类创造中，才能将黑夜梦境中的可能性加以实现，达到深层次的反省。否则梦永远是梦，同人的精神生活是脱节的。

从童年时代起，我的生活中就有两种梦，即：夜晚的梦和白天的梦。童年时代的白日梦是很纯真的，总是一个人悄悄地想那些好的、美丽的、带有理想色彩的事。一般是凭空想象，也有的时候以故事、电影和图书做媒介。白日梦中的"我"是比较模糊的，似乎是一个善感的、具有同情心的影子人，而白日梦的材料，则可以是生活中的任何小事。想象的目的，则是为了满足自己各种各样的欲望。或许下意识里，有很强的要使自己变得完美的倾向，比如我极为喜欢养小动物，在寒冷的冬天，我就设想自己在结冰的路面上捡到一只冻坏了的蝙蝠。我将它带回家，把它放在一大团暖和的棉花里头，再将棉花团放到火炉旁，然后看着它慢慢苏醒。这样就救活了它。冬天没有蚊虫，给它吃什么呢？我要训练它吃饭。它长啊，长啊，长得很大很大，翅膀一张开像一把油纸伞一样。那时我就要带着这只巨大的蝙蝠到处走，让大家看稀奇。我还设想过自己救父亲的英雄举动，设想过从地面钻洞，一直钻到泉水冒出来的那种美事。

儿时的白日梦接近于创造，但还不是真正的创造。因为梦中的角色还未分裂，所以还不会自省。如我在很多文章里谈到的那样，我认为真正的创造是需要强大的理性的。只有理性可以使人潜入到意识的黑暗底层，从那里掀起万丈波澜；也只有理性可以通过压制人的欲望使其产生反弹，从而去进行前所未有的表演，让人性这个矛盾通过表演得到淋漓尽致的展示。可是，由年复一年的白日梦自然而然地转到文学创作上来，在我似乎是一件顺理成章的事，当然这是一个质的飞跃。

不记得是哪一天，我坐在桌旁信手写下一些文字时，一股陌生的情绪从我内部喷涌而出，我的笔突然就获得了神力。也许是几十年的向内凝视的习惯突然启动了我内面的某个机制，地狱之门被打开，幽灵们蜂拥而出？

通过艺术、哲学、音乐、表演等等高层次的媒介来养成向内凝视的习惯，是作为现代人必须具备的素质。并不一定人人都要写哲学，搞艺术，但通过阅读和欣赏，我们可以过一种准艺术家的生活，因为哲学和现代艺术，是需要创造性的阅读和欣赏的。如果每个人都善于反省自己，那么这个民族就是一个善于反省的民族，有理想、有生气的民族。这样的民族，必然拥有深层的精神生活，并且会产生大批艺术家和哲学家。

11. 状态

我对写作的外部条件是最不讲究的。一般来说，不但可以没书房，甚至可以连桌子都不要，将笔记本放在膝头上，坐在小板凳上写，而且我的抗干扰能力特强，哪怕楼上在搞装修，我也可以听着电锯切瓷砖的噪声工作。能否有作品，并不取决于这些外部条件，仅仅只是取决于我内部的能量是否发动得起来，也就是取决于一种状态或姿态。也许我在作家里头是最容易进入状态或以某种姿态做自由运动的人吧，我很少感到过在这方面有大的障碍。

很久很久以前，我五六岁时，我们有一只勤下蛋的黑母鸡，外婆告诉我们如何用手探鸡屁眼，以确定里头有没有蛋，这样就不会让它生野蛋。我最爱做的一件事就是隔一阵又去探黑母鸡的屁眼。那是一只很乖的鸡，我一唤它它就来了。哈，有一个硬硬的！过一会儿它就进鸡窝了，我就在外面耐心耐烦地等、逼想，还用手伸进窝里去摸它，爱抚它。那时鸡蛋是多么珍贵的东西啊，在孩子的想象中无异于金子！终于，它在里头叫出了声，接着就摇摇晃晃地出来。我俯下身去看鸡窝，在那稻草的阴影里头躺着圆圆白白的小东西！唉，还有什么事比得上那种狂喜啊！回想起来，那种等待是最为纯净的等待，稍微有点焦虑，再就是那种有快乐预期的冥想。能够日复一日，像我那样耐烦去等一个蛋的小孩恐怕不多，我却感到那桩事有无穷的乐趣。具体想了些什么是不记得了，然而鸡窝的形状，鸡身上的气味，白天的强烈光线，鸡窝里面的幽暗、神秘，这些已成了永恒的记忆。那就是我后来的创作状态或姿态，排除了一切杂念的，在冥想中实现的最纯净的等待。

在课堂上，我是少有的绝对守纪律的学生，我一动不动地坐在那里。我是否一直在听课？没有。我在东想西想，时常，我进入了冥想之中。教室里头吵吵闹闹，老师的声音有时清晰有时模糊，一些学生昏昏欲睡。但我是清醒而亢奋的，我脑子里常有匪夷所思的画面。我的秘密从未有人发现，所以我一直被认为是最有自制力、最遵守纪律的学生。也许人的耐力是下意识里慢慢练出来的，从鸡窝边的守候，到课堂上的置身于两个世界，那都是同一种姿态。慢慢地，我就适应了身边的嘈杂，建立起了我自己的密封舱，只不过是由于心中的朦胧的渴求。当然课堂还不是最好的场地，我的冥想常被打断。我的最爱是长途步行，当身体走得舒展起来，新鲜空气进到肺部之际，就会有属于我一个人的奇思异想到来。故事里面的人物嘛，有时是小说电影里面的，但大部分时候是我凭空杜撰的。还有个别时候，是我暗恋的男孩和我。一段时期我喜欢用第三人称来想，另外的时候我又喜欢故事里有一个"我"。那是些亲切温暖的故事，往往同男女之间的交往有关，有种幼稚的对于色情的想象。我走啊走啊，脚步那么轻快，好像就要走进蓝天里头去了！

　　后来，终于正式开始写作了。我发现自己特别容易进入"状态"，哪怕只有一点点时间，哪怕周围十分嘈杂，只要让我拿起笔，我就会自动地进入"状态"。那是一种说不清的能力，有如神助，但谁又能说这同小时候在鸡窝边等蛋的经历没有关系呢？我在做缝纫，家里顾客来来往往，儿子才两岁多离不开妈妈。可是只要给我一个小时，我就在饭厅的桌子上奋笔疾书起来，那些奇奇怪怪的情节啊、人物啊，好像已经在我里面待了一辈子了，迫不及待地要涌出来。那么美，那么有力量，那么纯净！这就是我从前在鸡窝边的企盼吗？难道不是？只要一发动起来进入状态，我就感到了自己能同时置身于两个世界的优势，我对自己这种天生的转化能力惊异无比！有时，创作被打断了，但没关系，会有更好的想象的情节来将它补上，那么自然，那么得心应手，仿佛我从来就是干这个的老手。我几乎每天都可以进入状态。有人认为我是一个心很静的人，不太容易动感情，实际并非如此。我不再直接同社会接触，但仍然每天都有事情让我激动，让我愤怒。我在激动和愤怒之后，马上又可以写。这种分身术，可以追溯到儿时课堂上的冥想训练。

12."一心二用"

　　我是最不能一心二用的孩子。大人在灶上烧着一瓦壶水，可是大人有事要出去了，他们嘱咐我过一会儿将烧开的水灌到热水瓶里。我守着那一壶水，煤炉子烧水很慢。隔壁小妹来叫我过去，我去到她家。本来只打算待一会儿，可是我们谈养小鸡的事，谈得很投入，于是将那一瓦壶水忘得一干二净了。过了一个多小时我才返回家中。啊，水就要熬干了，煤火也快灭了。见鬼，我的记性怎么这么不好啊。这样的事一次又一次地发生，我简直怀疑自己有健忘症！当然，我并没有健忘症，只是不擅长一心二用。我做事总是专心致志的、投入的，我不能在做一件事的同时顾及另外一件事。

　　在工厂里的时候，我特别羡慕一个灵敏的女孩子，她能一边同我聊天，一边在高速旋转的车床上车出漂亮的活儿。她那种"两不误"的技巧让我羡慕不已，而且她做事有内在节奏，谈话如唱歌，车齿轮如跳舞，协调得那么轻松美妙。

我总是专注于一点，其他的呢，当然就忽略过去了。我缺乏将精力分散于几件事上面，并协调它们之间的关系的能力。上学的时候，我的考试成绩总是比较好，就是因为能够高度集中，一鼓作气地做题。我的思维并不是敏捷、善于跳跃的那种，但那些复杂的算术题经过我长久的专注的思考后，总能解出来。那个时候的老师很喜欢搞些这类题目来启发我们的思维。我是比较笨的，因为我过于执着于某一点。在五岁时就能一个多小时一动不动地守在鸡窝边等蛋的人，当然具有一种非同寻常的执着。也许就因为这种执着才造就了我的一贯性和逻辑性吧，我从小就不是那种随风倒、合潮流的孩子，我一直自发地坚持着某种说不清的东西。大人们说我偏执。

然而，我的这种专注的个性在我开始写作之际却发生了质的飞跃。在创作的早期我便发现了，我这种特殊的写作用不着一般人所体会到的那种专注，我反倒要在写作中追求一心二用，才能写出高级的作品来。越专注，便越像钻进了死胡同，难以获得令我满意的效果。这是怎么回事呢？我坐在家里写啊写，但我最好不要一直写下去，而要写一个小时就停止，到第二天再来继续。甚至在写的中间，也最好中断自己的思路，去搞点别的小动作，然后再来继续。起先我只是自发地顺应我体内的某种渴求，以这种方式来不断刷新我自己的感觉。日子一长，我就归纳出来了——我这种疏离，这种"一心二用"，其实是一种另外的专注。我所关注的，是深层的精神，这种关注需要极为锐利的、能够直插本质的那种感觉，而那种感觉又不是想有就有的。

所以为了保持感觉的新鲜敏锐，我就得不断疏离又不断返回。只有这样，才能将世俗的羁绊踩在脚下，让灵魂出窍。从表面上看，我的写作行为就像一心二用似的。我并不很怕外界的干扰——噪声啦，电话啦，甚至时间上的中断啦，位置的小小改变啦（从一个房间到另一个房间），等等，都不能打乱我的作品的内在逻辑。这是看不见的专注。

　　我这种新型的专注是将个人生活同艺术连接起来的实验。我虽不要求绝对安静的创作环境，虽然在写作之际为了刷新感觉使自己显得"轻松散漫"，但这种写作本身却有一个硬性要求。她要求我要过一种同所写的东西沟通的生活。这就是说，我必须切断或尽量减少同外界的交际，制造一个相对孤独的空间，长年累月将自己封闭在里头，像蚕儿吐丝一样自然而然地吐出我的作品。也许这种方法在某种意义上有点类似宗教的"感悟"，然而我知道，一切约束，一切隔离，最终的目标却是原始欲望的释放，人与人之间的真正沟通。我是凭本能感到这一点的。在这种日复一日的、"一心二用"却又是超级专注的操练灵魂的工作中，我是何等的渴望着那种真正的交流啊！

13. 地底的图案

　　生命的图案到很晚很晚的时候才呈现出来，但那种暗地里的绘制一定是早就开始了。在早年的混沌中，谁也不会看清了之后再去做，再说那时我们又能看得清什么呢？即使人到中年，图案也未必会清晰地呈现。因为，其实绘制的主动权是在我们自己手中，而我们总是无法意识到。

　　在我的图案里，一切的冲突最后均定格成胶着状态，那是花样剑术在空中划出的痕，也是矛和盾的交锋。当然，不是抵消，而是演进。

　　要等到你的眼力够了的时候，属于你的图案才会从无数其他图案里头脱颖而出。在那之前，它潜伏不出，偶尔露峥嵘。然而它一定是具有某种吸引力，我才会在那一大堆掩盖着它的图形面前出神。那是严冬，我第一次注意到了窗花，那些对称的结晶体的磁力是难以抵御的诱惑。我很快从伙伴那里学到了制造冰花的方法，我将树枝草茎放在破脸盆里，放一点水进去，然后将盆子留在外面过夜。第二天早上，我收获了微型雪景——天堂般的美景。那么多的对称，那么强烈的形式感，那么难以穷尽的变幻。

人为什么要叛逆呢？是因为本能中那强烈的对于最高和谐的渴望吧。叛逆越彻底，你越能真切地体验和谐理念的崇高。反之就只能是浑浑噩噩，没有冲动，弥漫着死亡与虚无的图案，即使华美，用指尖一点便成灰。我一直在反叛——对父母、对老师、对社会上的人。从前我不知道我为什么会是这个样子，我常常为此而受煎熬。要过好多好多年，我才会看到深藏于地下的图案、花形，我才会认出那只绘制的手。那些人啊，他们都只是镜子，他们为衬托你的欲望而存在；你所反叛的，是你自己。这样的图案的确有点深奥。

细细回忆一下，我的叛逆地确是不顾一切的，无论是孩童时代遭打时的反抗，还是后来在社会上的一意孤行，我都从未有过屈从的念头。区别只在于开端是盲目的，然后逐渐获得意识，也逐渐获得越来越大的自由。那只手，一直在绘制一幅最大的最后的图案，我觉得自己就快要看穿图案的走向了。然而这是错觉，我还隔着许多屏障，离核心部分还十分遥远。最为明智的办法是分段认识，不去理会终极之谜——那最后的图形会自然而然在你的挺进中逐步显现。

可是分段认识谈何容易，你不可能对每件事想好了再做，即使事后，也不会很快意识得到。屏障上面还有屏障，你以为是这个图形，可它已经旧了，在那下面，有另外一种完全不同的结构隐约呈现……很久很久以前，我在屋子里头哭喊、跺脚，我要惊动世界——而实际上，我是在画出那个决定性的草图。那是致命性的一笔，如果你不拼死抗争的话，图案就消失了。

我的图案没有消失，它正遵循对称的法则完成着自己。我不可能见到最后的图案，但我能感到它的存在。屏障正在被冲破，反叛吧，反叛到最后。

你见过带血的矛尖吗？还有那暗绿色的花纹复杂的铜盾？

14. 认识

很多读者认为残雪的小说深奥难懂，由此便推论这个人在生活中也必定有很多神秘之处，性格难以捉摸。熟悉我的人却知道正好相反。

仿佛是出于朴素的本能，我们家的姊妹从来不信鬼神。而我自己，更是"不信邪"。我认定事物是可以认识的，生活在某种程度上也是可以由自己创造的，如果你想达到某个梦想，你就去努力。当然在那个时代，实践的范围很窄。我从小形成的性格特点其实是"认死理"，即：不信命，不将成功寄托于某种奇迹，只根据自己的能力来调整自己的行动计划。这种朴素的认识论贯穿了我的整个一生和我的创作。

我的童年和少年确实比一般人更为混沌，也就是说，我比一般人更感到大人的世界是神秘而不可思议的。然而，作为边缘人，我又对大人的中心世界有着超出常人的兴趣。我总在琢磨和思索，企图弄清那个辐射之谜，因为我敏锐地感觉到了那辐射的威力。

有一天，我到邻居家去玩，邻居家的阿姨对我和我的小朋友说，我的爸爸妈妈是"有问题"的，党和国家对我们家其实已经很"优待了"，这是因为我爸爸在战争年代立过大功。关于"有问题"这个说法我早有耳闻，虽然家人从未在我面前提起过，我也从周围人的眼光中猜出了几分。由于周围环境的暗示，我原来内向的性格更内向了。我们姊妹都知道不应该"闯祸"，应该让父母少操心。我并不认为我的父母有什么问题，对于我来说，那套观念是非常遥远的，出自某个至高无上的神秘处所。后来学校的老师也将我归于"出身不好"的学生一类了，我才开始来想一想这类事。我在日记上写道："父亲躺在荣誉上睡大觉，所以导致后来犯错误。"不过那种日记是写给老师看的，并不表明我的真实情感。父亲，不就是酷爱读书，喜欢同我们小孩一道养猫养鸡的这个人吗？他居然犯过错误，好可怕（我当时想的其实是社会好可怕，我的爸爸好可怜，但我并未清晰地意识到）！在我的记忆里，我从未想过要与父母划清界限，而是一直出于自然的天性非常同情他们。也许这就是我的认识论最初得以建立的基础。所以我只要一听到有人骂我父亲"右派"，我就气得发抖，想去找那人论理。我的本能对于外界的抵触是那么剧烈，我刻骨地体验到外界的高深莫测。

后来"文革"来了，父亲在家中大讲他的冤案，以及他对时局的看法。那段时间我特别兴奋，以为他要翻身了。我想即使他翻不了身，我也要永远站在他一边，因为真理在他一边。

但他和母亲很快又被镇压了。家境每况愈下，我却一点都不消沉，我认为我们是在坚持真理。然而到了1979年他的右派"改正"，他被安排工作时，我却一点兴奋的感觉都没有了，因为我早已不再相信那种表面的"真理"，我想通过搞文学来让自己的认识深化，解开我心中长期以来存在的那些谜。当然那个时候我的这种想法还是朦胧的，我也不能像现在这样说出来。但从我一系列的行动来分析，那时我认定的"死理"就是搞文学，我的个人生活全部以此为中心。

回顾我这五十多年的生活，我清晰地看到我一直在努力解谜。开始是自发的，后来渐渐转为了自觉的。我是解外界的谜，更是解我自己的谜，解人性之谜。我的信条是：认识是可能的，也是能够不断深化的。当读者在我的作品中看到那些深奥神秘之处时，那其实是事物深层的模样，也是自我的显现。如果读者是一个不满足于对事物、对自我进行常规解释的人，如果他很想深化自己的认识，以此来丰富精神生活，那么他就有可能成为残雪的同谋者。这并不需要什么高深的知识，只需要朴素的认识的热情，和某种程度的敏感性。所谓才能，说到底，不就是将人性中的那些本能坚持到底吗？很多人都是有才能的，可是能正常发挥的人却是那么少。人抵挡不了物质的诱惑，便放弃了自己的本性，也放弃了天赋的认识权利，落入灵魂蒙灰的悲惨境地。我的书，是写给那些善于自我分析、谋求掌握自身命运的人读的。

15. 脑海空空与深渊开掘

我记得我在"创作谈"中好几次写到，我的写作状态是"脑海空空"。然而这种说法并不全面。所谓的"脑海空空"只是指记忆的表层，即：写作之际，我必须消灭与白天活动有关的一切记忆，不让它来干扰我的"自动写作"。那么"自动写作"是什么呢？是深层记忆的自动喷发。当然，这种喷发是由于我的主动开掘所致。只要我能够提起精神，用强大的理性将白天层面上的记忆扫除干净，我内部某种微妙的机制就会启动。那种瞬间，我感到自己下沉，进入物质涌动的深渊。我越探索，那种变形的欲望就越喷发到表层，我便能从容地使之凝聚成语言。这样看来，我的"脑海空空"并不是气功或佛教的那种空，而是正好相反。

一个有着火药一样性情的孩子，却不得不日日压抑、包藏、扭曲自己的个性，将大部分应在白天得以发挥的欲望死死地压制，让它们沉下去。这个延续了几千年的压制模式，似乎是自然而然地应当产生文学或艺术。当然还有机遇，我的最大的机遇是西风东渐。很显然，我的深渊里的矿层，我对创造模式自发的熟练运用都非一般人所能比。

　　那是我三岁时候的事。我在幼儿园，幼儿园的小孩是要午睡的，可我是一个精神亢奋的小孩，无论如何也睡不着，于是老师就来捂眼睛。第一次我感觉捂了有半小时以上，反正很久，后来我假装入睡了她才走开。第二次她又来捂，我实在是无法忍受，又万分害怕得罪老师。不知不觉地，我就设想自己正走进一个又深又黑的隧道，那里头空空的，什么都看不见，我每走一步都听到自己的脚步。我在那种地方走了又走，走了又走，我想"下去"，为什么还不掉下去呢？我还在上面。哈，我又出来了，外婆给我送橘饼来了。这时我意识到我还得进去，在那里头走，直至掉下某个深渊。于是我又一次进去，走了又走，走了又走，为什么还不掉下去啊？我终于又留在上面了。大概时间不够长，老师不够严厉？我总是滞留在那个层面，有时眼看就要滑下去了，但总有什么发亮的东西将我唤回来。不过我还是到过了那种地方的边缘，我知道了有那样一个地方。它就在那里，一用力，就到了它边上。这可是捂我眼睛的老师没料到的。她坐在我床头，捂住我的双眼，一直到我不动不挪了，她才满意地离开。有时候，她已经离开了，我还闭着眼，滞留在那个有一点点光线的隧道里头。莫非在那个时候，我就迷上了那种地方？

　　我日后的创作便沿用了在幼儿园午睡时的模式。实际上，我们在童年时代有很多事例遵循的都是那个模式，可是我们要经过几十年的磨难，才会逐渐对那种模式有所意识。当然，大部分人一辈子也不会产生意识。自然界里到处都是我们的镜子，我们却不认识它里面的图像。我们不认识，就等于镜子不存在。而艺术的诞生，是由于人在某个机缘中突发的认识。我就是那偶然发现深渊的探索者，我通过深渊中的开掘活动，使自己的双眼越来越明亮。我要感谢那位负责任的老师，如今，我每天自己充当自己的老师，而我的亢奋顽强的本性丝毫未改。

16. 文字的森林

　　自从我懂得文字能够给我带来无限的、难以言传的快乐后，我就再也离不开它们了。这些密密麻麻的奇怪的符号，深含着勾魂的力量。

　　我家门外的街道旁有一个很大的私人图书铺，在不落雨的日子里，老板将放在木架上的插画图书（连环画）一架一架地搬到人行道上，还搬出十几张条凳，让我们坐在凳子上面阅读。一本薄图书一分至两分钱，一本厚图书或分上下集的那种则要三分钱。当然，只有少数时候我能获得这种销魂的享受。大部分时候，我只能绕着那些木架打量书的封面，猜测里头会有些什么样的故事情节。我记得图书里头有《黛玉葬花》《小人国的故事》《宝葫芦的秘密》，等等。回忆起来，那时的图书解说应该是相当不错的，至少比现在的好。我常想，如果那一屋子图书全归了我，夜里我就睡在它们当中，会发生什么呢?

年纪稍大后，我便越来越摆不脱语言文字的魔力了。我感到的确有那样一片巨大的森林，人类的情感记忆就在那种幽深的地方储存着。那个时候，我说不出我的感觉，只是不断地产生那种欲望，要回到那个地方去。"啊，多么深啊，什么样的奇异的力量啊！"我每每从心里发出这样的感叹。我去过一次图书馆，我站在木架与木架之间不知所措，纸张微酸的气味弥漫于空间，从那些年代悠久的、厚厚的书籍里散发出强大的威慑力，我完全被镇住了。好友问我要借什么书，我胡乱说了一个书名，拿了书就逃出来了。我常想，那种无名的震慑力是什么呢？我从未见过那么多的书，也许是我的身体对于无数文字发射出来的信息产生了感应？假如一个人独自在原始森林中穿行，看不到出口，会是什么样的情况？在我少年时代的阅读中，每一本书单独来看都是有出口的，书读完了，情感就宣泄了。我同大多数读者一样，仅仅只是站在语言的表层。要经历情感的深渊，文字对于我才会变成真正的原始森林。同样，要过好多年，阅读对于我来说才不是在短时间内宣泄的手段，而直接就是生存本身。

发现语言文字底下的层次是四十岁左右发生的事。有一天，我于无所事事中坐下来，随手拿起一本心爱的读物。我翻开它，读了一小段又放下，突然产生了一种隐隐不安的感觉。我站起来，在房里走动了一会儿，重又坐下。外面有小贩在叫卖，隔壁邻居搓麻将的声音阵阵传来，我再次翻开书。我看到的究竟是什么呢？为什么火车头冒出的白烟会总是在空中不散呢？为什么这位女性要全身穿黑？我凝视着，凝视着，终于，某种模糊的通道在我眼皮底下出现了。说它模糊，是因为不能断定其有无。

那些通道从来就在那里，它们通向幽暗的原始森林！而我，在阅读的挺进中不断地返回儿时的奇境，就像从前的我那样，坐在街边虔诚而热切地翻看小人书，阳光则慈爱地抚摸着我的全身。有一个夜晚，我果然进入了蓝色的森林，但它们并不是普通的树，它们像巨大的蝴蝶翅膀那样一张一合。啊，那些数不清的斑点啊，叫我如何去辨认呢？也许不是斑点，是环形花纹？

我的阅读运动，已经成了一种持续不断的运动。我滞留在文字的原始森林里，身与心的动作给我带来了无穷的喜悦，并使那些幽远的记忆在我眼前一层一层地展开。

第七章

疾病的体验

01.异质生存

我在两岁多时得了急病躺在医院里，家里要大姐来陪我。我吃了好多的苦药，所以一看见大粒的白色药丸就想吐。可是不吃药怎么行呢，大姐完不成任务要挨骂的。她灵机一动，从口袋里掏出两张一毛的钞票，对我说，要是吃了这几粒，这两毛钱就归我了。我的眼睛一下子亮起来，我还从未拥有过这么多钱呢。可是要拥有，我就必须忍。我就忍着恶心将那几粒药用开水送下去了。大姐又从口袋里掏出五毛的钞票，要我将瓶子里的白色药水吃了，那种药水是最难吃的，可是一想到有五毛钱（我已经认得钱了），我也不知哪来的勇气，一下就将药水灌下去了。哈，钱就归我了，那么多，实实在在的票子！大姐帮我把钱放在枕头下面，她要我睡觉，说等我睡着了她再走。我做着金钱的美梦乖乖地睡了。当我醒来时，那些钱当然再也找不到了，那个事件可能是我第一次从理性出发尝试忍耐。

儿时我一直患有严重的风湿病，因为营养不良，又不会保护，到了夜里双腿就痛得睡不着。起先，我在疼痛之际就总是想着缓解，有时就难免不耐烦而惊动了大人。大人也想不出什么办法来。后来我读了一些书，我很羡慕书中那些英雄人物，只想向他们学。当疼痛再次袭来之际，我就决心忍耐到底了。我想，如果不抱着要马上缓解的念头，而是抱着一种与疼痛对峙的态度，最后疼痛总要在我的抵抗面前溃败下去的。于是我在睡觉时闭着眼一动不动，不论有多么痛，我始终在心里数着数字。我想缓解总是会到来的，不可能不缓解。一个小时，两个小时过去了，我还在对抗。大部分时候，缓解突然就到来了。但也有小部分时候，半夜醒来腿还是痛，于是又开始第二轮的对峙，在对峙中坠入梦乡。还有小部分时候，一直睡到第二天早上腿还是痛的，缓解始终未到来，可是我起床后腿就好多了，也算是一种缓解吧。经过很多次练习，我居然可以在疼痛中入睡了。我得出的结论是：不要躁，而要将疼痛当作一件理所当然的事，一个可以战胜的对手，耐心耐烦地同它相持。因为我的态度的改变，夜晚果然没有那么难熬了。似乎，风湿病并没有影响我的生活，白天里，我仍然好奇而热情地度过每一刻时光。

　　我在三十几岁的时候开始发展起一种特殊的过敏症，我估计仍然是由家族的风湿病转化而来的。这种病的症状就是对空气中的湿度过敏。当湿度超过百分之六十上升到百分之七十时，全身的黏膜就开始发炎，腿也痛得不行，像患了重感冒一样。经过多年的发作之后，我终于摸索到了经验，我发觉，只要待在干燥的地方，症状就会消失。为了生存，也为了不中断工作，我从平房搬到了七层楼，后来又搬到九层楼。九层楼仍然不行就使用抽湿机。南方的湿度有半年以上是超过百分之六十的。于是我丈夫将我的卧室改成双层窗。平时我把窗户关得死死的，整个房里只留一个两厘米直径的洞供我换气。卧室里面放台抽湿机，客厅里再放一台，一天二十四小时不停地抽，让神经适应机器的轰鸣声。有时半夜醒来也会恐惧：万一电器疲劳过度失火，两秒钟之内房里的空气就会被烧完……然而这也是一种可以适应的生活，我必须同我体内的细菌相持下去，我不可能消灭它们，它们也不可能制服我，这又是一场持久战。我仍然每天跑步、写作，几乎没有耽误一天工作。

也许对我来说，这不是什么病，只是我特殊的异质的生存方式。所以我的病基本上没有影响我的工作，我依然思维活跃，产量很高。

02. 肺叶上的洞

　　我得经常去医院照 X 光，因为结核杆菌在吃我的肺叶。每次胶片拿出来，我都非常非常关心。究竟到什么程度了？听说很严重，有好几个黑洞。我想，黑洞就是细菌巢吧，它们吃了我的肺，就在那里建了巢。于是我不能去学校念书了。于是我还得到每天一瓶兑水牛奶的优待。我并不恐怖，因为我觉得自己是死不了的。我才七岁多呢，谁见过小孩子就死了的啊。而且这肺病，并无什么痛苦的症状，还可以喝牛奶嘛。我不在乎，照样在家里玩得起劲。然而当静下来之际，内心深处隐隐地总免不了有一点点害怕——要是那些细菌将肺叶吃完了，我就会死吗？到底会还是不会呢？

　　后来就没去管它了，照样上学。我又抱起侥幸心理来：反正又不痛，不就等于没有病一样嘛。谁又看得见我的肺啊。有闲空仍然是拼命玩。过了一段，母亲又带我去照 X 光。医生说钙化了。那么就是好了吗？好像又不完全是好了，不过肯定比以前好了些，从大人们议论此病的脸色可以揣测出来。也不记得后来有没有去复查，反正就不再去管它了吧。原来有病并不可怕啊，我更有了放心大胆去玩的理由了。从那以后，好几年都不去检查了，病肯定是已经好了吧。

据说儿童的肺病是算不了什么的，一旦得到营养就会痊愈，属于缺营养导致的肺病。我和弟弟们得病时正过苦日子，饭都吃不饱，哪来的营养。幸亏苦日子在那个关口上过完了，要是没完没了地过下去，我恐怕是死路一条。得病的体验谈不上特别深，那大概是我第一次长时期地同体内的细菌和平相处吧。那种病被称为"痨"，也就意味着耗。耗了两三年之后，它们觉得我的体质不再适合于它们生存，就离开了。我成年以后又透视过肺部，连阴影都没有，说明那些小东西走得不留痕迹了。当然，它们多半没走，是死了。

成年以后，家族的风湿病耗上了我。大约我的体质特别适宜于风湿病菌的生长，可以说从儿童时代直到今天，它们从来没有离开过我的身体。我与它们之间既有相安无事的时候，也有发生激烈斗争的时候，打打停停，对立了几十年，而双方使用的制约对方的手段，也是越来越高明越来越复杂了。风湿病的最初的症状是腿痛。少年时代既缺营养也缺保护，小腿便一年四季疼（冬天为甚）。有时竟疼一整夜不缓解，白天又继续疼。那个年龄对疾病没有认识，唯一的办法就是"扛"。一直扛到十六七岁身体发育了才好转。那种办法有点类似阿Q的精神胜利法，不够积极。

医院对我这种病是没有办法的，而且以他们落后的方法也检查不出来。我知道只能靠自己。我开始加大运动量，并且在运动时注意保暖。这就解决了我两年的痛苦。

2001年，我终于抵挡不住风湿病菌的大举进攻，举家搬迁到了北京。这里干燥宜人的气候让我享受了三年多的幸福生活，我写下了大量作品。但是敌人并不甘心，它们仍在伺机叛乱。叛乱终于在2004年底爆发了。我不再怕潮湿，却变得极度害怕温度的下降。即使六月伏天我也得穿羊毛衫，冬天则要将室内温度用电器使之升高到二十七度。如果不这样做的话就会进入重感冒状态，甚至天旋地转，躺在床上连头部都不能转动。我估计风湿病菌已经入侵了我的中枢神经。我也去医院看了一次，而且是最好的医院。没有结论，不了了之，说我"没有病"。既然医院说没有病，我推论出我只能用我自己的方法来对付我的病。我的父母都是风湿病，父母的父母也有这个病，姊妹也都是风湿病，我怎么会没有病呢？我当然知道我有病（其实人人都有某种病），而且感觉得到那些病菌的活动。我必须像发明小说一样发明一种方法来治我的病。

我的方法就是自己设计的一种"桑拿浴"。我已经有二十多年的跑步历史，最近，我尝试着穿上很多衣服去跑，跑得满头大汗，然后回到我的温室里头捂汗。十几分钟之后换衣，吹干头发，继续待在温室里，或做室内劳动。过了半小时后，衣服又汗湿了，于是再换衣，再吹头发。这样做一次"桑拿浴"就可以保持体内的激素水平，防止感冒。最近几个月我就用这种特殊的方法使自己的身体上了一个档次。我虽患严重风湿过敏，却依然每天精神抖擞地工作，睡眠也不错。我想，我体内的风湿病菌又同我达成了一次光荣的妥协，是因为我太顽强，我的事业太强大了吧。面对这样的对手，它们可得悠着点! 我正处于创作的高峰期，我可不想让我的敌人来扰乱我的计划。它们朝我露出铁牙，我也有铁腕，这是硬碰硬的较量。终究，和平共处是唯一的出路。

我的身体不就是一个大自然吗？在酷烈的自然条件下，精神仍然要生存，要发展壮大。有时候，严酷的条件反而促成了精神的发展。我所体验的高质量的精神生活就是我目前的奋斗生活。这也是我最愿意过的、最本质的生活。

03. 痛感

　　身体的痛感贯穿了我的儿童时代和少年时代。大部分时间我都处在痛感之中——腿痛、头痛、冻疮痛、痔疮痛、青霉素注射痛等等。

　　那种风湿性的腿痛是无法解脱的，并且长年累月地持续着，我唯一的抗衡手段便是我的大脑，也就是所谓意识形态。当然那也是有效果的，至少维持了我内在的平静和统一。而头痛则是爆发型的。没有任何预兆和原因，忽然就来了。只有咬紧了牙关"死扛"。痛感是浪，心里总在期盼：过了这个浪头就要好些了吧。哈，下堂课是唱歌课！我一定要用力喊叫。唱，唱！将痛感唱下去，赶走它。混在很多人当中，我几乎唱得声嘶力竭。一堂课上完，我真的好多了。要是每堂课都唱歌才好呢，爆发型的疼痛就要用爆发型的治疗手段？我不清楚，我只是出于本能在喊叫。冻疮痛和痔疮痛更复杂一些。忽然袭来，超出承受力，使你没有准备。唉，那种不眠之夜！然而终究要承受，因为死不了。

我的生活虽然受到些影响，却仍然在进行着。那个年代里"痛"不是病，当然就没有理由改变自己的生活。谁不痛呢，大家都痛，只不过我是过敏体质，感受更真切而已。所以只要别人参加的活动我也参加，基本上没有落下过。有时在激烈的奔跑活动中，痛就被忘记了。那时我认为最大的"享福"就是：冬天(疼痛发作最频繁的季节)待在一个暖和的棉花包里面，身上哪里都不痛，然后吃好东西，看小人书。那种理想当然达不到，我仍然时不时地要同痛感搏斗。搏斗总是默默的，偶尔也哭过两次，那是因为实在难以忍受，因为得不到缓解。

一年又一年，真相渐渐地水落石出了。原来"痛"便是我的身体显示其存在的主要方式，它用这种方式来迫使我一刻不停地意识到它。它是一个障碍，一个巨大而黑暗的、抹杀不掉的存在。我是可以飞翔的，但无论我飞得多么高，另一个我总在那下面用痛感提醒。是啊，我是两个，我必须安抚好底下这一个，否则一切都要破败。没有躯干的头颅是可能的吗？它能够独自在真空里浮游，将那自由的运动做到极限吗？我回答不出。我只知道，文学艺术是需要身体的，不论那身体以何种奇特的方式来起作用，不论那平衡身体的技巧复杂到如何不可思议，身体终归是想象的母体，精神的生产基地。

我的痛导致了我的身体的觉醒，继而它就要参与创造的活动了。几千年来，我们民族最讲究"养生"，用各种各样的方法来延年益寿。现在我也热衷于养生了，只不过我养生的目的与

193

传统观念迥异。我不是为了延年益寿，而是为了更好地发展我这副脆弱敏感的躯体的潜能，让它真正成为精神的生产基地，并且只为这个唯一的目的而活。我吃的所有的食物，我做的所有的运动，都是为了缓解我身体里头的顽痛，从而让灵感自由地释放出来。我在不断地搞文学实验的同时，也在不断地进行"养生"实验。我日日关心的，便是如何从我的躯体里头解放出更多的精神美梦。当我这样操练之时，我无数次地对自己的身体的功能和变化感到吃惊。我并没专门去研究医学和科学知识，只是凭着直感、凭着长期的经验积累来判断我的躯体。我觉得我的躯体也像我的作品一样，里头有很深奥的谜，当我捕捉到了它的需求的蛛丝马迹之时，我的维护的技巧便随之调整。无论多么艰难，我也要同我的病痛达成那种统一。

04.阳光

　　我小的时候，阳光还没有毒，一般人认为晒太阳是有益健康的，爱晒多久就晒多久。我们幼年时代都是那种营养不良的皮肤，生痱子，生疖子，生得苦不堪言。到了九岁以后就不太生那些东西了，于是自然而然地，我喜欢上了阳光。我极为羡慕那些晒得黝黑发亮的小男孩小女孩。夏天，我故意光着头走在马路中间，而不是走在树荫下面，我很想晒出他们那样的皮肤来。除了这种秘密念头之外，还有种本能的渴望促使我这样做。这是因为我见到阳光就兴奋，情绪就高涨，我太喜欢热烈的氛围了。

　　时常，并不为任何事由，我就到马路上去走。晒啊晒啊，脖子和短袖衫外面的胳膊终于被晒成了极浅淡的棕色。但是离我的追求还差得太远，我希望自己像那几个活泼的男孩女孩。我为什么就晒不出那种美丽的颜色呢？虽然赤脚踩在柏油马路上很痛，但这种痛同阳光给我带来的欢乐相比就算不了什么了。我的目光扫视着蓝天白云，有时那天庭里还有一两只雄鹰！多么热烈，多么高！我变得如此的自信，胸中的希望在不断高涨，而眼睛也在聚焦，不再像平时那么散乱无定准。有汗从我的腋下渗出来，是少年特有的、带着甜香的汗。我很早就注意到，晴天里出的汗就是这样的。偶尔，我会忍不住和太阳对视，我持续短短一会儿就什么都看不见了。然而我的皮肤还能感到那热烈的抚摸，那是敦促我成熟起来的抚摸。

我终于要下乡了，学校要带我们去郊区农村的水田里劳动。这个消息给我带来了狂喜！穿着短衣短裤在水田里劳动，天上是亮晶晶的，那是何等美丽的情景！可是家里不让我去，他们认为我太瘦弱，在外面会生病。我简直气疯了！背地里，我用一根棕绳子一遍又一遍地练习打背包。因为每个人都要背着十来斤重的被子走三十多里路，这对十一岁的小孩来说并不轻松。所以老师要求每个人都学会打背包。到了那天早上，我一声不吭地从家中出走了。

整整三天，我们在田里给水稻扯草。到处都是活跳跳的阳光，越晒，我胸中的激情越高涨，手脚越麻利。我将在家里怄的那些气都抛到九霄云外去了。当时是初夏，田里又有水，所以并不太热。对于我来说，那些时光是最最幸福的体验了，我简直对这项水田里的劳动着了迷。生产队长对老师说："那个小孩表现最好，又认真又踏实。"于是我被评为特等劳模。

后来回到家里，父母都装作什么都没发生过的样子。关于农村的那三天，我脑子里最鲜明的细节就是水稻上和田里跳动的阳光。

从儿童时代一直到今天，我对阳光的向往一点都没有减弱。现在，由于我的过敏症，我不能再像从前那样晒太阳了，可是气候依然对我的情绪有决定性的影响。北京是个好地方，将近百分之九十的时候都是骄阳当空照。我早上起来的第一件事就是拉开窗帘看外面，看到我熟悉的金黄色之后，这一天的情绪就基本上有了保障。阳光是我的永恒的情人、父亲，我却只能隔着玻璃看他了。即使每天必不可少的跑步，也只好在背阴处进行，否则就会加重病情。可是我仍然有希望，难道不是吗？我知道他就在那里，离得那么近，他在不断地影响着我房间里的温度，使得我文思泉涌。他还将我变成一名将军，我镇定自若地指挥着自己的部队，心怀必胜的信心。

05. 缓解

　　短短的一夜又过去了，外面的路面已经冰冻。啊，他们将门打开，冷空气进来了。我的脚上已经长了冻疮，我不愿意穿那双塑料布鞋，可是又没别的鞋子可穿。那双鞋，鞋底是白色的塑料，已经被磨平了，塑料上只垫了很薄的一层布。我只好穿上它了，我马上感到冻疮被硌得很痛。当然，在家里没关系，走一走就没那么痛了。

　　一出门就不行了。这种单薄的鞋子踩在冰上面，该有多么冷。疼痛又向我袭来。我机械地迈着步子，将冻红了的双手笼在袖筒里面。我的脚越变越大，布鞋的鞋帮绷得紧紧的，疼痛像刀割。在快到学校大门口之际，疼痛忽然消失了。那是完完全全地消失，因为我的双脚一下子就麻木了。啊，那是多么大的缓解！虽然并不好受。这种麻木不可能持久，在课堂上，双脚就苏醒了，那么痛，我毫无办法。

下课时我加入到游戏中去，我拼命地跳动，脚上出了汗，果然就没有那么痛了。要是一直跑下去该有多好啊，可是铃又响了，只好进教室坐下。出汗的脚渐渐冷却，可以感到袜子的冰凉，摸一摸脚趾头，那么冷。痒和痛又开始发作，唉！有的同学也穿着单薄的鞋子，他们为什么不像我这么痛呢？快下课吧，就可以跑了，一跑就完全不痛了。当然，我最盼望的还是回家，回到家里，有一炉很小的煤火。做完饭之后，留一个指头粗的火眼，将篾烘罩罩在炉子上，放一床小褥子，就可以烤脚了，那是什么样的天堂般的享受啊。

温馨惬意的夜晚。昏灯下赶急赶忙做完作业，闻着那小小煤火的硫黄味洗完脚，我们就开始享受了。要是一直这样烤火，要是不用上学和外出了，那会是什么样呢？一想起上学就愁啊，首先是这双薄薄的布鞋，我的脚马上就要肿得穿不进去了……可是这些事都会过去的，难道不是吗？尤论多么为难的事总会过去，以前总是这样的。比如说，老师星期三政治学习，就不用去学校了；比如说，春天忽然就来了，天气一下子变暖。总是这样。然而老师既没有政治学习，春天也没有来。转机是一件意想不到的事——家里给我买了一双橡胶跑鞋。多么好的鞋，蓝色的面子，黄色的边，厚厚的底，真舒服。但这双胶鞋没能挽救我的脚。

经过反复的肿胀，一夜又一夜的煎熬之后，两只脚都开始溃烂了。每天早上下地的那一刻双脚就像针扎。活动活动，走开了就会好一些。在学校里，游戏是不能再玩了，只好坐在教室里。小弟已经没法上学了，他坐在床上，将那只烂了一个深洞的脚架起来。他一声不响地在床上挨时间。我也在挨，不过我还能上学。外面又飘雪了，冬天真长。

突然，真正的转机到来了。冻疮一下子停止了肿胀和流水，原来开裂流血的地方也长出了硬皮。疼痛，持续了一个冬天的疼痛完全消失了。再过一天，我的脚就恢复了原来的形状。看看窗外，才发现满树的桃花正在怒放。小弟不在床上了，他蹲在院子里玩那种一个人的"攻城"游戏呢！属于疼痛的冬天无影无踪了，而春天，属于欢乐和希望。院子里响起小孩们的叫喊声，我们又开始追追跑跑，我们身体轻灵，健步如飞。

在冻疮结疤的地方，肌肉变薄了，皮肤的愈合能力真惊人，那里颜色稍深，但没有留下任何瘢痕。

06. 我和我的病

因为发高烧，我必须躺在床上了。外面是艳阳天，小孩们都在院子里玩游戏，我听到了他们跑动的声音，其中两个还在尖声叫喊。他们在玩追杀的激烈游戏——我最喜欢的那种。现在我同那种游戏无关了，高烧已将我体内的欲望全部镇压下去，我的迟钝的目光望着树叶，我心里没有丝毫激动。

高烧之类的急症对我来说意味着什么呢？生命的常规活动全部改变了，我不再向外发挥我的活力，只是全神贯注于体内的变化。我同疾病对峙，我要扼制它那凶恶的猛扑，在借助于药物效力的同时也借助于自己的意志力。我很小的时候就知道了，拖延会导致转机。

通常第一夜是最难熬的，最厉害的时候近于半昏迷状态。可是只要熬到了第三夜或第四夜，疾病就会开始溃退。某一个早上醒来，我会突然想吃酸菜或稀饭，我身上由于疾病而萎缩的器官一个接一个地苏醒过来，尝试着要行使正常功能。虽然由于身体的消耗和失水，我的样子很难看，但我已经在倾听伙伴们在走廊里玩扑克发出的嘈杂声了。我不再注意自己身体内部的斗争。我急于要忘掉那些痛苦的时光，追逐快乐才是我的天性。

我恢复了，我忘掉了疾病给我带来的痛苦，也不再专注于体内的变化。我沉浸在浅薄的感官的享受中。不过那并不是真正的遗忘，我隐隐地感到我终将重返那个地方，那里，只有我和我的疾病，我们赤裸裸地对峙。

没过多久，我果然又重返了。漫长的夜里我时而睁眼时而闭眼，一切白天的欲望都被排除了，黑暗中只有我和那个病。我没有表或钟，但我在分分秒秒地计算时间。只要熬过了某个波峰，前景就会变得好起来。也有的时候，情形并没有好转，而是陷入了更大的灾难，疾病变得空前强大，我无所作为。即使是这种时候，需要的也只是更多的拖延，转机终究会到来。

我生病的生活是一种更为纯粹的生活，一种生与死纠缠得最紧的极端生活。白天的趣味生活同它相比，差异是巨大的。回想那些刻骨铭心的日子，再想想我的写作，就会觉得我的体质正是上天给我的馈赠。我这种奇特的体质使我既领略过世俗的疯狂享乐，也常常处在专注于内部的纯粹状态之中。说到底，写作不就是二者之间的桥梁吗？

我常想，当高烧或剧痛到来之际，与其对峙的那个"我"究竟是什么呢？"我"不是一股气，也不是幽灵，也不是体内的某个器官，而好像是一切，是渗透于每一个细胞的那种东西！

"我今天还是发烧，不过我正在好起来！"我说。

人不能作为纯粹的动物而存活，因为人可以"意识到"。但人需要不时脱离社会返回那种更基本、更纯粹的状态。我童年时代的病痛就是这样的契机，我拥有许许多多的这类特殊记忆，它们成了我的宝藏。现在我每天处在病痛中了，因为写作的生活就是最为复杂的病痛生活，充满了转化的、有点古怪的生活。外与内，社会与个人生理交织在一起，语言符号既肉感又空灵，这样的生活，我已经过了几十年。也许，是因为自娱的快感远远超出了痛感，我才会这样乐此不疲；也许，只有活的意志才是人同肉体病痛对峙时的那个"我"。

第八章

独处的时光

01 ．"我"

那条小溪很宽，旁边长满了乌泡刺和野竹子。我将那些最肥最宽的竹叶摘下来，做成一只只小船。在一只小船里面，我放了一只瓢虫，嘀咕道："这是我。"我将小船放下水，船儿立刻往前冲去，一会儿就不见踪影了。那种速度令我有点头晕。我想，船应该是不会翻的，因为"我"在里头嘛。即使暂时被石头挡住去路，也会慢慢顺水溜过去的。然后呢，就会到达那个深潭。那里风平浪静，"我"睡在船里头逍遥自在。我又放下第二只、第三只、第四只小船，船里面载着虫子、沙砾或一根草茎，它们代表我的姐姐和弟弟们。在我的计划里，我们将在那个深潭里会合。我熟悉这条小溪，所以对会合的事很有信心，我还放下了更多的小船。

我顺溪水往前走了，用目光仔细地搜寻，每一个角落都看过了。没有小船，没有搁浅，"我"大概还在路上呢。一直走一直走，走到了深水潭，又将目光扫向视线能达到的极限，还是什么都没发现。竟有这种事！竹叶小船也许是沉下去了，"我"也许在下沉的一刹那间飞走了。但岸边的我没有想到这上面去。"我"是不可能失踪的，"我"一定在某个地方躲藏着！岸边的我又沿着小溪往回找，更加仔细，目光更加警惕，然而仍然一无所获。啊，啊，世上竟有这种事！

我坐在那条小溪边上想一些事。消失？完全没有了？那究竟是什么样的情景呢？风刮来，有点冷，我站起来往家里走，我害怕。一路上我都在设想世上没有"我"的情景。走着走着，就隐隐地听到了外婆呼唤我的声音，那几棵桃树在眼前了。当然，我是不可能没有的，我是一名小学生，我住在集贤村21号，那是一栋红砖宿舍楼！

我们在通往很高的屋顶的脚手架上玩耍。那些柔软的竹篾织成的斜桥，一道又一道，小伙伴们脚不停步地冲上去，又跑下来，他们毫不畏惧。但是我害怕，到了第三层楼那里我就腿发抖了，我只好跪下来，在斜桥上爬，我爬到二楼以下才敢站起来。多么恐怖的经历啊。我终于站在硬地上了，我仰着头，羡慕地看着那些男孩和女孩，我用视线追随他们的冒险。

有一个小女孩是新来的，特别胆大，那些弯弯角角的险处她眼都不眨就跨过去了。我将她设想成"我"。哈，"我"到了四楼！"我"又到了最顶上，手执一根棍子在那里挥舞！可是怎么下来呢？下来更危险，那里的斜桥只有板凳那么宽，而且陡，男孩子们都不敢涉足那个险处。"我"想都没想就展开双臂，摇摇晃晃地往下走了。下面的我吓得闭上了眼睛。哈，"我"已经到了三楼那里，"我"是如何下来的呢？扎着羊角辫的"我"竟然在三楼那里坐在了斜桥的边缘，"我"双腿悬空地晃荡着，那双小脚结实而灵巧，仿佛专为这类杂技动作而生。"我"的眼睛黑而亮，我爱上了这个"我"。

混沌的岁月里经常会出现"我"的形象，而且那个形象往往出现在一桩冒险的事业里。是因为渴望，还是为了战胜恐惧呢？人是看不见自己的，所幸大自然提供了无数面镜子，内敛的心灵在经过多次的扮演之后，便会在一瞥之际发现属于自己的那些镜子。在那令人怦然心动的永恒的瞬间，精神的通道便形成了。

"你是谁？"

"我是你一直在盯着的那个人。"

02. 挨

　　那时总有这样的时候——挨时间。因为内向，不爱交际，就有很多很多的闲空。学校的作业远没有现在这么多，如果有人玩的话，日子应该是过得非常欢乐的。但我不行，我总是那么落寞，同大部分小孩玩不到一块。要是有书看当然就好了。有的时候连一本书都没有，时间就变成了纯粹的"挨"。

　　我坐在走廊尽头的水泥阶梯上，我想等我的好友出现。但是她病了，她妈妈带她上医务所打针去了。我知道她不会马上回来，但还是抱着希望坐在那里，用一块石膏在水泥地上画图、写字，我怕错过了她。走廊外面，孩子们在玩牌，还有一对在跳皮筋。我呢，我在"挨"，我无聊至极。如果他们当中的一个叫我过去的话，我一定会去，即使玩得不那么畅快淋漓，也比现在要好。可是他们没有叫我，我也并不巴望他们叫我，我只盼我的好友快回来。挨了半个多小时，我希望发生的事没有任何迹象。于是失望地回家，找出图画本，用透明纸蒙那些画。因为手性差，我做这件事的时候总是全神贯注的。我蒙了一张"波西米亚女人"，不知不觉又挨到了下午洗澡的时间了。于是去灶屋烧了水，用桶提着，到后院去洗澡。洗完澡，换上干爽的衣，将脏衣服洗了，便发现两个好友都回来了。打牌吗？好，打牌，打牌！我又买了副新扑克呢！于是苦闷无聊烟消云散，趁着晚饭前去玩一通！

　　我的闲暇就由这两样组成，"挨"和玩。玩是兴奋的，其乐无穷，但触动的东西是表面的。而在"挨"之中，人就触摸到了时间和存在。我印象中的"挨"总是发生在白晃晃的夏天的下午，窗外是阳光、树荫，室内很阴凉，地板上蹲着一只猫儿。望出去，便看见谷皮树上的红果隔一会儿掉两只下来，那也许是鸟儿弄的。地被晒枯了，发出"喳、喳"的声音。记忆中的我瘦瘦的，穿着绸衫，有点像幽灵，在那窗前晃过来晃过去的。凌乱的桌上有一个半导体收音机，一只小闹钟。我不看钟，我心里另外有一面钟。有时待的时间长了，我就去擦下地板。拖把上的水在地板上很快就蒸干了，地板显出木纹，升腾起好闻的气味。一会儿，邻居们在走廊上叽叽喳喳地说起话来，大约是下班了，这意味着父母要回家了。于是我的"挨"告一段落，我汇入到日常生活的嘈杂中去——做我愿做和不愿做的事。

　　我早年生命中这种"无欲"的时间段到底是天堂还是地狱？它是不是导致我写作的最早的原因？我常想这个问题。

　　写作是什么呢？写作不就是脑海空空，摒除了表层的欲望，让深层的本质展露吗？童年或青少年时那种一段一段的"挨"，可能正是一种写作前的准备、预习吧。如果一个人没有经历过这种"挨"，他就很难写出我这种实验小说。一个终日忙忙碌碌、暴露在众人眼中的人，一个脑子里塞满了事务的人，他的本质是很难展露的。当然，如果那人年轻，才华横溢，也许可以做到，比如三十岁的卡夫卡。但那对他的健康是具有杀伤力的，所以他才一直盼望退职回家写作，并由于写作导致了早死。而目前我所过的半封闭的家庭生活，正是我追求了一生的理想的写作生活。我并非不同外界接触，只是我需要越来越多的时间来"挨"，只有这样，我的潜意识才会变得超常的活跃。也许我每天只写五百字，但我每天花四五个小时来"挨"、来锻炼身体。这样，我写出的五百字就都是真东西，它们确确实实是从最深的地方冒出来的，而不是硬写出来的，有经验的读者一看就会知道。

我想，即使不是艺术家，如果他想过一种高品质的生活，他就应当在一天里头有段时间处于"挨"的状态。这样的人，必定会慢慢变得不俗。

03. 我和我的小黑房间

"文革"期间,我住过好几处小黑屋。那时除了我,家里的人都被赶下农村去了,只有父亲住在牛棚里。我家原来是有两间宿舍房的,房子虽旧,质量还可以,窗口就对着一棵美丽的谷皮树。可是我母亲一被抓,造反派就认为我不应该待在这么好的房子里了,他们用两部板车将我家那些破破烂烂拖了出去。当时下着雨,我一边跟在后面跑一边捡板车上掉下的那些书本和用具。然后他们就将我安顿在两间近似工棚的黑屋子里了,所有的破烂全扔在泥地上。

然而我并不沮丧,我觉得那两间小黑屋也不错,所以振奋起来,很快就将屋子里的床和用具收拾好了。我为什么会觉得那种地方好住呢?想来大概是因为独立感和新奇感吧。我没有人依靠,必须一个人面对这个社会了。我要买米、买菜、买煤,还要照顾河西的父亲,我长大了!而且这个新搬的住处里头,

213

一切都由我自己来布置，我决心在现有条件下将它尽量弄得舒适。窗户很小很小，又高，房里特阴暗，但我并不害怕。我在夜里闩好了门，睡在那张床上想着生活中的变化，甚至感到兴奋。我终于在某种程度上独立了，这多么惬意！第二天，我又采了些野花插在水瓶里了。我喜欢变迁的生活，我在小屋里遐想联翩。

后来，为了照顾父亲又要搬到河西去住了。先是住在单身宿舍，搬了两次。父亲进了"牛棚"后，我就被赶到了一栋楼的工具房里，那里原先是放清扫工具的，所以没窗户，里面也很狭窄，一关上门就得开灯，否则里面黑得什么都看不见。我第一次住进这么古怪的地方，同上一次一样感到很兴奋。一个这么黑、这么逼仄的家，我觉得像童话里鼹鼠的住处一样。我一进门就得上床，那房里只能放一张床。将里头收拾得干干净净后，我就坐在床上看书和遐想。我听到楼里面的人在盥洗室喧闹着，高声谈笑，但我听不清他们说些什么。这么小的房间，在里面除了遐想和读书还能干什么呢？于是我就遐想和读书了——这两件事正好是我最爱的。我记得我在那里面住了好几个月，就着不太亮的灯光读完了好几本文学名著。我甚至有点爱上了我的小黑房间——这里多么安静，并且因为谁也不会来打这种房间的主意，他们也就不来赶我了。孩子的适应能力是极强的，只要一关上门，坐到床上，我就感到很大的满足。终于有了自己孤独的小天地啊，比起住在大家庭里头的十多年来，我更喜欢这种独处的乐趣。一天三次，我到下面的食堂吃饭；周末我去探望父亲；我常爬到宿舍后面的小山上去欣赏那条清澈的泉水沟。其他时间，我就坐在小床上读书和发呆，那是多么宁静惬意的独处啊。我，我一个人，我前方的道路上会不会出现奇迹呢？也许只有在这种时光里，人才会去想象同奇迹有关的那些事吧。

我的童年和少年时代总是因祸得福。可能就是因为我一点都不把那种变故看作祸，因为我总是兴致勃勃地迎向新事物，用独特的方式去体验它，深入它，外在的祸才转化成了我内在的福吧。或许都不是，只是因为我从事了研究灵魂的工作，我的历史才变成了紧扣本质的历史——即我在创作中追求的纯粹的时间。

啊，美丽的小黑房间，心灵的最早的摇篮。

04.雨中阅读

我是一个行动者，所以我喜欢太阳天。在太阳的刺激下，欲望高涨，奇思异想层出不穷，于是，我总在晴天里策划和忙碌。

然而，江南绵绵的阴雨天属于冥想，属于少女的阅读。通常是，雨打在窗台上，瓦壶里的水在炉子上轻轻地响，那种微微忧郁的下午，阅读使我自己成了世界的中心。

少女的身体那么轻盈，雨催生了思维的翅膀。阅读是为了什么？当然是为了那个与生俱来的梦想——飞翔。下午，房间里有很多阴影，大柜子啦、床啦、桌子啦、窗前的谷皮树啦，都在地板上投下那种阴影。它们有时交叠，有时分开，我都看在眼里。雨的嘀嗒声时而清晰时而模糊，我停留在空中不动，我在朝四面八方延伸。那是多么惬意的、醉人的忧郁啊。我同书籍还有雨共同制造了这个忧郁的世界，我要在这个世界里超脱、升腾。

院子里有人滑倒了，伞被摔在泥水里，他在咒骂；走廊里有小孩跑过，他母亲在高喊他的名字。我凌驾于这一切之上，我轻轻地翻过一页书，看到了赤松林上方的火焰，还有爱情中的明眸。有时，我的目光如直升机，急速地掠过那一行行文字；有时它们又停在某一处，仿佛要无限制地重复。雨，总是不停，境界或"场"是持续的。我要追寻雨中的小红帽，小鹿则在山坡上奔跑，它的蹄子踏在吸饱了雨水的草皮上。在远方，古老非洲的草原上，手执弓箭的精瘦的黑人正在射杀狮子。

只有在大人们快下班之际，我的阅读才被粗暴地中断。这件事刚发生的那一瞬间，我总是魂不守舍，仿佛梦想破灭，又仿佛被击倒在地，心里满是屈辱与不甘。那些文字，那些文字，从它们底下总是透出那同一个境界。只要停留在那里头，少女的眼睛的颜色就会变深。那本厚厚的旧书就放在枕头旁边，当我吃饭和做作业之际，它像磁石一样吸引着我的视线。这就是渴望，伴随这渴望的，是忍耐，是自觉的延宕。这期间，雨声便会不断提醒你那种境界的存在，还有那种销魂的享受，追随的快感。

"起风了。"谁在说。是啊，外面起风了，雨线飘摇。我的阅读进入深层。赤松林上方的火焰，映红了半边天；爱人的明眸，已化为两个深潭。我的功力还不够我继续深入，我惊愕，冥思，我在燃烧。江南的淫雨啊，你要将少女的思绪引向何方？我急速地翻过好几页，又一次来到那个熟悉的场景。那里有绞架，还有高贵的头颅，晨曦中广阔的大地充满了暗示。我不懂那种暗示，但也许，我懂了，自己却不知道。不知什么时候，风停了，雨也停了，我精疲力竭地入梦了。

　　雨中的阅读是另外一种行动。策划是于冥冥之中完成的。年轻的时候我们没有感到的那些东西，到了老年却渐渐看见了它们的成果。从前，我在阅读中听见了雨声，这是一个多么美好的开端。如果淡蓝的空气欢畅地流动起来，交合就要开始了，大脑出现通道，肢体绷紧了。在雨声唤起的惶惑中，我反复默念那些句子，企盼它们将我带向我从未去过的远方——那里终年垂着浓雾，看不明白。我相信，很久以前我到过那里。我到过了，又忘记了。那种交合，没人能说得清是如何进行的。而我们，只需要聆听雨声。

05. 模糊地带

我曾无数次地感到模糊地带的存在。

那一天，我又在南食店的柜台前停留了。我在打量玻璃坛子里头的炸蚕豆。蚕豆是新放进去的，一粒一粒全炸开了花，上面沾满好闻的淀粉香料。昨天还没有，所以一定是刚放进去的。炸蚕豆边上是腌洋桃、腌梅子，下面一格是回饼、杏子饼，还有蜜枣。外面结冰了，行人都冷得哆嗦着。柜台后面的三个营业员在幽暗中围着一炉小小的煤火，他们离柜台很远。忽然，我听到他们当中的一个说了这样一句话：

"高原上蘑菇啊，木耳啊，多得捡不完！我要他别错过……"

我竭力想象高原，可什么也想不出。他们三个人还在说，声音低了下去，什么都听不清了。这时有一只猫在屋梁上叫了一声，我里面的寒冷忽然被唤醒了，我非常害怕，急忙走出南食店。

外面是白茫茫的世界，寒风刮着，我的口鼻都冻木了。

还有一回是夏天，我将竹床放到树荫下面午睡。真舒服啊，南风吹在身上，我醒了又睡，睡了又醒。热烘烘的氛围令我老是梦见在太阳里长跑。我出汗了，我身上的汗怎么出不完，我要换衣服。瞧，那扇门可以打开，让我去那边吹吹风。啊，门又关上了，我真热。有人在我耳边反复说："妈妈，你把糖罐盖好了吗？小心那些蚂蚁……"我记得我听见这句话的时候是醒着的，我还用昏沉沉的目光打量过树干上流下的树浆。我还记得小孩们在院子的另一头挖蚯蚓，他们离我远远的。我翻了两回身，听见那人还在说："妈妈，你把糖罐……"那是谁呢？我多么困啊，周围怎么会有这么多的人？

我醒来后，用困惑的眼睛仔细打量周围。我睡觉的地方远离人们，不要说我待的这个角落，就是整个院子都没有人。大人上班去了，小孩上学去了，几只鸭子在冬青树下睡觉，能听得到的声音只有风。可是我的确听到那个人在说糖罐的事，他站在房间的窗口向外说，老是重复同一句话，就像是提起话头似的。当然，"妈妈"并没有出现。

我是伴随着生活中的这些模糊地带成长的。起先是害怕，后来渐渐转化成好奇心。但我并未想到对此的解谜会成为我的职业。我去找我的朋友玩，朋友的妈妈在房里骂人，我听出来那母亲在骂我，是的，每一句都在骂我，虽然没提名字。我立刻站在外面不敢动了。她看见了我，还在继续指责我，说我唆使她家小孩干坏事。我还站在那里不敢离开。突然那母亲叫我的小名了，我全身发抖。

"你怎么这么久不上我家来了啊？"她笑盈盈地说。

我心中的石块落了地，但我一点都转不过弯来。那天我在那一家看图书，我老是偷偷打量那位母亲。她是多么的深不可测啊!

揭示这些模糊地带的真相就是解开我自己的生活之谜。这项工程是如此的浩大。工作令我无比的振奋，也给我带来无限的快感。并且对于我来说，最好的事情是，越揭示得多，模糊王国的疆域越扩展，挑战性也越大。

风雪天里街口南食店里陈列的炸蚕豆，永远在那里诱惑着我前往。

06. "另一个"

　　我那么不好看，我的皮肤苍白得像尸布，我的身体瘦得像干鱼，胳膊和腿则像柴棒。我的头发，干枯得不像话，有时要擦油才能梳得通，我一开口就露出黄黄的牙，那是青霉素的杰作，我几乎从不照镜子打量自己。在我的心底，隐隐约约地，我是不服气的。我无端地相信自己会变化，变成一个好看的小姑娘。但是现在，我不知道要如何改变自己。所以，当我想象自己时，我不是我，是"另一个"。后来，我又开始朝那"另一个"的方向奋进努力了，我去跑步，我去做些体力活，希望自己很快变得壮实。时光流逝，我还是我，不是"另一个"，但我仍不服气，因为我还是一个小孩呢，来日方长。

　　我又说人坏话了，我和朋友坐在那里说呀说的，不知不觉就说了两个多小时。我们说了好几个人的坏话，又尖刻又恶毒。我们说的时候很愉快，报了仇一般。朋友一走我就后悔了，恨不得将自己的舌头咬下来啊。那时我正在读普希金。难道达吉娅娜，那个穿白裙的少女也会说别人的坏话？当然不会，当然不会。我完蛋了，我堕落得如此不可救药！我想，我要改，我要变成"另一个"。刚才坐在这里说话的不是我，我不是那样的，我只是犯了错误，要允许人犯错误，对吧？我再也不会那样了，那不是我。我正在痛下决心时，外面有人叫我去玩。我跑出去，在疯玩中忘掉了一切。夜里我静静地想象自己作为"另一个"的形象——聪明、文雅、多思、敏感、善解人意。

然而没过多久，我又开始说人坏话了。说完后我又后悔了。

我最喜欢行走，在无人的阴凉的小巷里，在河堤上，在野外的树林中。我在行走时便想象那些高雅的事，也想象自己作为"另一个"的风采。我看了电影《红岩》，我想象着江姐的脱俗的形象，而"另一个"呢，也应该是江姐那种人。多么好，但愿可以一直走下去。可是到家了，世俗而乏味的家，我又要受到家人的责骂，因为没做好某件小事。我懊恼得要命，只想从家里逃出去，参加革命，变成江姐。多么无聊的生活啊，我将来可不要过这种生活！

在学校里，我被庸俗包围了，我常喘不过气来。女孩子们叽叽喳喳，分成几派，相互攻击。几乎大部分的女孩都想拍老师的马屁，而背着老师又说她的坏话。而那位老师呢，捉摸不透，似乎有点阴沉。我不快乐，我有时有行尸走肉的感觉。我就是从那时起发展出冥想的习惯来的。我坐在课堂上，想着我亲爱的"另一个"，我的魂寄托在她身上，她在这个有点单调沉闷的小城里游走。"另一个"永远渴望着冒险和艳遇，渴望着建立功勋；"另一个"像江姐一样穿着红衣服，匆匆地在人群中穿梭，她心中烧着一把火，要为某种说不清的模糊的崇高事业牺牲自己；"另一个"也是阿霞，一名纤细多思的、像云一样超脱的贵族少女……

　　终于有一天我明白了，我是没有希望变成"另一个"的。我永远只能是我，平凡的、庸俗的、行为举止并不高雅的、爱说人坏话的那个我。我唯一能做到的只是：让自己既是这一个，又是"另一个"。我幸运地找到了让我的"另一个"生存、发展的空间，这样，我就每一天都可以同她在一起了。同她在一起是多么的幸福——我俩穿着白色运动服，在初春的阳光里奔跑。我们在放风筝。那是南方的草地，草地的尽头有垂柳，天空高而温柔。

07. 重新开始

我每隔一段时间又会产生那种妄想：让世界重新开始。我使劲闭上眼睛，然后再睁开。当然，每一次我都失败了。有时，我熬到夜里，在心中祈祷：睡一觉就重新开始了。这种方法曾经奏过效，不是因为世界果真重新开始，只是因为障碍不存在，不过是虚惊一场。也有的时候，是时间导致了转机。

因为和大人顶嘴，我又挨打了。我不停地哭、愤怒、恐惧、羞愧——因为明天早上，所有的人都将看见我哭肿了双眼，因为我仍然要同打人者共居一室。啊，但愿地塌下去，将我埋没；但愿我不是我，只是一个婴儿！何等的羞辱，我将怎么办。天黑下来了，我一筹莫展，前途是那么阴暗。哭啊哭啊，每想起一件委屈的事又哭一阵，又恶毒地诅咒一句。夜深了，我还是先睡吧。睡眠将一切都覆盖了，那么黑，那么沉。也许，在我不知情的情况下，世界真的重新开始了？我睁开眼之际，激情已经被平息下去了。我默默地进行日常活动，用冷淡的目光打量周围的事物。我心里还有一点点隐痛，但是已经好多了。我凭本能知道，我不会因羞辱而完蛋的。时间将平复一切创伤。

老师又来逼我了，我必须在下个星期为集体做两件好事，否则我就会上黑名单，我就会使班级的荣誉受损。我坐在座位上想了又想，我怎样完成那两件事呢？在众目睽睽之下打扫教室吗？抢着去出黑板报吗？太可怕了，我做不了这样的事，我害怕出丑。我，一个最最腼腆的女孩，怎么敢这样出头露面。我的唯一的行动便是趁人不注意拎了那只垃圾篓跑出去倒空了。可惜谁也没注意到。啊，我的老师逼得太紧了，我祈祷了又祈祷：但愿星期一他忘了这件事，但愿他永远忘记！他举起了弓箭，我是他射程内的兔子。黑色的星期一啊，我将怎么熬过那种瞬间！

障碍不断出现又不断隐匿，那些伤痛无法忘却，但也并没有置我于死地。每一次，我都成功地重新开始了。后来我又知道了，有一种更厉害的伤是内伤。内伤都是自己制造的，伤口根本没有愈合的可能，而且每一处都是致命的。我倒下过，即使在倒下之际，大脑也是繁忙的。有了内伤之后，我不再妄想重新开始了。我留在原地，调整呼吸，感受体内的钝痛。原来在钝痛中也可以挨下去的，原来在致命伤发生之后也是可以继续呼吸和思想的。也许通过 X 光可以看到我体内的阴影，那是创伤或肿瘤，它们在那里。可是我还在生长，那可是真真切切的生长。

现在是我自己的重新开始了。我用制造内伤的方式不断生长。痛感使我保持敏锐，病毒提高着我的抗击力和耐受力。我想，我是死不了的，既然死不了，就有可能生长。我产生了新的妄想——让每一天成为我的重新开始，以我的重新开始来扼制内伤或肿瘤的恶化。这是相持不下的、永无止境的较量。

我以这种奇特的方式生长着，在生理衰退、大脑日渐迟钝的限制之下继续生长。别人看不见我里面的机制，只有我自己知道，我有点得意。我在钝痛中更新着自己，我的思维还在不断开拓出崭新的疆域。

第九章

关于父亲

01.飞翔的黑色大氅

　　大约是在五岁那年，我偶然听到父亲对母亲谈起他的心脏病。其中有一句话是"活不过五十岁"。当时我听了就像被雷击中了似的，全身都麻了。我想啊，想啊。无论是在干什么事当中，玩也好，走路也好，睡觉之前也好，这个问题就像毒蛇一样缠着我。"死"就是"没有"了吗？怎么能够没有爸爸呢？我自己将来也会"没有"吗？那是怎么回事？是被埋在深深的地底，自己没有知觉吗？有时夜里中途醒来，会被这个黑色的问题吓得一动也不敢动，赶紧闭眼重又睡去。

　　我开始焦虑，每天盼着父亲从劳教的地方回来，他一回到家我就跟着他转。我多么害怕他哪一天突然就从家里消失！

　　虽然后来父亲并没有"活不过五十岁"，我对于死亡的体验却从此没有停止过。当我静下来之际（一般是夜里）毒蛇就会悄悄地潜入我的心里，使得这颗幼小的心灵发狂似的去深究这个问题。我曾设想自己在一个封闭的水泥管里无限制地向下坠落，坠落……这就是死吗？还有那些被活埋的设想。这好像成了我夜里的一门功课。然而生命力是那样旺盛，白天里，我忙忙碌碌的，我情绪高昂地投入那些游戏，聚精会神地做好作业，兴致勃勃地陶醉于同某人短暂的友谊……一天又一天过去，我终于悟到了：毒蛇是摆不脱的，在人生的旅途中，你将永远带着它前行。

大弟的意外出事使我对那个东西的体验更为贴近了。那是在"文革"年代，他在浏阳河里被旋涡卷进了取沙的农民弄出的沙坑里。那个恐怖的下午，我没敢出去看尸体，我躲在家里，觉得自己也要死了。这一回，日日相伴的人是真的从家中消失了。在无数个梦里（这种梦我做了几十年），我一直在纠正，在反驳，在挽回这个不可逆转的铁一般的不幸。他活在我的梦里。一次他告诉我，他只不过是走错了路，然后上了一辆运沙的车到了外省，现在回来了；还有一次，我捧着他的衣裤对同伴说："他在那边游泳，他没死，你看，他的衣服还在我手里呢。他要我帮他守衣服的……"凡是在那些关于他的梦里，他总是活着的，活生生可以触摸的。而我，常常在梦里振振有词地讲述他还活着的理由。直到如今，不久前有一次，我还在梦里对人说："这些年，他是被送到一个叔叔那里读书去了，所以我们才没看到他嘛，现在不是回来了吗？"

父亲终于凄惨地死了，我整整一年多无法创作。那是最为绝望的、越不过去的铜墙铁壁，毒蛇终于咬坏了心脏。仍然有梦，但那些梦不再振振有词，它们成了可怜兮兮的乞求。在阴暗的房里，老人从沙发后面掏出几个苹果递给我，说："你看，这是我留给你的嘛。"他的表情有点嗔怪的味道。我的脑子在飞快地转动，我想，他还留了东西给我，所以他还活着。我面对那个坚不可摧的事实，无力地辩驳着……

所谓"我"，不就是由这些记忆构成的吗？为了活下去，我不得不彻底将表层的记忆埋葬，我像一个没有昨天的人一样轻装上阵，勇往直前。但这只是表面上如此。夜深人静之时，黑色的大鳖便从地狱里游出，它在我的前方指路，带领我返回故乡，让我那颗被毒害的心重新生出最柔嫩、最虚幻的情感。我很少在梦里用语言来忏悔，比起这种奇异的死人复活的场面来，语言算得了什么呢？当你面对老人，当你在逼真的情境里同他有了肢体的接触之际，你的心，便会因无望的哀求而抽缩——我知道这是梦，可我愿自己永远不醒，永远不……啊，让屈死者复活吧，那座独木桥，我过不去了啊。

他们复活了——在我的奇异的作品中。

02. 逻辑的延伸

同所有的革命者一样，我的父母都是那个年代的所谓理想主义者。尤其父亲，作为对马列主义有过研究的知识分子，他不仅有信仰，还有一整套贯通在生活中的逻辑。这套逻辑支撑着他，使他在最困难的年月里头也没有垮掉，并始终保持着清醒的头脑去分析形势。在今天看来，父亲的那些思想当然不无幼稚和教条之处，他也许还用这教条加害过某些人。但与大多数革命人不同的是，他的逻辑和原则的确是用自己的脑袋"想"出来的，甚至可说是深思熟虑。他的局限是时代的局限，他不是超时代的天才，只是一个爱思索的革命知识分子。他由于自己的思索在1957导致了惨祸，但这惨祸并未打垮他那铁一般的逻辑。他是一名大无畏的革命者。

我们姊妹是伴随着父亲的劳教生活而逐渐懂事起来的。家庭一下子陷入困境，吃的、用的、烧的全没有。父亲和外婆带领全家在屋前屋后开垦了好多块菜地，每天都要去侍弄，可是那些蔬菜因为缺肥长势一点都不好。忙完之后，父亲只要一有时间就坐在书桌前，就着那盏从报社带过来的旧台灯读书。父亲读书是真读，一本书他要反反复复读，每一段、每一章都要深思，都要在脑子里贯通。那些马列哲学书上写满了他的批注。五六岁的我经常看见父亲的眼睛在镜片后面进入冥思的状态。我那时也许似懂非懂地感到了，这每日的操练该是多么的惬意和自足！我当然不知道他读的是什么东西，但这耳濡目染的身教，使敏感的小女孩记住了，世界上有种最快乐、最令人充实的生命活动，她可以在最为简陋、非常恶劣的物质环境里头进行，她还可以给人带来巨大的生活勇气！

　　回忆那些年头里父亲的精神状况，我一点也想不起他有过任何的消沉。我知道他是有过失望的，因为他的申诉失败。他认为当时的政府和领导人是有问题的，而且问题很大，但他从未放弃过对于马列主义的信念，他沉着地在逆境中抗争。好多年以来，我老想这个问题：父亲是如何做到沉着冷静，又是如何做到随遇而安、不悲不躁的呢？一直到我成为成熟的艺术家之后，我才自认为找到了答案。这就是前面说的，他是因为不放弃精神生活才保持了做人的风度的。在我的记忆里，他始终是个有风度的父亲。

　　父亲在家庭里营造出一种理想至上的氛围。正直、不攀附、不随风倒、不与人争物质利益，这成了我们姊妹做人的原则。虽然他的精神世界是不完美的，缺乏根基，打上时代烙印的，但那种追求的模式，那种对于精神生活的执着，同我目前的生活方式是一模一样的。我们看重的都是"虚"的东西。在那种混乱的、被人牵着鼻子跑的年代里，又有几个人能像父亲那么天天阅读，天天对社会做冷静的反思，用理论联系实际，来分析自己所处的社会环境？如今老革命的回忆录铺天盖地，似乎人人都在揭历史的真相，但绝大多数都是事后聪明，所谓的"真相"，恐怕永远是在一团迷雾之中了。揭出一些记忆表层的点点滴滴，并不能改造国民的灵魂，反而越来越清楚地显出我们的民族原先没有魂。

父亲在他的盛年时期一直不知不觉地努力，要凝聚起自己的精神，使之成形。他的追求以失败告终。他的清高而倔强的姿态却深深地印在我的心灵里了。我感到，我是生长在盐碱地上的一棵树，我只能将自己的根扎下去，扎下去，扎到下面的黑暗处所，我的生存的逻辑便在那里。父亲的根扎得远不如我深，所以，在生命的最后日子里，他的逻辑终于崩溃，那是多么可怕而又绝望的一刹那啊！不，那逻辑并没有真的崩溃，她在我，在我们姊妹身上得到了再现。

03. 冷静和勇气

　　风声越来越紧了，到处都在抓人。父亲知道自己迟早要被抓走，也没地方可躲，就整天在家看书。我从周围的紧张氛围里也预测到这件事了，虽然小小的心里还抱着侥幸的念头。不久邻家姐姐的父亲就被抓回监狱去了，他本来就是劳改政治犯。他从家里跑出去，躺在后院的树丛里，那些人当然更不会饶过他，说不定打了他一顿。似乎每个单位都要将自己单位的牛鬼蛇神抓起来，拷打，然后关起来。我每天惴惴地观察父亲，但看不出什么异样。他照旧每天看报、看书，做他该做的事。

　　他们大概是十一点多钟来的，有辆大卡车停在街上，下来好多人。父亲放下书本，对我们说："抓我的人来了。"接着他们就冲进来了，吵吵嚷嚷地，将父亲的手臂反扭着，揪着他上了大卡车，然后开到他劳教的地方去了——那是一所大学。

　　全家人都焦虑不安地过了一夜。第二天一清早，母亲就带了我去学校找父亲，因为特别担心他被打伤。那时有好多人因为别人的举报就被打死了。问了革委会的好几个部门，终于打听到了，头头阴沉地垮着脸，说："我们放他回去了。"于是我和母亲来到父亲住的单身宿舍里。父亲对我们讲述了夜里发生的事。原来是大学里搞"外调"的人在外面搜集到材料，有人举报父亲是"叛徒"。也许那个人是被打熬不过，瞎说一气。夜里他们几个人用扁担拷打父亲，逼他承认，还将一把匕首插在他面前的桌子上，问他还要不要命？父亲说，他看了匕首一眼，还是没承认。那几个人见榨不出什么油，就在天亮时放走了他。我完全相信父亲说的情况，他是在敌占区出生入死搞过地下工作的，当然不会怕那几个小流氓。大概他也估计到了那种情况下他们是不敢杀人的。就这样，皮肉受了些伤，一场祸暂时化险为夷了。

既然被抓到了学校，就不会让他回我们那个家了。母亲不放心，让我住在父亲的单身宿舍里。过了几天，就勒令父亲去游街。高音喇叭里头报了他的名字："大右派邓钧洪。"那几个打手很快就来了，又是反扭他的双臂，从我们所住的高坡上推着他很快地往下走。我担忧极了，一边跑一边高声对他们说："我爸爸有心脏病！我爸爸有心脏病！"那些打手嘿嘿地笑着说："你不要挡我们的路，你也想挨打了吧！"我紧紧地跟着。在礼堂开完批斗会，父亲就同另外一些挂牌子的牛鬼蛇神一道被押上卡车游街。他的木牌很大，上面写着"大右派"。我一直站在车下，我一点都不怕，父亲和我坚定地对视着，我们仿佛在这深情的对视中达成了什么默契。

游完街就要他收拾东西去"牛棚"里住。"牛棚"在学生宿舍，是长长的走廊尽头的几间寝室。家属可以一星期探望一次。到了探监的那一天，很多人都挤在铁门外面。从铁门到父亲他们那里似乎有一百多米远，所有的家属都不准进去，要轮流隔着这一百多米喊自己亲人的名字，让他出来会见。这些打手想出了这个好主意，正跷着二郎腿在那里看我们受辱，自得其乐呢。我是一个非常非常腼腆的女孩子，平时我和生人讲一句话都是一脸通红，可这时，我不知哪来的勇气，用很嘹亮的声音叫出父亲的大名——邓钧洪！因为我知道他耳朵不那么灵，反应也迟钝，不高声叫喊他就听不见。不知是心有灵犀还是怎么回事，我叫了第一声父亲立刻就出来了，背有点驼，步子匆匆的，头上戴着那顶旧呢帽。我交给他换洗衣服，还有一包刚买的零食。他说，别的犯人都要每天出操、跑步，他呢，因为有医生证明就免了，可以站在场外活动活动。说到这里，他因为自己受到优待而笑起来。那一刻，我的心里真是无比的舒畅！是的，蔑视！我俩都蔑视这几个可怜的打手。

　　我拿着父亲换下的衣服往家里走，一路上，心中有过的疑虑烟消云散。天很蓝，岳麓山顶盘旋的那些鹰啊，飞得那么高！

04. 关于父亲

一般来说癌症的痛是最可怕的。到了服吗啡的阶段，痛就无法消除了，日日夜夜，每时每刻，每分每秒，啊！另有一种精神上的痛类似肉体的癌症，只有死亡才能解脱它。只要你还在生活，它就对你发挥它的影响力。我一直在服吗啡，好久好久了，父亲死亡带来的剧痛仍然在拉扯我的神经。我的吗啡就是写作和负罪生存。人的精神远比肉体顽强，所以作为肉体最后治疗的吗啡，在精神上却可以相伴一生。

俗话说："米汤浓了要开裂。"

似乎是，从我出生不久，父亲对我就有种特殊的爱。那是由于我超常强烈的个性呢，还是由于某种隐秘的、暧昧的原因？反正如今已是没法弄清了。他是一个复杂的、性格不外露的人，所以根据常理根本就无法判断他的内心。在童年的我的眼中，父亲无疑是非常有魅力的。他具有一种沉稳的男子汉的风度——我从未见到他慌慌张张、没有主见的样子。如果灾难来了，他就平静地咬紧牙关：熬。如果生活透出一点点希望，他马上就积极地行动，而且不怕承担行动的后果。这样一位父亲，而且又喜欢小动物，自然而然地就被女儿崇拜了。从我儿时的角度来看，他同我之间无话不谈。但事情远远不是这样。

除了母亲以外，父亲生活中还有别的女人。那是夫妇被迫长年分居的年代。他做得多么的隐秘啊。我们姊妹都人到中年了之后，才恍然大悟地回忆起他那些"地下工作"的蛛丝马迹。不，就连那些蛛丝马迹都是拿不准的，完全不可靠的。他是双重人格，我们当中几乎没人能破译他的性格之谜。

算起来，我在父亲身边生活了将近四十年。即使是我在街道工作的那十来年，每个休息日我也回到家中。我们之间的关系由亲密无间的爱，出自内心的相互同情、体贴，慢慢摩擦出难以言说的矛盾。到了父亲晚年的最后几年，我感到他的整个生活就如同一只老蜘蛛织成的奇诡无比的网，没人弄得清那里头的结构，而他自己，也只好在那张巨网中爬来爬去，再也找不到出口了。我的这位最亲爱的人，我童年和青年时代的精神支柱，他究竟是怎么回事？是他变了，还是我从来就没有进入过他的内心？

我终于在快四十岁的时候硬着心肠选择了同父亲分居——这一直就是他的意愿，他想独自生活，我和我的家庭的存在对他是种妨碍。然而，社会生活是何等的险恶，以他因早期老年痴呆而蜕化了的大脑根本预感不到后来的厄运。其实，我撒手不管的那一刻就注定了他的死期很快要到来。父亲是我生活中的深渊，永远的不解之谜。在深渊边上，任何的轻率都将"一失足成千古恨"。

"我应该分居，但我不应撒手"。十多年了，这句话铭刻在我的心底，我必须用吗啡来治疗心的疼痛——每天。

难道我不是双重人格吗？从前，我为什么同大家一样看不起他呢？他又不搞文学，难道非要"独善其身"才能得到我的尊重？他晚年选择了一条无视常规的歧路，所以才为这个社会的正人君子们所不齿，所以才在没有任何人关注的情形下死了。脑子坏掉了，又丧失了语言的能力……那栋阴森的大房子里发生的一切我不能细想，一想便要陷入疯狂。可当时，他在大冰窖里头挣扎之际，我也充当了其中的一块冰。正是我，同别人一道，对父亲这样的异己分子判处了死刑。而我的心，早就应该死了。可我又不甘心死，所以才日日服吗啡。现在我也快要进入老年了，我突然就理解了他那种要抓住生命的急迫感，那种赤裸裸的欲望对人的理智的控制。可是从前，我却是冷漠的。

人心是在黑暗里上演的莎士比亚戏剧，也是永不见天日的蜘蛛巢……

05. 不可能的戏

这件事，我在少年时代就得出了结论。这就是，尝试了各种各样的沟通之后，我懂得了只有一种沟通是最无望的，那就是同死亡的沟通。失败成为我心中的死结。对于死者，我放不下的不是记忆，而是自身无穷的悔恨以及要将这悔恨传达给对方的冲动。越受挫，越强烈，越要重演那种不可能的戏。

在栽满夹竹桃的后院，野草有半人深。太阳晒着，水红色的花儿怒放着，大弟在采集霸王草，他的蓝衬衫在草丛和树丛间一闪一闪的。咦，大弟不是淹死了吗？怎么在这里？不，不要那样想，既然他此刻在这里，我就还有希望。我可不能乱跑，不然就见不到他了。

"大弟！大弟！"我压低了嗓门唤他。

"啊？"他回过头来，"我这么久没来了，这里的霸王草真肥。"

"你要多多回来，我收集了好些邮票，全给你。"我热切地说。

但是场景转换了，我看不到他了。我的小朋友告诉我说，他其实已经没有了。知道自己没能成功的那一刻，我的眼前黑黑的。

我决心重演，重新开始，一切从头做起。虽然我并没有意识到自己的决心，也没有发过任何誓。一切都是自然而然地在持续。

这一次是在长途汽车站。我在送朋友，大弟忽然就从一辆车上下来了。朋友告诉我说，那是你弟弟啊。我跑过去了。

大弟像往常一样害羞，我们相互看着，不说话。

我希望他不要走了，我这句话在喉咙里憋了好久，没有说出来。为什么说不出？我急。瞧，他终于出现了，我盼了多少年了？

"我们坐那辆车回去。"他说。

人太多，我挤不上去，他上去了。我的力气用完了，车还是开走了。那么，上第二辆。啊，第二辆，第二辆在哪里？还有车吗？快！终于来了一辆，却不是回家的，它将开到离家不远的另一条街。我拼尽全力挤上去了。转了一个弯又转一个弯，啊，来到危险的陡坡上了，居然开到这种地方来了，我算是完了。眼前又变得黑黑的。

还有那种场景，就是睡到半夜，忽听大弟在窗外说话。我警告自己，可不能睁开眼啊，一睁眼他就消失了。我闭着眼伸手到床垫下面去摸我藏起来的宝贝——那些包水果糖的透明纸。蒙眬中下定决心，一旦大弟进来就将糖纸赠送给他。但他叽里咕噜了一阵，忽然就没有声音了。我于极度失望中睁开眼，再次看到可耻的失败。

一切过去了的，都无法重演，多年后我才真正深入地懂得了大自然的规律。这种知识使我于冥冥之中选择了现在的职业，这个职业的宗旨却恰好是上演那种不可能的戏。最初的创作曾使我大大地惊讶：为什么写下的事物越不可能越有意义？我到底要干什么？有一天，我终于明白了，我就是要将那种无望的沟通进行到底，我要自己来扮演死神，打通灵魂与灵魂之间的那些墙，演出真正属于我自己，也属于我们大家的好戏。

昨天夜里，我又听到了我弟弟和我父亲的说话声，他们就在我里面。

第十章

我的外婆

01．"好的故事"

关于童年记忆，也许很多人都有这种体验：给我们印象最深的、最禁得起时间浪涛的冲刷的那些镜头，并不是某次狂欢，某次得到意外的礼物，某次获奖，某次在竞争中脱颖而出之类。而是那些固执地沉淀在记忆河床里的，冗长单调的镜头。越是无聊，越被压抑，那场面反而越永生难忘。

外婆是我儿时最依恋的老人，不管她上哪里，我都要跟着去。推算起来那一年我大约三岁。有一天，外婆到报社食堂去开家属会，我又毫无例外地要跟着去。我们来到食堂大饭厅里，那里有很多桌子椅子，很多人拿着扇子在那里说话。外婆让我坐在桌前不要乱动。一会儿，一个胖子发言了，人们都安静下来，只听到扇子在簌簌响。那是很炎热的夏天，让人发困的季节。但我一点也不困，只是感到极其无聊。然而又不敢动，怕那些大人骂我。啊，屁股都坐麻了！外婆让我在她面前站一站。好不容易胖子说完，又一个老婆婆开始说了。外婆捉住我的肩头不让我乱动，这时我感到自己像站在闷热的大澡堂里，说不出的难受、乏味。于是我开始来想一些奇怪的事。我想象自己爬上了一棵树，那棵树很高，风吹得树枝摇啊摇的，我用两只手紧紧地抓稳树枝，就不会掉下去。我在心里对自己说，我一定要抓紧啊，我一定不能松手啊。我当然没有掉下去，那是非常有趣的游戏。这时老婆婆说完了，又一个老头子开始说了，外婆让我坐到凳子上去。我这个囚徒无计可施，于是自然而然地又想起了上午同哥哥斗霸王草的事。我决心找到一根最最结实的霸王草，我要到院子后面去找，找到之后首先打败哥哥，然后再把所有的人打败！我啊，要到他们想都想不到的地方去找那种草！我想得兴奋起来，就把旁边的人忘了。突然听到掌声，原来是一个白胡子老者讲话了。我在凳子上扭来扭去的，难受死了，可外婆还叫我坐好。那么，我就来想一想那种"电丝"草吧。所谓"电丝"，其实是扎头发的塑料丝。有一种小草的草茎有两层，抹去外面那层皮，里面的茎如同绿色的"电丝"。我曾看见别的小孩采集到一大把"电丝"，拿在手里晃来晃去，当时我羡慕得话都说不出来了，后来便日日想着这事。可是我家门前只有稀稀落落的几丛"电丝"草，抽出来的丝也远不如那些小孩手里拿着的透明、美丽……我要让外婆带我去花园里采集……

我不记得那一天我总共想出了多少个"好的故事"，也不记得会议是如何开完的，只记得冗长的发言、扇子的声音、喝茶的声音，再有就是我那几个热昏了的白日梦里的热烈明朗的背景。这是囚笼里的"好的故事"，绝望中的发明，漆黑中的造光的尝试。在幼儿时期，或许很多人都有这类本能，但后来都被我们毫不珍惜地丢弃了。

多年之后，我才开始了真正的塑造灵魂的实验。我在小说中写到一个小孩子，被长辈蓄意放在险恶的森林里，独自一人熬过绝望的时光。那长辈每隔一两个小时回到他身边一下，以防止他的勇气被耗尽。尽管恐惧得不行，到了下一次，孩子仍要追随长辈去林子里砍柴。年复一年，森林中度过的漫长时光成了孩子永恒的记忆。当我在小说中写到这类情节时，并没有任何回忆掺杂其中。因为我的小说属于当今世界上存在的那种"自动写作"。如果我不在此刻写这篇文章之际回忆幼时的情景，我也不会将那种事同我的写作联系起来。我相信，我开始写作这件事虽有很大的偶然性，但我的灵魂的成形，是由内在的必然性操控的。不论是童年还是青少年时期，自力更生地从漆黑中造光的冲动一直潜伏在我的内部，我保存了这种能力，一有机会就加以实践。这个实践起先并不一定是写作，但直到我开始写的那一天，我才深深感到，这是最最符合我本性的事业，我的能量，却原来是用来使自己获得新生的，这也是某种程度上的拯救。

02. 故乡

　　我外婆是一个活在自己的内部时间里的老人。她每天都有做不完的家务，但只要一坐下来搓麻线或打鞋底，她的故事就出来了。一般来说，那些故事没有确定的时间和地点。但儿时的我根本就不关心时间和地点，所以同外婆是"心有灵犀一点通"。仔细回想起来，她那些故事不但没有确切的时间地点，就连情节也是模糊的。唯一能确切记得的只是那时而忧伤、时而幽默的调子，那能够将我带到另一维空间的、不可思议的语气——她是外乡人。她是在叙事吗？当然，她是在叙事，她不完全知道这个，但总是知道一点点的。

　　外婆的所有的故事都来源于"故乡"。可是那个江南小镇，她已经离开几十年了，并且自离开后同那里的亲戚就少有联系。所以也许实际上对于外婆来说，故乡就是一个消失了的地方，它变成了一些奇异的符号留在她脑海里。只要她想，她随时可以激活这些符号，让它们变成仅属于她一个人的叙述。

在我的印象中，她的故乡是一些阴暗的黑屋子，屋子里的人都有一张缺少五官的脸。那种令人昏昏欲睡的地方会忽然闪现出异物，令氛围变得万分恐怖。最常出现的一个异物是蛇。外婆故事中的蛇有时是巨蟒，那种会塞满整个房间的庞然大物。只要你还剩下最后一口气，那家伙就始终紧紧地勒住你的喉咙，并挤压你的胸腔。但外婆有妙计，她让那人从身上掏出毒药，将毒药倒在手掌心，然后接住从脖子上流出的鲜血，再拿给蟒蛇去舔。蛇就被毒死了。我一边惊叹外婆的妙计一边感到迷惑：被紧紧缠住的那人如何腾得出手来去掏毒药呢？还有一种毒蛇，跑起来如同射出的箭一样快，在速度上人是无法同它匹敌的。那么，在空旷的地方被它追击时，人就必死无疑了吗？"可以绕到它的身后去。"外婆坚定地说，"蛇转起身来特别慢。"这两个常识或妙计被我牢牢地记在心里，记了快五十年了，还没有机会运用。

讲故事的时候，油灯是昏暗的，风在门外呜咽，人影在墙上摇曳。每当外婆伸开手臂拉扯麻线之际，她那张苍白浮肿的脸就向着我侧转过来。有时我会突然被幻觉摄住，仿佛她就是那另外一个世界里的鬼，怀揣着毒药和幽怨的女鬼。她的浓重的外乡口音，她的刺人的目光，她的时空不定的情节，通通指向我所看不见的另一个世界，那是她的情人一般的故乡。我听不懂她的故事，但我深受感染，于是就全身心地模仿了，于是就被印上了印记。如今我想，我的外婆是一个真正的"异乡人"，一个没有被自己意识到的异乡人。在极为有限的属于她的光阴里，她将一种时间的秘密吐露给了我。

当我的灵魂还处在混沌之中的时候，外婆的故乡其实就是我的故乡。那个时候，我看到过最多的灵魂的风景，我看不明白，也没打算弄明白。那是我们祖孙两人的漫游。然而返回是一个多么漫长的过程啊，十几年？几十年？永远？我不知道。确切地说，人是不能返回的，人只能开拓，只能在开拓中去不断打通。当然，这就是返回。可是有一天，完全出乎意料，你发现自己站在了那个故事的中心。茫茫的沙地里，几代人的足迹若隐若现，是你的劳动使得那个故事的结构展露，使得它在千万年里头第一次发声。空阒的旷野便以嗡嗡回声来应和，惨淡的天穹也似乎有了一点色彩。如果你不成为艺术工作者，故事就不具有结构，它们只是一些冥河中的碎片，人们不断地打捞，又不断地丢失。

你在同一个地方看见了蛇，蛇复活了，那么美丽的鳞，那么强盛的欲望。毒药毒不死它，它反要以毒药维持生命。隔代的对话就这样出现了，精神从那里诞生。

03. 幽默

我认为，中国人一般来说是没有幽默感的，只有滑稽。

幽默是一种智慧的结晶，是对人的本质的洞悉。由于中国文化在人性这方面的缺失，所以中国文人很难产生幽默感。幽默的最高境界则是对自我的幽默，迄今为止，除了一两个同人以外，我还没见到哪个作家写出真正自我幽默的作品，一般都是错将滑稽当幽默。这实在是对于西方文化的天大的误解。

在我的家族里有个人具有幽默的潜质，这就是我的外婆。

回想我外婆的生活，除了短暂的几抹亮色之外，可以说全部是黑暗和苦难，最后还被活活饿死。然而在我同她相处的年头里，她总是用好笑的、有几分自嘲的口气讲那些绝望的故事。她说的是别人，但她的语气，她所制造的那种氛围，处处指向在生活重压下拼全力挣扎的自己。她当然没有意识到，她只是一个民间讲述人，她有讲述的隐隐冲动。

市民：老爷啊，我今天打了一把斧头，昨天丢了。
县官：哪里来的讲（"讲"即说法）？
市民：三斤十六两！
县官：哪里来的话（"话"即道理）？
市民：茶子木的把！
县官：拖下去给我打！
市民：打出来我不要，我要我原来的！

稍微改编一下就可以成为"说梦"的故事，而深重的悲哀和黑暗的命运，也在这里不知不觉地转化成对于自我的戏谑。民间的传说多得很，关键只在于那讲述人的语气。当然这还不是真正的幽默，只不过是种可能性。长期在这类故事中呼吸的我，后来一旦接触到西方文学，已经形成的潜质便迅猛地发展起来了。从幽默的潜质发展成真正的黑色幽默，这中间是要经历一场万里长征的。如果那个人有真正的幽默感，他必定经历过死里逃生的情感历险，否则就只是一些滑稽，甚至假滑稽（像当今流行的那种"段子"）或拿肉麻当有趣。

外婆的手从早到晚都没停过，做啊，做啊，从清晨做到深夜，做得头泡眼肿，走路如踩水。我相信她在没有任何拯救希望的地狱生活之中，以及无限的忍耐张力之中，已经非常非常接近自我意识了。当然她没有达到。一种精神形态的成形，是需要几代人的传承，还需要机遇的。

我至今记得她用外乡人的口音讲述的关于蛇的隐喻，被蛇缠住颈部于窒息中产生的自我解嘲。在儿童的想象里，蛇是多么可怕的意象啊。剧毒的牙，冰凉的皮……外婆微微笑着，眼里闪着幽光。"雄黄是好东西，蛇吃了就松开了。"她几乎说得很轻松。我一点儿也不觉得轻松，多少年过去了，一回忆起故事里的那种意象，仍然有种窒息感。也许在好多年里头，她一直就同死神睡在一起；也许她的体温甚至传到了死神的身上，使得对方也有了一丝暖意？她是真的不怕死，她渴望休息，结束这比死还难受的生活。这一点同我正好相反，也可能是我没有落到她那个地步过。

　　我害怕蛇，这种恐惧常年伴随着我，于是我便去努力构想蛇的意象。我在数不清的蛇的变体中生长，外婆的凄凉的微笑也在那当中闪烁。终于，我明白了那种地狱里的幽默。我用幽默使蛇的意象蠕动起来，开出数不清的蛇花。

04. 镜子

外界是心灵的镜子。

在浑浑噩噩的年代，我是那种忧虑而多思的女孩。在我眼中的现实世界里，有那么多的黑洞，那么多的迈不过去的坎。如今作为一名老艺人掉转目光来向内凝视，童年就复活了。却原来那些个黑洞，那些个坎都是我里面的东西的投影。正是因为从一开始就有那些投影，现实才如此的艰难，如此的深奥，以我的笨拙和稚嫩仿佛永远无法抵达核心，只能做一个局外人。却原来我适应不了的、一直与其抗争的那个外界，它就在我的心底。多么神奇的转化啊。

当父亲和外婆在房间里激烈争吵起来之际，我感到的是深深的恐惧，我不理解，也不知道要如何去想这件事。我眼巴巴地看着外婆跺脚，脑子里只有一个念头：他们两个不会死吧？

在黑洞的边缘，我缩回脚来，我绝对不敢往下看一眼。我怕死。后来外婆真的死了，不知道同那些争吵有没有关系。我一直避免贴近地去回忆外婆死前的小事。她死在医院时，弟弟们得知后都哭了，我却没有哭，我的情感之门在那一天关闭了。我记得自己想道：睡一觉醒来就没事了。出于自我保护的本能，我要立刻将外婆忘记。我没有悲伤地度过了那一天，后来也没有。对于我来说，那种事不能去想。我的确没去想，因为那是一场梦。那时，我误认为梦是可以忘得掉的，黑洞是可以绕过去的。我看着父亲和外婆的脸，我没有看懂，我才七岁，当然看不懂自己灵魂深处的这两个符号。但记忆成了永恒的。镜子里头的风景透视图无限延伸，消失在不可捉摸的一团模糊之中。我常想到，也许我的晚年会很凄惨。我尽量避免去想这个，我在黑洞边上坐下来，想那些风马牛的事。

父亲也走了十多年了。他们走得越远，某些神秘之处反而越能被我破译——因为镜子里头的形象正是我自己。我写下的是回忆吗？是啊，不过是深层的。所以我书写的方向不是向着过去，而是向着未来的。未来是什么？未来就是那一团模糊，我正处在依次辨认的过程之中。我一直在辨认，从来没有得出过有把握的结论。也许他们留下那么大的谜团就是给我留下生长的养料吧？四五十年以前，在那两小间阴暗的房间里，到底发生过什么呢？十多年以前，在同样阴暗、却高而空荡的房间里，又发生过什么呢？也许旁观者会说，我的家族是神秘的家族；我，是神秘的人。我当然不会这样看自己，因为我天生有逻辑能力，能够不断运用它来解谜，或自认为在解谜。先人在其中消失的镜子的深处，我的逆向追寻永无止境。

那一天，我同外婆赌气，我跑到小树林里头用枯叶把自己盖起来，外婆猫着腰找来了。她对我允诺，一到家就用冷饭做一个饭团给我吃，我立刻就欢喜起来了。回家后，她用手从锅里抓出一把饭粒，用力捏，用力捏，就捏成了一个圆球。她站在一边满意地看我吃了下去。她说："好了。"什么东西好了呢？是我吞下了她的梦，她放心了吗？在那黑黑的厨房的角落里，也许有个影子立在那里?

那一天，父亲用他多年前写秃了的旧金笔替我改装了一支钢笔。他取下笔尖，在麻石上磨呀磨呀，磨了两个小时。然后将它装配好，要我试用。那么流利的旧金笔！难道在那个时候，他就料到了他里面的东西要由我这只干活不够精明、不够准确的手写出来吗？它们出不来，它们在他里头造反起义，终于耗尽了他的全部能量，他死于心力衰竭。

阴森的拉力赛正在暗处进行，没人能看得清现场。

05. 吹火

我们家里的火最难烧。为什么呢？因为干柴少，湿柴多；大块的木柴少，细枝枯叶茅草多。大人说，烧火的时候要"搭着烧"。即：用茅草细枝引燃了火，用干柴架起火堆，干柴上面再放湿柴。我年纪小，并不完全懂得烧火之道。

我最恨的是使用吹火筒。吹火筒是用一根细竹子做的，竹子里面打通了竹节。一般到了要吹火的时候，灶屋里便浓烟弥漫。我眼睛痛得不行就跑了出去，我在外面使劲揩泪。回头一看，外婆孜孜不倦地坐在灶旁吹火，脸都偏到灶眼下面去了。我感到外婆胸腔里吸满了浓烟，她的眼睛该有多么痛。终于"嘭"的一声，明火上来了，灶膛里变得红通通。好了，加点干柴，再加点湿柴。看着死灰复燃的火，我的心情欢快起来。

我又犯错误了，我没有将火眼架好，湿柴塌下来，压灭了火焰。又得重新来过，放细枝，放枯叶，放干柴。开始吹了，啊，那么多的烟，我吹出的气息那么柔弱，我被呛着了，我要死了！于是又奔出厨房。外婆拿着我扔下的吹火筒，稳稳地坐在那里吹。她的气息绵长而执着，她就像懂得那灶火的脾气一样。一下，两下，三下，"嘭"的一声，好了。在明亮的火光中，可以看见外婆的眼圈发红，眼里很湿润。当然，是因为那些呛人的烟。

那个时候我就感到诧异：外婆怎么可以稳稳地坐在浓烟里头而不被憋闷死呢？我诧异过后就忘了这事。其实，我特别爱看外婆在浓烟中吹火。那一套柔和连贯的动作，那衔着细竹子的老年人撮起的嘴唇，如果排除了痛苦，简直就是魔术！那是否有苦中作乐的意味呢？那种耐力特别迷人，我记得火光中的皱纹，嘴角的牵动……也许那里头充满了对转折的预期，但谁又能料事如神？我一次次逃离现场，抱怨……

我从未想过我会重演那种戏。我不够准确，不够有想象力，耐力也不够。还有，我最缺乏的，是外婆与生俱来的沉着——她能够在火辣辣的浓烟中思考，不是吗？吹火的时候并不是人从外部努力去促成变化，而是暗红的灰烬在企盼转机的到来。它们渐渐缩成一团，它们放出浓烟，而它们的身体马上就要变冷了。只有外婆理解那种急迫感。她的嘴同那根竹竿，同那些灰烬连成一体了。她将自己呼吸的律奏送到那一头，垂死的灰烬便顺着这律奏重新开始呼吸了。红的火，黄的火，看那舔着铁锅的火舌，哗啦哗啦，水沸了，白气冒出来。这衰老的身体，竟能唤出如此欢乐的生命！

现在，我每天都要吹火。我的敌人不是浓烟，而是真空，真空使人呼吸困难。我的肺活量是很小的，我只能凝聚于一点之上来进行我的操作。如今我也快到外婆当年的年纪了，我仍然感到自己尚未达到她那种胸有成竹的大境界。那真是一套奇妙的魔术。

有时候，地上扔满了细小的残枝败叶，却没有你需要的干柴。不幸的是，我也继承了外婆永不言败的秉性。我要用我的持续不断的呼吸吹出明火来，我高度集中于一点，轻轻地、有节奏地吹。我的头有点晕，我的脸都有点发白了，那灶膛里有了极其微小的、只有我一个人听得见的动静。我再次调整呼吸，锲而不舍地吹下去，那点点小动静连成了线，树叶突然微微地动了一下，像被那根线牵扯了一样。我就要窒息了，然而它来了。起先那火舌还有点羞涩，然后就开始蓬蓬勃勃地向四面发射了。这时我又重温了初期的那个重大发现：在真空里，我居然能畅快地呼吸。

我的吹火筒也是小竹子，纤细而畅达，效率比外婆的更高。

06．死亡聚会

那一次宿舍里三个老婆婆的聚会我始终都在场。当时大概是苦日子接近最高潮的关头，到处传来饿死人的消息。我和外婆坐在唐婆婆家，旁边是东头的张婆婆。宿舍里一共就这三个老人。外面好像在下雨，屋里很黑。我看着唐婆婆拄拐杖扶桌子慢慢移动。她也许很老了，而且一条腿是瘫痪的。

"我肯定会先死，这个样子做不了事，吃闲饭，还是死了好。"

说话的是唐婆婆，她举起拐杖赶那只钻进房里来的鸡，鸡就跑了。她又补充说："是不是啊，活着没意思。"

外婆不安地在椅子里头动了动，说：

"您老不会死，您比我身体好。三个人里头我会先死。我有高血压、水肿病，我知道我拖不好久了，哪一天一倒下去就没有了。"

张婆婆一直在咳，看面相她最老，脸色也最灰。我在心里暗暗地比较，觉得这位张婆婆一定会先死。她的声音很细，又嘶哑，她对我外婆说：

"您老还很好，您死不了。您看我这个样子，我才会先死呢。我……"

她没说完话，又没完没了地咳起来。我同意张婆婆的话，觉得她已经有点像个死人了。我外婆才不会死呢，我外婆看上去比她们两个年轻好多，也比她们有力气。高血压和水肿病真的会马上死人吗？我想起外婆的腿，那上面可以按出很深的洞来。即使这样，我也不相信，我觉得外婆的判断是错误的。外婆不诉苦，所以那一次，我不知道她说的是心里话。

张婆婆一副苦相，临别时还在反复对我外婆说：

"您老死不了哦，您看上去好得很，哪像个要死的人。我倒是快了，唉！"

唐婆婆立刻争辩说，她才是先死的人呢，半截都入土了！

没过多久我外婆就死了，死在那两位的前面，享年六十岁。

我一直想捕捉我外婆当时说话的真实心态。也许她是三位里头最真切地看见了死神的一位。生命像抽丝剥茧一样不断消失，里面只剩最后薄薄的一层。这位不识字的老人有时能看见"灵异"一类事物。当然，在生命被熬干，得不到任何营养补充的最后阶段，她是看见那种事了的。除了那两个行将就木的老婆婆，她没人可以诉说。就是她们，她也没法沟通，她们不相信她的话。

在我印象里，匆匆走掉的外婆在最后的时刻并不害怕。那个时候，外面的现实和她里面的东西已经合二而一了，也就是说，灵魂出窍的时刻到了。她看见老鼠在墙上跑，蛇在梁上舞，空中炸开一朵朵金花；她还看见了她最亲最爱的那几个人隔得远远地站着，烟雾使得她看不清他们，她反复地叫他们的小名，一声又一声；她进入了那个深深的、黑黑的中间地带，那种场所有淡淡的硫黄味；最后一层薄丝已经抽完，蚕茧形态的透明灵魂在黑暗里飘移。她知道没法回头了，但还有可留恋的东西在身后。

既然生命就是纯粹的受苦，解脱也就不那么可怕了。徘徊了几天之后，她的灵魂消失在那个地带边缘的黑色的悬崖的下面。那里，究竟是一片混沌还是一片澄明？

07. 出窍

　　我常常想进入外婆最后那段时间的精神状态。当然，那是一段昏暗的日子。老人的脸肿得像充了气，眼睛变成两道深缝，走路如脚踩棉花。还有什么比这更难受的呢？犹太人的毒气室也不过如此吧？老人仍然在家里忙碌，用两只无力的大手操持着七口之家的家务，早起晚睡。也许在那段时间里，她的灵魂已经出了窍？

　　她坐在黑屋里补衣服，手臂一下一下地伸展开，她的眼力已经达不到那些细小的针脚上面，但她并不用眼看。我从外面玩耍回来，我喊道："外婆！"她抬起头来看见了我。我觉得她的目光不是看着我，是看着一个另外的地方。她下意识地笑了笑，一种奇怪的笑容。如果一种生活已经变得忍无可忍，如果人除了忍下去之外又并没有别的出路，所谓"灵魂出窍"大概就会发生吧。那大概是一种游离的状态，已经并不那么痛苦，并且缺乏世俗生活的质感。她将线头咬断了，那是粗棉线，可见垂死人的牙齿依然有力，也或许是某种惯性，总之我听到细细的一声"嚓"，线就断了，像往常那么干脆。

我从来没有游离过，无论何时，我总是全身心都在生活中。有时候，生活变成了地狱，我仍然死死地执着于这个地狱。这也许是因为我从未丧失过希望？如果我处在外婆的处境中，游离应该也会发生吧。我比她老人家幸运，我的绝望并不是真正的绝望，只有像外婆那种"等死"的处境才能说是真正的绝望。而我的历史中，只要还没死，就总会找到一条出路。这就是命运：一个老人的出路被堵死了，她的孙女没有死，找到了出路，然后老人的绝望就在孙女的脑海里不断被重演。

她有一顶黑色平绒做的帽子，这顶帽子散发出她的体气，闻了很舒服。后来她就总戴着它做家务。她病入膏肓了，她怕风。在厨房里，她用铁锅炒冷饭，焙出点锅巴来给我吃了。看到我贪婪的吃相她很高兴，但她的眼神立刻又飘忽了——那是昏夜，她只是一瞬间地感觉到生活，感觉到我们姊妹。"我脑壳痛。"她说。我害怕地看着她，我想，外婆不会死，她不是还在弄东西给我吃吗？我听说了水肿病会死人，可是外婆已经肿了好久了，我因此觉得她不会轻易死掉。如今每次回忆那时我抚摸她的腿给我的感觉，都觉得它们既像绸缎又像腐尸。然而我还是无法将"死"同她联系在一起，我太小了，我也没料到"死"是慢慢进展的过程。

真正的出窍是最后那些天，她在意识的深海中遨游，只是偶尔浮出水面。大人们说她在"说胡话"。我更害怕了。当她说天花板上跑着小老鼠时，我有种大祸临头的感觉。我想躲开，就尽量不待在她躺的那个黑角落里，我整天在外头玩。我要将关于死的事忘记。

我不在家的时候，外婆被送到医院去了，她很快就在那里死了。我们姊妹都没能同她告别。她一定是一头扎进去了，这么容易，一点挽回的余地都没有。妈妈简单地说："他们怀疑是脑膜炎。"她一下就没有了，我太不习惯这种情形，居然一下子产生不了很大的悲伤。悲伤是在后来的年头里才一点一点地复活的。

我通过自己在世俗生活中的受难，好多次扮演了外婆。我想，我已经进入过外婆的那种精神状态了。我的这种预演促使我的作品产生出来。

第十一章

家和里面

01．家

　　我在城市的小街小巷里游荡，我不认得路，可是我要回到家里去。也许我要回去的地方并不是"家里"，而是一间自己熟悉的房子。我在每个地方都碰壁，因为找不到一个眼熟的标志。这时我看见了油布雨篷，心里便一喜。不不，那并不是那个小酒铺，只不过是一个小吃店。

　　"请问——"我说。

　　"你回家吗？"那女人回过头来看我一眼，"快，不然就来不及了。到处热气腾腾的。"

　　"家"是一间有点阴暗的房，有着油漆早就脱落的旧地板，外墙是红砖，多处破损了。窗外有好几棵参天大树，是这些树造成了房间的阴暗。它是一排房间中的一间，所有的房间都是一模一样的，可是我一眼就能认出"家"来。

　　关上房门，思维立刻就变得流畅了。我能感到"家"的饥渴。

我记得起先我是出去滚铁环，后来我又去买文具了。我是买完文具后走失的。我不在的时候，"家"是多么的空虚，四壁一定寂寞得往下掉石灰了，地板也一定出现很多细小的裂纹了。我老是走失，怎么也避免不了。"家"呢，就总处在亲切的焦虑感中。我躺到那张硬床上，思维延伸得很远很远。我听见两个女孩子在我窗户下面不断地重复同一句话：

"要是你连吃两根冰棍，舌头就冻木了。要是你连吃……"

楼上有人倒了一盆水下来，女孩们发出惊叫。这一切多么生动，"家"一定是满意了。我半闭着眼，沉浸在居家的惬意之中。我知道到夜里，还会有更温暖、更吸引我的事到来。

那是真正的走失，永远回不了家的恐惧。天空里有微光，但所到之处是一式的阴暗与暧昧。黑洞洞的窗子后面也有人，但他们绝对不会回答你的提问。有时，你还会一脚踏空，在黑房间里醒来呢。然而与这一切同时发生的，是关于"家"的热切的想象——屋外是太阳雨、芭蕉树，屋内是老房子的木地板，阵阵清凉。你一边甩开追捕，一边想：待在家中，便是处在宇宙的中心。为了更好地想这件事，你爬上了危房的阁楼。谁会料到你躲在那里？好，你成功了，你坐在那里，"家"的信息扑面而来。太阳雨里面，树叶全都竖起来了，像一只只耳朵……短头发的小姑娘坐上了窗台，将两腿悬空。

在清晨，"家"总是很疲倦的，仿佛工作了一夜，它变得瞌睡沉沉了。晨光照着墙壁，墙壁有点脏。我坐在那张方桌旁，看着镜子里的脸，感到思维的通道全被阻塞了。我的手脚发冷，我有点颓唐。我听到有孩子在走廊里说话，开始声音很小，后来越来越大，说话的人也越来越多。他们在讨论气球上天的事。有人敲了一下我的门，我没有动，我感到房里的气流变得活跃起来了。是"家"在呼吸，它已经休息好了，它的休息时间如此之短!

每天下午是"家"的全盛时光。在人们午睡发出的鼾声里，"家"不停地制造着白日梦。我坐在木板凳上，我用不着发动思维，因为"家"在发动着我。我站起来伏到窗台上，我观察着树下那只红公鸡。啊，就连鸡的眼里，也在发出同样的信息。鸭们在昏睡，我的"家"在对它们进行催眠。这只廉价闹钟的响声，同外面大自然的脚步完全一致。

外面很嘈杂，我要回家。

再说下雪了，雪天里人心忧郁。到了家里就完全不同了。

02．空房间

我们在城里住的房子是原来的老办公室改的，两层，没有单元，只有走廊两边一间一间的房间。沿着宽大的木楼梯上去，到了楼上，一阵荒凉的气息扑面而来。起先楼上住了三户人家，即我的朋友一家，还有另外两家。这样，楼上就有五六个空房间。夜里上楼去，总是胆战心惊的，因为走廊里没有灯，我又害怕那些空房间。万一门突然打开，窜出鬼或"特务"来，将我抓了去可不得了！我听到自己的脚步踩在木地板上"咚！咚！咚！"地响，我要赶快走到门缝里透亮的那一块地方，那个房间是芦儿家里住的，再过去两家，就是我朋友了。好了，到了朋友家了。我们一般不敲门，直接就去开门。耀眼的光线又把我吓了一大跳，灯光下面的母女三个人看起来像青面獠牙的鬼！幸亏她们说话了，这才恢复了人形。我回身关门时又打量了一下走廊尽头那三间没住人的房间的门，可是当我的目光扫向那里时，只有

276

一团深深的黑暗。

楼上走廊尽头的那三间空房间是最为暧昧的。一般的时候总是房门紧闭，没有住人。但有一回我上楼去，居然看见其中的一间房门敞开了，一个戴旧呢帽的老头朝外探了探头，又缩进去了。我站在朋友家的门口打量那个房间的里面，看到木地板上有很多行李包。我不敢久看，怕房里的人见怪。我想，终于有人来住了，这样我上楼来也就没有那么怕了。我有点松了一口气的感觉。我问朋友的母亲，搬来的老头是从哪里来的？"不知道。"那母亲干脆地回答，板着脸。那回答令我恐惧，我知道自己问错了，因为世上有很多事是不能问的。果然，过了没多久，那老头就不见了，房门又被锁上，好像从来就没住过人似的。后来呢，又住过一对新疆来的夫妇，但也只住了两三天就不见了。

由于是走道末尾的三间空房，又由于紧挨朋友的家，我对它们的印象就特别深。每次夜里去到那里都是屏住气，就是白天，也不敢多在那门口停留。那些门是深灰色的，油漆剥落，看上去闭得紧紧的，但又好像随时会打开。有一天，门边那扇朝外的窗子被吹开了，雨水飘进来，地板上湾起了一湾水，还从门缝流到屋里去了。隔了一天，就有人将窗子关紧了，于是空气又滞住了——一种烂木头和灰尘的混合的味道。"那里头的地板都沤坏了，要找人来修。"是朋友的母亲，她悄悄地站在了我后面，她的眼睛在厚厚的镜片里头像猫眼一样发光。我同她一道走进她家时，听到隔壁有"啪啪"的声音，像是一只大鸟撞到了墙上——巨大的鸟。我问我的朋友她听到了没有，她用力摇着头，说："那是窗外晒的被单没有收进来。"

我总梦到那三间空房。在梦中，房门是敞开的，房里的桌上点着油灯。有时是一个，有时是两个人在房里清东西。那些行李包真多，大大小小的摆了一地，他（他们）在摸着黑清理。房间不知为什么那么长，有十一二米，当头只有一个很小很窄的窗户，外面很黑，里面也黑，小小的油灯只能照亮一点点地方。我在更黑的走廊里徘徊了一会儿，终于鼓起勇气进了另一间房。这一间房里地上也摆着行李，一个很瘦的女孩在就着油灯翻画册，她那赤裸的双腿盘在椅子里头，头发湿漉漉地披散着。"我是这里的老住户啊。"她嘶哑着嗓子说。我闻到她的头发有淡水鱼的腥味，她长得有点像新疆人。"你看看地上这些包就知道了。"她又说。可是我一低头眼就花了，那些大大小小的包变得影影绰绰。我很害怕，赶快找了借口摸索着离开。

　　空房子，既吸引着我，又充满了不祥之兆。它们在我的梦中萦绕不去。

03．墙洞

　　那是很大的厨房，有十几家人家在里头搭了灶台，煮饭炒菜。夜里，厨房里静静的，黑得伸手不见五指，正是我们玩躲藏游戏的理想之地。我一直想找到一个最最隐蔽的洞穴，一个谁也想不到、摸不到，也到达不了的处所作为我的藏身之地，我要用这一招来战胜任何小伙伴的推测和想象。我想啊，想啊，终于想到那上头去了，我为自己的隐秘念头激动得脸发红。

　　厨房的屋顶很高，站在某一家的灶台上可以攀到那个墙的缺口。那大缺口一直通顶，而墙是很厚的，人可以站上去，但还没人上去过，都害怕，说那里头有吊死鬼，会拖人的脚，一直将人拖到河里。那么高的墙洞怎么会通到河里，没人说得出道理。我和另一个小妹妹约定灯一黑就去攀那个缺口。当然，那是件十分可怕的事，可是出奇制胜、当英雄的诱惑竟战胜了内心的恐惧。

攀登是艰难的，在黑暗里，似乎手掌和膝盖都磨破了。我们是两个瘦猴一样的女孩，无比轻巧，终于一前一后上去了。上面比下面更黑，我们扶着墙，踩在空心砖上面，终于害怕了。身后到底是什么呢？像是夜空，却又飘荡着饭菜的味儿，那么静！邻家小妹妹附在我耳边用极细的声音说："会不会有吊死鬼来拖脚啊？"我的身体里头掠过一阵战栗，我大大后悔不该上来，可还是佯装坚强地挺立在那里。因为没有退路了。我想，我应该不会死吧。突然，一朵极小的光束在身后的黑暗里亮了起来，回头一看，原来是墙那边的人家点燃了煤油灯。这堵墙是共墙，墙的那边就是那以拉板车为生的工人的家——一个极贫穷的家庭。从上面看下去，有四个影子聚在小方桌周围吃饭。他们吃饭吃得真晚啊。他们吃芹菜炒香干，我闻到了味儿。这一刻，芹菜炒香干在我脑子里成了最好的美味。他们没注意到自家墙上挂着的这两个人，灯光太微弱了，只能勉强照亮桌上的菜，连他们自己的脸都是隐在黑暗中的。

　　突然，厨房的灯大亮，搜捕结束，我和小妹胜利了。当我再过头去看下面时，那里又恢复成了完完全全的黑暗。那么，难道刚才是幻觉吗？明明有四个人，那四个人我都认识嘛。我想问小妹，可小妹只顾忙着下去，根本就不关心我的问题了。

　　"那后面，根本就不是什么河里，那是……"我涨红了脸告诉大家。

　　小孩们嘻嘻哈哈，没人要听我的讲述。既然他们没有想出我想出的奇招，他们又为什么要关心那种事呢？可是我，仍然不能证明，小妹也不帮我说话，只顾同人打闹。我到底想证明什么呢？我想不清，但我有种冲动——明天晚上再上那个墙洞。

到了第二天，我却不再攀登墙洞了。我怕那家人家发现。如果那家人家不存在，我怕遇见幽灵。遇见了幽灵有可能会死的。我怕死。我继续着庸常的方法躲藏，每一次都被伙伴找了出来，无一例外。如果你想出奇制胜，就得同死神和幽灵晤面；而且你没法证实你最想证实的，只能满足于廉价的胜利感。

厨房里有个墙洞，好多年里头，当我去厨房时，都能看到那个黑黢黢的存在，那既是诱惑又是禁地的东西。我曾进到过那里面一次，但在梦里，我无数次返回过那里。我的一只脚踩在空心砖上，另一只脚悬在黑暗里，那下面传来令人困惑不堪的窃窃私语。那家人是我们的邻居，我每天都可以看到他们家小孩在自家门前糊火柴盒，靠这种简单劳动赚点小钱维持生活。但他们究竟是不是我夜里看到的那几个人呢？我不甘心，我又去问邻家小妹，小妹缓缓地摇着头，眼里透出迷惘。"没有，我什么都没看见。你说的他们是谁？"我彻底绝望了，我不再企图向任何人证实，只是日复一日地盯着那个墙洞看。

在日后漫长的岁月里，我将继续不断地探索存在的尽头、存在的边缘。

04. 在书院大厅里

在宽敞阴暗的书院大厅里，我和同学们在"跳房子"。地面由大块的青石板拼成。整整齐齐的长方形，正好成了我们的"房子"，随便用粉笔在上面画一下就行了。被我们踢来踢去的那个骨串子是我从家里带来的，我花了很长的时间，用细麻线串起二十粒酸枣核做成的。开始跳了，我才感到，我们的"房子"是那么的巨大，站在起步的地方，根本不可能看清顶当头的那两间"房"。我的肢体动作是最没有定准的，所以我根本就无法将骨串子准确地踢到前方的"房子"里，两个回合我就被淘汰了。而同学们，大都"买"到了自己的房子。我羡慕地站在一旁看他们踢。有一个女孩，骨串子好像天生就是属于她的脚，她要它到哪里就到哪里，几乎百发百中。并且她跳起来那么优美，像燕子腾空一样。"房子"总是被她买走了。放学后同学们又玩了好久才回家，大家都意犹未尽。

然而大家离开后，我仍然待在空荡的大厅里。我要重新尝试这个高级技巧的游戏。我一板一眼地按规则玩了起来。大厅里回响着我一个人弄出来的声音："嗵！沙啦……嗵！沙啦……"我那么投入，那么努力，一次一次地练习，一心想买到一两间大"房子"。有一次，眼看要达到梦想的目标了，却又失之交臂。院子里的光线已经暗下来了，我没有觉察到，仍然沉浸在自己的买房梦中。那么遥远，又那么现实的梦。终究，我没有成功。"房子"太大，我的脚力又太弱，太不准确，完全是在乱踢。唉，唉！怎么已经黑了？啊，到处都黑了！我捡起地上的书包就往外跑。厅堂里的脚步声像一个鬼在后面追我。下死力，下死力，终于跑出来了！怎么会一个人都没有呢？我以前从未看到过吵吵闹闹的大厅（我们的游戏场所）会变得这么可怕，所以后来，那块地方在我梦里始终是险象环生。可是梦想就是诞生在那种地方的啊。最为纯粹的梦想属于孤独的人，而我无意中做了一回孤独者——在鬼气森森的书院大厅里。

后来，在很长一段日子里，我成了自己的历史的改写者。我一定要买"房"！我在走廊上、在水泥坪里练啊练啊，乐此不疲。下雨天，我甚至在家里的旧木板地上画格子练，家人不让跳，我就在地上用脚拂我的螺蛳壳串子，拂过来拂过去。由于心中有梦想，我进步神速，两三天就达到了同伴中的中上水平。哈，我也可以买房了，我心里美滋滋的。

多年过去了，关于"跳房子"的细节差不多全忘光了，只有书院大厅的那一次还可以像幻灯片一样回放出来。奇怪，我在那里念小学，可是从来没有发现那个地方的阴森。那个厅堂里大概有两层楼高还不止，墙也是青石板砌的，石板上刻着很多汉字，那时我还不太认得那些字。由于厅堂进深很深，所以太阳不大照得进去。那一天，我的确听到了有阴风在身旁呼呼地吹，我狂跑，我怕！我被什么吓着了呢？也许是第一次，我被我里面的东西吓着了，那些东西是由一个梦引出来的。也许那个古代遗留下来的厅堂里聚集了浓浓的阴气，我的热力还远远不够，抵挡不了它们的侵袭。这件怪怪的事令我联想起，生活中的事其实都是有层次的，你以为你的梦是"房子"，其实呢，却是一个别的东西；你向往那样一种拥有，其实呢，那只是一个面具。镜子不说话，但镜子自始至终在照着你，直到某一天，你赫然回首，从那里头清晰地看到熟悉的黑色身影。

05. 无声的启蒙

我的眼前总是出现那一排简陋的砖房。黄昏来临时，鸡们都从山坡回到了走廊上，"咕咕咕"地准备进窝了。房子后面的山渐渐变成了巨大的阴影。我们走进昏暗的家中。我们的家里比这栋房子的外表更简陋，全部家具就是几个放衣服的木箱和篾篓，一张饭桌一张书桌，还有几张木床，分散在两小间房间里。我们家有八口人。

昏沉的记忆总是最顽固的。那些黑黑的、略微温馨的瞬间全部是同夜有关的。不论我白天在山上有多么陶醉和疯狂，黄昏和夜晚永远是对我触动最深的时光。同外婆、弟弟和姐姐躺在破被子里头，看着发黄的天花板上的水迹，我们渐渐沉入大地的深处。啊，那种睡眠！那种睡眠再也不会有了。那是什么样的睡眠呢？有点像喜鹊的睡眠，还是像幼鼠的睡眠？

黑黑的小房间里涌动着梦的潜流，人的体温融化了冻结的空气。我总是在深夜起来（当然只是梦见自己起来），我走进厨房去和煤。白天里，我多么想将煤和得很好，将煤球做得漂亮！但我总是失败。现在我拿起煤耙子，舀一瓢水倒在干煤上面，再抓一把黄泥撒进去，就开始和煤了。我的动作连贯而柔和，毫不费力，我又蹲下来用双手搓煤球，搓了一个又一个……月光是蓝色的，天井里一个人都没有。一、二、三，第三张灰色的房门是我的家，他们都睡在里头，可是他们忘了给我留门，我被关在外面了。天哪！我必须马上进屋，只要摸到那张床，钻进破旧的被子里，和外婆苍老的身躯贴在一起就没事了。我一推门，哈哈，门居然是虚掩着的！

因为怕冷，我总是钻到宽大的被子中间去睡。这里是多么的温暖，亲人身上的热气令我多么惬意！即使熄了灯，即便身处黑黝黝的屋檐下，我心里还是充满了安全感。外面一定是北风凛冽吧？鸡窝里一定四面透风吧？芦花鸡一定正将头部扎进翅膀的深处吧？我多么幸运，我睡在大地的深处，这里是如此的温暖，风离得那么远。

夜很长，天井里头月光摇曳，鼾声从黑洞洞的小窗口传出去，同时游离出去的还有一些难以名状的物质。鸡们忽然就惨叫起来，是黄鼠狼在袭击其中的一只。外婆起床，用火把去照，照见了地上的羽毛和血。我缩在被窝里，想象那惊心动魄的场景。是那只温柔的小黄母鸡啊。也许这是梦，也许大地的深处仍有血案，也许我们睡在那里，那峡谷的底层正在发生断裂，也许小黄母鸡的事只是外婆的一个奇想。我困得很，我一会儿就沉下去了。我最后看见的是山的阴影。

在写作中，飘忽的思维里头有很多沟壑。如果你从那里坠下去，语言就会发生变化。好久好久以来，我一直在想，那沟壑是什么呢？大概那里面储藏了生成语言的元素吧。沟壑很可能是由坡上的小黑房间转化而来，夜半时分由窗口游离出去的物质很可能就是那种元素。

从前，我躺在大地的怀抱里，我没有开口，只是惊奇地看着。我所不理解的，正是我能够永久保存的。我之所以不断重温那些镜头，是因为那是本质的镜头，启蒙一直在暗地里进行着。

也许我一直就要说，却一直没有准备好，显得好像开口是偶然的一件事。我不用现成的语言，我要在那些沟壑里头造出我的语言——用那些在黑暗里游移的物质。于是我返回我的山坡小屋，一边将那些篾篓和木箱细细地翻找一遍，一边等待夜的降临。

06．里面

　　有好多次，我回到童年的故居，想要重温旧梦，经历了几十年的风风雨雨，那栋红砖砌的、稍有破损的宿舍楼依然立在山脚。我去拜访过去的老邻居，我的目光在我从前住过的房子里仔细地搜索——墙上、地上、窗户上。我又来到走廊，来到天井，来到厨房。我不但用目光仔细搜索，还张着鼻孔用力嗅——我觉得那种东西有可能在空气里头。无论如何，应该会有某种残余物。

　　也许应该有，但我却没有找到。比如从前走廊前面的蚁窝吧，到哪里去了呢？这种光溜溜的泥地上哪里会有蚁窝呢？很不可能。再比如厨房后面的山坡上，我们发现过好几种奇妙的野生植物的地方，如今成了个光秃秃的黄泥坡，几乎不生任何植物。至于山泉，更是消失得无影无踪了。邻居说那口泉眼好多年前就干涸了，我记起了菜地里的那块光滑的、很像云的石头，那时，我老爱坐在上面。石头所在的位置还记得很清楚。邻家老伯摇着大蒲扇过来了，他笑了笑，一扬扇子，仿佛将这个物质世界全部扫除干净了似的，然后意味深长地说：

"那个年月，你是在里面嘛。"

他的话音一落，我就明白那块石头已经不存在了。

现在已经不是"那个年月"了，我已不在"里面"，我在外面，在隔着千山万水的"外面"，我又怎能看到"里面"的奇妙风景。

我又想去找那个我们养过鸭的水沟，水沟边上有小灌木，灌木下面那松软的黑土盛产蚯蚓，蚯蚓是小鸭的美食。我来到水沟所在的角落，发现已经为水泥所覆盖，用水泥来抹平这些活跃的记忆，为的是让它们沉入更深的黑地里去繁茂生长吗？多么周到，又多么老谋深算啊！严丝合缝，精心覆盖……这巫师一般的老邻居！

差不多每一个人都曾有过"里面"，当我们进入成年，那种通道被阻塞之后，却只有一小部分人能重新打通那些通道，返回到那里面。回想起来，整个返回的过程就像万里长征啊。因为那不是往回走，却是在苍茫的暮色中朝着不甚明确的目的地埋头挺进，那当然也有安慰，在无人行走的路上，你会不时地产生幻觉，就仿佛你一次次回到了你从前曾置身于的那个"里面"。只要你还在走，那种感觉就会始终伴随着你。

所有想找的都没找到，但在我心里，仿佛又一次确证了它们全部在这里，它们掩藏着、沉积着，我差点就要听到地底下那种细小的骚动了，邻居老伯说：

"你再来吧，我在这里。我是不会搬家的了。这种红砖瓦屋，非常结实。"

当然，我还在埋头挺进。于是，不论我身处何方，只要我想，我就能看到骄阳下的南瓜花，闻到雨雾中桃树油的味道。从油石路那边的树丛中，小鸡小鸭们一齐向我跑来；走廊下的蚂蚁窝边，工蚁们忙碌地搬运着食物；而厨房的灶下，长年累月总有一只蟋蟀在持之以恒地诉说着孤寂。山泉的泉眼并没有干涸，它在那深深的处所汩汩流淌，各种水虫在水面游弋……

我回到故居，我已经看不见"里面"的事物了。它们沉下去了，它们在我身体里面发出回响。

第十二章

生活场景

01. 扮演

一个人，如果他想完完全全地体会另外一个人的感觉，那实际上就相当于在不知不觉地扮演那人了——演员进入角色。扮演是同情的高级阶段，既需要激情也需要想象力。

我在很小的时候曾无数次试图体会父亲的心脏病给他带来的痛苦。甚至在深夜醒来，我也会机警地倾听隔壁房里的鼾声。我惶惑地想了又想：心脏病，究竟是什么样的一种情况呢？我害怕他搬重东西，害怕他跌倒，我老觉得不知哪一天，当我没有在场的时候，他的心脏就会停止跳动。

后来是弟弟。弟弟在大学里腰椎发病，痛苦不堪，最后只好休学回家。那个时候，他不论白天夜里都在疼痛中。我看见他弓着身子伏在床上（那是他唯一的痛苦较轻的姿势），便急得如热锅上的蚂蚁。找医院啊，找医生啊，帮他做按摩啊。虽然并无多大疗效，但非得做点什么心里才好过一点。他的病对我的刺激太大了，好长时间里头曾是我的生活中心。

再后来是儿子出生后的一段时间。儿子那么小，不会说话，我觉得他随时会出问题。一点点极小的毛病就使得我长时期地夜不能寐。现在回忆起来，那种长期失眠很可能是产后抑郁症所致。在那些不堪回首的夜里，我总是被死神追逐，逃也逃不开，甚至都不敢入睡了。这么小的人，他的痛苦是什么样的呢？一向乖乖的他为什么哭个不停呢？所幸的是，儿子虽同我一样属过敏体质，但生命力非常强。他就在我的痛苦和恐惧中一天天长大起来了。

同丈夫的相识以及后来的爱情也是这样。我很少或几乎没有像常人那样来分析过双方的"条件"。我时常将自己想象成他，用"他"的眼光再来看我。也许这个"他"并不是真的"他"，只不过是分裂的自我。但恋爱不就是这样的吗？我们所体会到的对方，只能是自己能够体会到的那个人。这种体会因人的性格差异，其真实的程度也不同。不管有多少"假"的成分，我和他都属于那种比较深刻的类型，所以我们的婚姻才至今比较稳定吧。

看来在我还没有开始创作之前，我就已经具备了扮演的基本条件了。然而当我进入到我这种特殊小说的境界里头之际，我才发现这是一种高难度的、没有原型的扮演。没有原型指的是没有世俗中的原型，我的原型在那混沌黑暗的内心深处。我必须沉下去，沉下去，然后猛一发力，将那不可思议、从未有过的风景在纸上再现。所以很多读者感觉我的作品就像巫术一样，极其古怪，却又有难以言传的吸引力。残雪的吸引力其实是来自于人的共通的本性，因为她拨动的是最隐秘的那根心弦。

我的同情心的发展过程，就是一个热心肠的小姑娘慢慢变成一名艺术家的过程。我认为我的作品，就是写给那些有同情心的人看的。我在生活中看到很多冷漠甚至冷酷的人在早年也是具有同情心的，由于没有去训练自己的自我意识，一旦进入社会中去随波逐流，他们的同情心就一点一点地丧失了，最后变成那种最最乏味的人。

我觉得每个人都应该懂一点文学艺术、音乐或哲学。在当前道德大滑坡的形势下，这已经是非常紧急的一个事了。我们一味地忙忙乎乎，早就不再顾及自己那蒙灰的心灵，每个人的眼光都狭隘到无法再狭隘的地步，一步步地从人退化到兽的例子越来越多。大道理人人会讲，但那都是在场面上骗人的，大家心知肚明，也没人相信那些道理。所以我呼吁青年多读文学、哲学，多接触现代艺术、音乐、我也希望在中小学和大学里大量引进现代文明思潮。

02. 参与

　　鉴于我的小说都是那种描写人的纯精神的超脱之作，表面看同世俗根本挂不上号，很多读者便认为我是那种内向乖张，整天坐在家中很少参与外界争端的、对社会生活态度冷漠的人。抱着这种看法的读者的思想方法基本上还是中国传统式的。可以说，从事艺术活动的人，都是由于对世俗社会生活有极大的兴趣，割舍不了尘缘，才去从事艺术创造的。

　　那一年好像是1967年吧，父母为了翻案（父亲说，明知翻不了也要翻一下），也为了将当年镇压他们的那个领导的丑事揭出来，就加入了本市的一个造反组织。我和哥哥姐姐天天在家帮他们抄大字报。这种事我特别兴奋，有种扬眉吐气的味道。每天我都要上街去看那些大字报，看哪派占上风，哪派又闹出了什么事。吃过晚饭我也不去玩了，就到街上去看那些宣传车用高音喇叭吵架。有时两部车对骂，有时竟有五六部车吵成一堆。

我夹在人群中伸着脖子听，我并不仅仅是看热闹，我希望造反派赢。哪一晚造反派吵赢了，将保皇派的车逼走了，我就特别高兴。在我的观念里，保皇派就是那些当官的，造反派则是我们家这样的穷人，现在穷人团结起来要翻身了。

哥哥他们也组织了造反派，整天上街刷大字报，他们是下乡回城的知青。那段时间是我最激动人心的时期，家里一下子这么多人了，都回来了，住都住不下，只好住到厨房里。我们家像个联络处，一看到哥哥的朋友们来了，我就高兴地上街买菜招待他们（当然只买得起蔬菜和豆腐）。啊，造反是多么好的、多么重要的一件事啊，人就是争的一口气嘛！我注意到我们那一帮小孩里头很少有像我这样搞得清那些派系，又如此地投入的。我虽然没有资格参加到运动里面去，但我的心思整天都在那上头。可是好景不长，风向很快就变了，哥哥们东躲西藏，逃避追捕，父母则被押回各自的单位，关进了牛棚。

家里只剩下我一个人了，连房子也不让住了，被他们赶来赶去的，从杂屋赶到厨房，又赶到放清扫工具的楼梯间。但我在那些日子里一点都不沮丧消沉，我心中牢记着父亲的话：我们是正义的，现在是坏人当权的时期。他还说他可能看不到了，但我一定看得到世道改变的那一天。我记得住在楼梯间的时候，我还跑到山上采了好大一把野花放进瓶子里养着，我将常年见不到阳光的房里打扫得干干净净，床单也洗得干干净净。我整天挂念着父亲，担心那些人伤害他，同时我又坚信我们会有翻身的一天。现在看起来那种信念当然是极为幼稚的，可那却是形成我的个性的重要因素。也许是由于本身的生命力所致吧，"信"

和"入世"成了我的两个基本点，一直到今天仍然没变。

我的创作需要关起门来将自己囚禁，但我丝毫没有因为囚禁就减弱了对外界的兴趣。我每时每刻都在参与，都在暗暗地为某些事激动，远远地超过了一般的人。现在，由于客观条件的限制，我的参与是间接的了。虽然通过创作，我的精神已够强大，可以做到在任何事上都不为外界所左右，但外界的变化对于我来说仍然是很大的刺激。我的做法不是中国式的"看淡"，也不是超然，而是将自己锻炼得更加强大，"坚如磐石"，再来以我的特殊方式（西化的方式）同所谓的外界计较，在计较的过程中将我的原则贯彻到底。我同父亲的追求在形式上很相似，但在实质上完全不同。在他那个火热的年代里，热血青年极少有机会能够坐下来深思。他们用一生的心血追求了外在的东西，并不属于他们自身的东西，实际上也是为我们这辈人垫了底，使得我们有可能用相同的模式，来进行一种完全异质的追求。比较一下，两种追求在纯度上是完全相同的。

03. 直觉

　　饥荒年刚过，开始有点东西吃了。还在春节到来之前好久我就盼年饭了，脑海里头尽是大块的肥肉。我最爱吃肥肉，因为身体缺脂肪的缘故吧。年饭是从食堂端回的，有红烧肉、扣肉、杂烩等，都放在唯一的那张方桌上，隔一会儿我就去看一看。终于盼到了中午，全家人聚餐了。我用筷子夹了一大块扣肉，三下两下就吞下去了。接着又夹了两大块红烧肉，来不及细细品味又吞下去了。这时候，我突然觉得自己已经饱了，还有些吃腻了的不舒服。于是后悔不该一开始就吃肥肉，现在看着一桌子的好菜也吃不下去了。

　　到第二年的春节，我又旧戏重演。结果又没能将那些好菜细细品尝。唉，我做事总是这样凭直觉冲动，也不计后果，我的确是属于那种一点"心计"也没有的女孩。当然这并不等于我没有脑袋，只是我的脑筋常常是让位于冲动罢了。这种性格有时给我带来过灾难，但我从来没有为我这个缺点苦恼过。吃亏就吃亏，反正是活一世。我常接触到一些很有心计的女孩，算计来算计去的，到最后连自己要什么竟都完全搞不清了。她们常苦恼。

这不，自然而然地就决心担负起饲养这只野小猫的责任了。小猫儿太可爱了，怎么能不饲养它。于是牵肠挂肚地，将煤灰放在旧脸盆里让它拉屎拉尿，旧脸盆则放在床底下。虽然搞得房里很臭，还是养着。到了夜里，连大人都睡了时，它就偷偷上床了。啊，搂着心爱的猫儿睡觉是何等的幸福！它美好的呼噜声又令我何等的迷醉！但猫儿并不那么守规矩，常常将屎尿拉在地板上，春天一回潮，屋里更臭了。大人要将猫儿送走，大人知道它白天在外面乱跑，夜里同我，有时同弟弟睡在一个被窝里，大人担心会得传染病。我当然坚决不同意，激烈地反抗，因为它已经成了我的命根子。

终于，它长大了，在一次长久的失踪（几乎我们都要绝望了）之后回到了家里，不久就生了小猫了。那是多么美丽的事情啊。几个小时里头，我一直守候在旁边，激动得不行。一共有五只，其中两只生下不久就死了，被它吃到肚子里去了。另外三只漂亮极了，偎在它胸前，闭着眼吃奶。我知道晚上还有更好的事情，我迫不及待地想要它发生。然后熄灯了，北风在外头呼呼地吹，快要下雪了。黑暗中它跳上来了，嘴里叼着一只小的。它将小的放在我胸口旁，又出去，到窝里叼另外的一只。它将三只都弄进了我的被窝。这种信任和依恋，令我感动得觉也不想睡了。

我真巴不得时间永远停滞下来，巴不得自己一直充当它们的保护人！弄脏一点点被子，把家里搞得有点臭气，这算什么大不了的事啊，太不值一提了。我就是要同猫儿在一起，永远不分开，只有这件事是我要的。我轻轻地将三只小的轮流握在手心，让它们的细爪子弄得我痒痒的，我屏住呼吸感受着小身体的热力，这才是幸福啊。

什么是直觉呢？食欲是直觉，同小动物的身体的接触也是直觉。没有养过小动物的孩子，他们的直觉很难发展，也许从一开始就萎缩了。其直接的后果是想象力的贫乏。那种以为玩具可以代替同动物的相处的想法是十分无知的。儿童对动物身体的感受便是对自己身体的感受。没有这一课，无论多么高档的智力玩具也开发不出他的情商，将来他在这个方面总是会有某种欠缺的。我们的文化最不重视这一点，因为中国人没有养小动物的传统，从前富人养个八哥、蟋蟀什么的只是为了风雅，为了找刺激，穷人养条狗则是为了看门。从来也没有谁会想到要和动物建立起平等关系，同它们有情感沟通。相对于西方，中国人在这方面是比较冷血的。

04．自由

　　啊，我多么盼望能溜上一溜那辆自行车啊。那车就在大门边靠墙放着，是一辆非常破旧的车，漆掉了很多，钢丝钢圈锈得不成样子了。那时外面全"乱"了，车是我哥哥从某个造反组织总部骑回来的。我虽然不会骑车，可是看到某个小孩弄到一辆车在院子里溜时，我羡慕得眼珠子都要从眼眶里掉出来了。美啊，要是骑上车在马路上奔驰，那不就如同在天上飞一样自由吗？我隔一会儿又去院子里瞧，等我哥哥回来，我觉得我就要有机会飞翔了。我的心在胸膛里跳。来了吗? 来了!

　　我得到了钥匙，战战兢兢地推着车，踩上踏脚开始学溜。所谓溜，并不是骑，只不过是在车子的一边端着龙头学习平衡罢了。我的模仿能力那么差，所以学了很久都没学会，还动不动就连人带车摔倒在地。后来我终于能够利用惯性溜出七八米远了，那是多么令人神往的经验啊。脱离了引力，被车子带着向前飞，转弯，踩一下地，再飞，就像鸟儿！那一天我玩疯了，激动得不行。

后来的几天，只要哥哥一回来我就问他要了钥匙去溜车。溜还不满足了，我还要骑车上街！因为怕我出事，哥哥只好陪我上街。我们到了小吴门，到了广场，还到了河边！我在前面骑，他在后面抓住车子的后座保护我。我又冲动又莽撞，好几次差点出事！啊，啊，我欢喜得发狂了！这就是自由！可是这种机会是不可再有的，哥哥忙乎着"造反"，后来好多天不回家了。

在闷闷不乐的时候，有一天，邻家的小妹突然告诉我，她们弄到了一辆车！我立刻同她们一道出发了。我要同她们一块去公园旁学骑车！这一次是正式的"骑"，不是溜！在那个水泥坪里，我们轮流着骑。那地方人来人往，还摆着几个卖茶水的摊子，但我们都有了一点基础，所以骑得十分高兴。其间我也摔了几次，但都摔得很轻，我还学会了刹车呢。我眼巴巴地看着，终于小妹妹骑完，轮到我了，我一飞身上了座，要踮脚才能够到踏脚。我兴奋地向前蹬、蹬……突然一名路人横插过来。我用力一拐龙头，车子突然不听指挥了，径直往路边的一个茶摊冲去！我还没弄清是怎么回事，就听到"哗啦哗啦"一片响声，十几个玻璃杯全部掉在水泥地上粉碎了。我自己当然也摔倒了。接下去的事宛如发生在梦中。茶摊子主人揪住我们的单车不放，经过那人同邻家两个小妹的协商，达成了赔偿五元钱的口头协议。于是由细妹妹去附近找某阿姨借钱。细妹妹还真有本事，把钱给借来了，这样我们才得以脱身。

自由之梦就这样破灭了，接下来是紧迫的问题：如何还钱？

幸好还在暑假，我可以去卖报纸，也可以去推板车。我开始了挣钱的漫长日子。我的身影出现在大街小巷，出现在码头、医院和车站。"卖报卖报，刚到的报纸！"我匆匆地走过，不停地叫喊。但是我的技巧并不那么好，所以费去了很多时间，跑的地方也最多，业绩却平平。没有报卖的日子我便去推板车。我发誓要尽快将那五元钱赚回来。一方面是要雪耻（闯祸是一件可耻的失败的事），另一方面也是不愿让家里知道。然而日复一日，我赚下的钱还是不到三元。我多么着急！我必须坚持，我必须每天想着这事，我自己闯下的祸必须自己承担！我在焦虑中一天一天地挨过了那些日子。

那天上午，母亲知道了我闯祸的事，可能是邻家小妹（我恨死她了！）告诉她了。母亲问我还差多少钱，我告诉她，她就帮我把钱补上，然后我就去交给邻家小妹。包袱忽然就卸去了，我也不用卖报纸了，可不知为什么，我感到心里空空落落的，好像丢失了什么东西一样，一点都不愉快。我没能雪耻，我感到有点做不起人。闯祸的事成了我心里长久的痛。我真无能！

回想这个发生在暑假的漫长的事件，觉得还是一个影响到了我的性格成形的事件。用今天的眼光来看，到底什么是自由？是骑在单车上飞腾的感觉？还是承担后果时那绷得紧紧的神经？在那个幼小的年龄是不可能知道的，只是不由自主地就把事情做了。我追求的完美便是通过自己的劳动来还清我的债务。我没能做到这一点，那是一次失败的体验。但那过程里头不是充满了自由的渴望吗？我在未曾被启蒙的日子里便体验到了自由，这是何等的幸运！

05. 无中生有

　　我们坐在走廊上，暴雨打在门口那一排桃树的叶子上，打在井沿的水泥上，也打在泥地上。泥地上形成一个个小水洼。三只母鸡和一只小公鸡都缩在走廊的角落里，梦呓似的发出"咕——咕——咕"的轻轻叫声。天黑沉沉的，只有水洼在一闪一闪地发光。我要讲故事了，讲给弟弟们听，也讲给自己听。

　　我讲的是小人儿在水洼里头旅行的故事。小人儿坐着油纸做的小船，从走廊下面的沟里出发了。雨越来越大，水漫出了污水沟，小船就漂流到了外面的水洼里头。小人儿坐在油纸船里头，划动他的细小的桨。那桨是什么做的呢？哈，铅笔小刀！他划呀划呀，水的激流一次次将他冲回去，他还在努力……我漫无边际地想象，信口乱说，弟弟们在听我讲。还有鸡们，它们也在听，"咕——咕"地应和着。雨天里缩成一团的鸡们多么可爱啊。我不耐烦讲故事了，我要去摸摸我的鸡。一想到人和鸡都可以躲在屋檐下避雨，我就感到无比的庆幸。

在下大雪的日子里，我们不能出去玩。雪那么深，没有套鞋，只要一迈出家门就会将鞋子弄得透湿，就会生病发烧。我们问邻家小孩，你有玩具吗？他说没有。也可能他怕我们弄坏了，不肯拿出来。我们自己是没有玩具的。我想到了蚂蚁，可是蚂蚁在雪天不出来了。那么让我来讲一只蚂蚁的奇遇吧。我说到小蚂蚁出去觅食。它的窝在墙根，它从那里出来，走了好远好远——那么远，比到河东还远啊。当然，它只不过是在走廊上爬，因为外面下着大雪啊。它要是爬到雪地里去，马上就会冻死。好，它看到了一粒饭，它搬起那粒饭就往家里走。它走得真快啊。糟糕，它碰见了敌人，敌人就来抢夺那粒饭了。于是有一场战斗。打呀，打呀……我和弟弟们沉浸在故事的氛围里，但很快，我们的注意力又转移了，也许故事的吸引力不够吧。我想不出更有吸引力的故事来。

我的故事，是不是我的文学观中提倡的"无中生有"呢？不，那还不是，只不过是种自发的操练罢了。离真正的"无中生有"还有漫长的路要走。这是因为我在编故事的时候，体内的"核心"还没有发挥作用。也就是说，我还没有意识到驱动讲述的那个机制，没有意识到仅仅属于我自己的故事。回想起来，那是多么艰难的突围啊。好多年里头，我并没有开始写作，却一直不停地在用身体、用头脑接近属于我的那个故事结构，那向纵深方向延伸的，看不见却又感得到的结构。

有一天，我感到了骚动，我在纸上信手写下一个故事的开头："雨天里走来了穿黑衣的妇人，套鞋踩在水洼上……"

我对自己说："也许这就是无中生有了。"我激励着自己的思绪往那方面发展。很快，我的故事就涌出来了。这些古怪而陌生的句子和情节，它们什么都不是，但却是我的一切。我越写，原来的我就越隐退，我笔下的故事占据了"我"的位置，那虚飘的"故事"奇迹般地立住了脚。我隐隐地感到它们是属于天堂的故事。而天堂，竟然是在我的体内。

从前有一天，我刚学会说话不久，就开始学习自己编故事了。今天，我编出的故事已经取代了原来的我，成为这个宇宙间更为坚实的存在。

也许是暴雨天里缩在走廊上的那些鸡们，用它们的体温向我传达了某种神秘的信息？江南的雨天啊。

06. 记忆的黑匣子

　　那真是一个漆黑的夜晚啊，可说是伸手不见五指。我起来了，下了床，摸索着穿过天井，来到厨房里。学校要我们每人捐献两个煤球做冬天的烤火煤，我放学后只顾玩，就把这事抛到了脑后。然而我在梦里记起这一疏忽，立刻惊醒了。我是真的醒了吗？我扯了扯自己的头发，痛。我于是弯下腰去拿煤耙子。

　　什么都看不见，我胡乱一抓，居然就抓到了煤耙子。然后我将煤耙子一伸，就伸进了煤槽。我开始和煤了，我感到煤槽里头已经放好了水，于是就用耙子自如地在里头捣来捣去。水的分量正好，煤被我渐渐和熟了，有了黏性。

　　我弯下腰，用手抓起一把湿煤，做了一个大大的煤球。我把煤球放置在门口，让它晾干，再弯下腰去做第二个。我打算带两个大煤球去学校。我有点忧虑：煤球到早上会不会干？如果还是湿的，我就要用报纸包着它们带到学校去。我想到这里时，就听到外婆在说话。

"这么晚了你还在搞什么？现在是两点钟了。"

"我——我在做煤球。"

"做煤球，好！煤和熟了没有？"

外婆的身影终于能分辨出来了，她显得分外高大，像一座小山一样。她找到凳子，在厨房门口坐下了。我还是什么都看不见，我和外婆在黑暗里含含糊糊地交谈着。我似乎听到她在说，邻村一个孩子去偷煤球，手里拿着煤球，天下雨，他脚下一滑，跌到坡下去了。这是外婆说的，还是我脑子里临时杜撰的呢？啊，要是那两个煤球到了早上还不干，该有多么糟糕！

我到了天井里，外婆打开自来水龙头叫我洗手。我洗啊洗啊，老洗不干净。她一生气就关了龙头，说："算了。"于是我跟在她身后进屋了。

在那张睡着好几个小孩的破床上，我的忧虑仍然没有平息。然而我必须闭眼，否则早晨就会迟到。我用力闭上眼，后来的事就不知道了。

那一年冬天，我是交了煤球的。两个很大的干煤球，里头并没有掺很多黄泥。我的煤球摆在同学们的中间显得特别好看。他们的一眼就看得出是掺多了黄泥，颜色不正。

在我的记忆中，煤球分明是我在半夜起床做的，可是我询问家里的人，他们都说，煤球是早就做好了堆在那里的。也就是说，我没有起床，也没有做煤球。啊，我觉得这事很严重！我怎样才能弄个水落石出呢？我没能弄个水落石出，因为无法返回当时的情境。

白天，天井里静悄悄的，那个自来水龙头早就坏掉了，怎么拧也拧不出水来。我再看厨房，同那天夜里也不一样了。啊，我发现了破绽：我们的厨房要爬七八级阶梯上去，而那天夜里，我并没有爬阶梯，我直接就从天井跨进了厨房。然而煤球明明是我做的，我记得它们的形状、大小、纹路，它们的确是用我的手掌搓出来的。

　　闲着的时候，我就会记起那天半夜的事，心里就会产生那种忧虑：真情到底是如何的呢？这种忧虑伴随了我几十年，每当遇到记忆中的黑匣子，类似的情绪就会油然而生。在我记忆的底层，黑匣子很多，它们是产生忧虑与困惑的源头。

07. 瓜棚后面的身影

　　我们院子里住的大都是"有问题"和"出身不好"的人家。为了多少对自己的生活环境有些改善，大家都开始在自己的窗前栽种起瓜果来。瓜有两种，一种是葫芦瓜，一种是金瓜。都是十分美丽的观赏植物。大棚都是我们的父亲搭起来的。

　　藤儿很快就爬上了瓜棚。开花的时候，引来了蜜蜂，也引来了蝴蝶，甚至还引来了玉绿色的小螳螂。放学回来，我总是久久地在瓜棚下观看，想象棚里结满瓜儿的幸福情景。我不但看自家的棚，还要看邻家的棚。当我站在邻家瓜棚下时，就可以听到窗口传出来的含糊的说话的声音。那些房里的人在谈论什么呢？声音"嗡嗡嗡嗡"地响，激起我无比的好奇心。茂盛的绿叶遮住了说话人的脸。

　　我看着那几只螳螂一天天长大起来，有时，小家伙们竟爬到我的窗台上，无所畏惧地停留在那里。中午时分，我坐在窗台上，看那些蜜蜂绕着小白花和小黄花飞来飞去的。很快，小白花和小黄花的下面就膨起了幼嫩的果实，我的期待越来越强烈。在这个绿莹莹的小世界里头，唯一想做的事不就是期待吗？

那时外面的武斗越来越厉害了。父母在屋里谈话，说起隔壁邻家来了一个人，是劳改犯，现在跑出来了，就住在那一家，还有一位漂亮的女教师喜欢他。这件事给我一种特别奇异的印象。夜里熄了灯之后，我还在想象那一对情侣的样子。我见过那劳改犯，长得高大英俊，年纪也不老。隔壁栽的是金瓜，美极了的金红色，上面有竖纹。

放学了，我又到那几个瓜棚下去溜溜。我最后来到隔壁邻居的瓜棚下，摸摸那些宝石一般的小金瓜，心里便升腾起迷惑——这些异物似的小东西，真是长出来的？啊！我听到房里响起了男中音的说话声，还有高大的身影晃过。我站在金瓜绿叶下面，没来由地激动着。我不明白，犯人怎么会同美联系在一起的。中午时我见过女教师了，有着动人的黑色眸子和浓密的黑发。我觉得那男子的声音特别好听，但因为他压低了嗓门，我就听不清他说些什么。我在金瓜棚下站了好久才回家。那天夜里，我再次编织了关于那一对情侣的故事。我设想他俩坐在一列火车上飞奔！

那是一个充满了激情的夏天，我沉浸在美丽的瓜棚和美丽的情侣的冥想之中，几乎每天都有意外的收获，十三岁的我就像是自己在恋爱。

葫芦瓜和金瓜终于熟透了，叶子开始发黄。父母在家中说话的声音越来越低沉。中午吃饭的时候，他们谈到那个劳改犯被枪毙了，因为他本来就是重罪，又跑出来这么久，罪上加罪。女教师则被赶到了她的老家乡下。

葫芦瓜和金瓜收获完毕时，父亲和隔壁家的父母都被抓走了。大家都没有心思去拆那些瓜棚，就让那些枯干的叶子飘零着，那烂糟糟的景象令人心寒。

多少年之后，瓜棚里的绿色王国、情侣的身影、枪决犯人的刑场等等画面全都混到了一起，再也无法区分。那么写作，是出于区分的初衷？

08. 上山

　　我每天都要到山上去。我并没有明确的目的，也不知道在山上会得到一些什么收获。在我朦朦胧胧的意识里，山上总是有些什么东西可以满足我的，所以我禁不住要去，我甚至还带一把小铁耙子。耙什么东西呢？不知道，总会有些什么东西可以耙的吧。五六岁的我无端地有种信念。于是就上山了，有时和外婆，有时和姐姐，有时和两个弟弟。

　　那么大的山，当然，我每次都得到了不同程度的满足。因为我是给自己寻找欢乐嘛。我们摘过野花、野菜、毛栗子、金樱子、覆盆子、乌泡，等等；我们抓过数不清的小昆虫；我还用铁耙耙出过麦冬，耙出过一种好吃的植物块茎，以及香喷喷的野葱。那些生长在阴暗的沟里的肥肥的蕨芽，更是让我心花怒放。我和弟弟们的口头禅是"去山上"。如今细细地一想，这句口头禅应该是意味着儿童要发挥自己的想象。所有的"收获"几乎都是出自我们那浓密的想象力。一种草，一种块茎，一种小蝌蚪，难道真是因为它们的实用价值我们才去采集的吗？实际上，除了帮助家里生计的那些活动，还有很多时候，我们就是单纯地为了愉悦而上山。我们自己为自己的活动赋予意义。这种时候，我们的活动就特别接近于创造的意境。经常是坐在草地上，挖着挖着就挖出些什么来了——块茎、药草，甚至蚯蚓！蚯蚓不是可以喂鸭吗？让鸭吃了多生蛋！

下雨的日子是多么忧郁啊，在四壁发黑，没有玩具的小屋里，我们能干什么呢？有时候，我会从垫铺的稻草里寻找谷粒，用那些谷粒来编织关于田野的故事。然而只要一出太阳就在屋里待不住了。想象力在胸中汹涌着，迫使着我行动。我必须上山，只有那种活动才能使我兴奋，使我满足。我要去采东西，去抓小动物，去耙植物的块茎。在山上，只要一行动，就会有收获。那么山是什么呢？不就是儿童的内心世界、乐园吗？我们乐此不疲、流连忘返！

已经有二十多年了，我每天上午坐在家里写一个多小时的小说。如果有人在我开始工作之前问我："你打算写什么啊？"那么，我便只能像儿童时代要上山之前那样回答说："不知道啊，总会有些什么东西可写的吧。"这便是我的写作状态，这种状态延续了这么多年，从来也没有改变过。我为欲望所推动进入到大山里头；我凭瞬间灵感随手摄取能够满足自己的东西；我不断变换角度，奇思异想泉涌；我执着于内在的时间，只为了精神的愉悦。

那么我写下的是什么呢？这个问题一时也是很难回答的。因为要撤除了所有那些时效的、表面的功利，只对作品本身进行分析，并加入我的精神活动，才能由读者自己找出属于他的答案。的确，当我和弟弟、姐姐们在山上进行我们的活动之时，谁又说得清我们收获了一些什么样的快乐呢？那种东西是妙不可言的，不同我们一块从事那种活动的人就只能说"噢，他们采了野菜"或"他们抓了小虾"等等，同我们的幸福并无多大关系的常套话。读者啊，放开你的想象，到我们的山上来吧，一切你真正想要的，都会通过你的活动被你收获。

09．送煤工（之一）

我家的对面是一个很大很大的露天煤栈。横过马路，来到那张大铁门旁，就看见一道长长的斜坡一直延伸到远方的坡底，那里有很多铁轨，是火车停留的地方，煤就是那些火车运来的。斜坡上用麻石（花岗石）铺出一条路，供机动车和送煤工的板车经过。由于那个时候机动车较少，麻石路上就整天行走着那些板车。斜坡又长又陡，将一车煤从下面拖上来要付出十多分钟不懈的努力。那些送煤工全是专业的搬运工。我观察过他们。

煤是送到市内各家小煤店，以及一些单位的。煤装在篾篓子里，有一千多斤，要拖着它们爬坡，还要走很远的路，所以送煤工都是一些精壮一点的中年男人。他们穿着褴褛的衣服，脖子上搭着一条灰不灰白不白的毛巾，眼神模糊而迟钝。他们数钱的手是颤抖的，但他们拖着车子前进的步伐分外执着，好像每一步都要在地上踩出一个坑来。

我经常去推板车赚点零花钱，曾有好几次将车子从坡底推到马路上来。整个过程就像是从地狱里出来一样。出发的时候，我用力看几眼那么长的陡坡，心里一点把握都没有。板车一开始爬坡，我、送煤工，还有车子以及车上的煤便成了一个整体。我和那中年汉子都绷着神经，一脚一脚地向上迈步，脑子里几乎一片空白。会不会推得上去呢？我是不知道的，也许那中年汉子知道，也许这部板车知道。送煤工默默地用力，我却听到他胸腔里发出细细的呻吟，在我们身后，一列货车鸣笛了，这让我倍感紧张，我仿佛行走在茫茫的沙漠里。啊，那种隐约的呻吟又传到了耳边，就像是在责备我。我必须更加用力，毫无保留地使出全身的力气！

　　当你爬到坡顶时，可怕的压力突然一下就被抽去了。我禁不住回首看了一眼。唉，那条路！那一辆接一辆像甲虫一般的板车，你以为它们停在坡上了，其实它们是在缓缓地移动。它们在那些送煤工的心里移动。因为我注意到，没有谁会在漫漫旅途中抬起脸来看前方。当然，他们也不看地下，他们哪里都不看。出了煤栈的大铁门，板车驶上了平坦的大马路，送煤工和我就开始东张西望了。有时他甚至会停在路边喝一点水。那张铁门，是地狱之门。

　　有一回，刚一开始爬坡就下毛毛雨了。那么密密的毛毛雨，一会儿我就睁不开眼了。我没带手巾，只好任凭带咸味的水流到眼里。我也用袖子擦了几次，因为很痛。后来就习惯了，眯缝着眼什么都不看，只管用力。我眼里的世界混混沌沌，唯有车身的重量不断向我传来清晰的信息，那可是实实在在的重量。

送煤工是一个快要进入老年的人，身上的肌肉已经大部分都萎缩了，我记得他前额上有一撮头发倔强地竖立着。出于好奇，我在极短的时间内回了一下头。我吓坏了，因为身后那长长的麻石路上看不到任何一辆车。我连忙用双手撑住仿佛要倒退的车子，倾听着送煤工吼出恶毒的咒骂。我多么羞愧！我多么羞愧！那一回，我们的板车是煤栈里唯一的一辆运煤车，在能见度很低、湿度很大的空间里潜行。

那些躺在篾篓子里、黑而发亮的煤，对于送煤工来说是什么呢？是朋友，是敌人，还是折磨者？他们认真地打量过这些费解的黑东西吗？当他们夜间在那些简陋的木板房里入睡之际，他们梦见的是煤，还是混沌的旅途？

10. 送煤工（之二）

从早到晚马路上都有送煤工。他们拖着板车，板车上的篾篓子里装着原煤，他们构成了城市的一景。上坡的时候，送煤工咬紧牙关低着头，密密的汗珠从额头上流到地上。板车走得很慢很慢，送煤工一直在较劲。下坡的时候，轮子欢快地转动，板车的把手微微抬起，送煤工神色茫然，有时又显得微微吃惊。这是一个沉默的群体，他们的喜怒哀乐旁人很难窥探得到。在既不是上坡也不是下坡的平路上，送煤工仿佛陷入了沉思。步伐是很机械的，但车轮，有弹性的柏油马路，篾篓里的煤，还有那工人，都是有机体中的一部分。送煤工在前进中反思身后煤车上的重量。

我是很腼腆的，我问他们："要不要推？要不要推……"我问过后便自惭形秽起来。一连询问了好几个人之后，最后一个人抬起昏暗的眼睛扫我一眼，微微一点头。我心花怒放地绕到板车后面，双手搭在篾篓上，进入了那个共同体。我一边模仿着送煤工的步伐，一边在心中问自己：这真是意料中的成功吗？只有在动作中，才感到重量的实在。那重量就是我自己，我付出多少，轮子就如何旋转。那种情形十分微妙，要敏感的人才感受得到。而送煤工，无疑是天底下最敏感的人。比如说，我稍一松懈，他就会发出含糊不清的诅咒。

各式各样的小孩手里拿着小笤帚和小撮箕，趁着送煤工没注意，冲上来将篾篓里的煤拂到地上，然后躲起来。待煤车走远一点，他们又跑出来将地上散落的煤扫进他们的撮箕里。我很痛恨他们的骚扰。可是送煤工毫不在意他们的小动作，一味沉浸在自己那均匀的肢体运动之中。我感到，煤的重量对于他来说是一切，他必须在每一个瞬间都感觉到它。毒辣的阳光晒得他汗水直流，可体验是酣畅的，难道不是吗？

送煤工的目光是昏暗的，动作是僵硬的，他们的声音，总像被什么东西阻隔在喉咙里，"咕噜咕噜"地吐不清晰。他们身上散发出浓烈的汗味，那是同太阳交合之后的沉积物。我不讨厌那种味道。我推过板车之后，身体也散发出淡淡的同样的气味。我并没有同这个群体合为一体，我仍然是一个外人，但在记忆的最深处，我已同他们终生结缘。

我是通过写作进入送煤工的境界的。负重是多么美妙的感觉啊！我估量几眼煤的重量，就自信地启程了。力的爆发是何等的匀均，平衡的技巧又是何等的高超，我在向前，我在向前啊！我每走一步，都能感到那种悲壮和美丽。那美属于车轮，属于煤，属于我，也属于太阳。

并不是每天我都能充当送煤工的。有时候，阴天里，下起了倾盆大雨，我无法出车。在遥远的，另外的城市里，另外的送煤工出车了。他弯下身一用力，车轮喑哑地呻吟了一下就启动了。对于他来说，那是多么幸福的瞬间！可是我，我被阻隔了。该死的淫雨啊，要什么时候才下得完呢？我躺在床上想象藏在地底的那些煤层，想象它们见到阳光时的那一刹那间，还有被装进火车车皮，在有雾的早晨驶向南方时的情景。外面有个人在铲垃圾，铁铲擦响着水泥地，充满了紧迫感。他应该是穿着雨衣的。

　　当我凝视童年的画面之际，我总想弄清，是什么东西真正从深处打动过我，而不仅仅是一些表面的触动。我这样做时，送煤工的画面便脱颖而出。

11. 走夜路

　　童年走夜路的感觉是很迷惑的，然而那种记忆也是最丰富最顽强的，稍一凝神就能逼真地回到那种场所。

　　那时学院一放假就在露天放电影，门票有时三分钱，有时免费。免费的话就要早早去占位子，买不起门票的话呢，就只好站在场外，或游游荡荡，等那收票的离开（多半不会早早离开）。我们一家六七个人，各人搬自己的小凳，去的时候兴冲冲，只盼望占个好位置，最好是在操场中间靠前方。究竟看过些什么电影，能记下来的很少很少，大概那个年龄也不大看得懂那些大人看的片子。儿童片呢，几乎没有。模模糊糊记得的有《追鱼》，是说书生爱上河底的鲤鱼精的，经过大人讲解才懂了。一路上叹息那漂亮的鲤鱼小姐命不好，对里头的服装印象深刻。还有喜剧片《乔老爷上轿》，没怎么看懂。

　　看完电影已经很晚，却还有较长的一段路要走。我们家住在坡上，路灯是没有的，一家人在朦胧的月光下走在弯弯曲曲的小路上。由于已经走过无数遍，在哪里拐弯，哪里有棵树，哪里路窄要小心，哪里是石板桥，全弄得清清楚楚。走啊，走啊，手里的梓木小椅子的重量就慢慢感觉到了。由于瞌睡，出发时的兴奋早消失了，大脑里只剩下一些昏昏沉沉的影像。又由于没有灯光，周围的灌木啦、平房啦什么的都显得没有实在感。终于听到学院生物系实验室的狗叫了，哈，快到了吧。实验室都建在一个大花园里，我们家离那花园很近。听人说那里面的狗都要被剖开肚子做实验的。可怕情景的想象使我猛地一下清醒了好多。狗叫得越来越猛了，走在高坡上，看见下面那黑黢黢的花园里有微弱的灯光，是不是正在杀狗？一想这个就起鸡皮疙瘩。终于绕过花园了，前面是石板桥，坡上那黑乎乎的房子就是我们住的地方。要是在白天，就抄近路从那个陡坡攀着小树上去了。可是这么黑，哪里看得见，只好走正道。正道右手边是我们熟悉的一排桃树，树上冒出的桃油发出好闻的味道。啊，到了，破烂而温暖的家。我和两个弟弟一下子活了过来，但马上又要洗脚上床了。竭力回忆看过的电影，只记得极少的、极迷惑的一两个片断。

奇怪的是我和弟弟们谁也不会后悔电影没看头，到了下一次，又以极高的热情投入这种活动。去前的亢奋和看电影时的激动，都远没有回来时那昏昏沉沉的夜行记得清楚。那该是多么美的夜景啊，但那个时候我不懂得美，参天的大松树也好，如同兽群一样的灌木也好，大鱼在水塘里弄出的水响也好，匆匆飞过的萤火虫也好，一律留下的都是那种带睡意的迷惑。我们都注意到了，但我们都沉默着在那里同瞌睡搏斗。大约这就是所谓感官敞开思维沉睡的瞬间吧。夜间的桃树同白天好像是截然不同的，一种温暖的异香，混合着关于家的想象。桃树上方那破烂的家是我们做梦的地方。多么好啊。可那就是好吗？我们鱼贯而入，进入了活动的另一阶段，那里头有更深、更黑的景色。

　　朦胧月光下的小路是蓝色的，其他的景物则是黑蒙蒙的，总是这样。我们将小椅子挎在肩上低头前行，很少交谈。如果小路被人弄了个坑，就说："这里有个坑。"如果隐约听到了远方的狗叫，就说："生物系的狗又叫了。"夜气有时是温暖的，有时则是凉凉的。沿坡的那一长排桃树，后来反反复复地出现在我的异域风景里头，成了最重要的道具。那是多么深沉的夜啊，我们一定听到过眼前的那座山的呼吸，我们听到了又忘记了。

12．迷路

　　回想起来，迷路也是我那时最害怕的一件事。我们没有机会出远门，总是在家的附近活动。所以只要一想起迷路就害怕。雪天里那些冗长昏暗的梦时常同迷路有关。在没有尽头的小路上转来转去的，有时碰到绝壁，有时钻进了死角。遇到那种情况就如同眼前一黑。结局如何？似乎没有结局。从另一处地方重新开始，或干脆醒来了。

　　放学时，我和坐在后排的女同学去山里头摘酸枣。我们去的是后山，人烟稀少的矮山，那里酸枣树很多。那些树真高，我胆怯，就选了棵不太高的爬上去了。矮树上的酸枣基本上都被摘完了，只零星的有几颗，是被那些孩子们漏掉的。在那些树上忙碌了好一阵，终于每人采到了几十颗。高树上的枣子多么诱人，被阳光照着，黄澄澄的，一定是很甜酸的吧。我们咽着口水看了又看，还是不敢爬上去。不但不敢爬，连想一想都腿子发软。从那上面掉下来可是要命的。只好满足于书包里头半青半黄的货色了。

我的同学突然记起她要回去浇菜土，于是一跳起来就跑掉了。直到这时我才想起，我对后山的这一带并不熟悉，虽然朦朦胧胧知道大概是哪个位置，却是第一次来。

我凭着记忆（我的这类记忆很糟）往回走，一会儿就下了山。但山下并不是我先前走过的石板路，却是一个很大的宿舍村，一些妇女在一口水塘边洗衣。唉，唉，我该往哪边走？我站在那里，我很害怕她们注意我（多么发窘、丢脸），但我又盼望她们注意我。也许她们会说："这是谁家的小孩？她要到哪里去？"但是她们没有问，她们在大声说笑，谁也没有注意我。我只好又开始走，我又怎么能不走呢？只有坏女孩才在别人家门口逗留。

我走出那个村子时，情况变得更不可思议了。有好几条小路出现在我面前，都是陌生的，从来没有走过的。我选了右边的那一条，我想，万一走不通，我再退回这个村子。毕竟这里人多，不会有危险。

但是右边的卵石路走了没多远就慢慢变得幽深了。路的两旁是坡，大树成荫，一点都不像要通往我的家的所在地。我只好退回去。啊，真该死，我怎么退不到原地了呢？我眼里只看到一些矮小的土砖房，还有菜地和竹林，那个村子不见了。走着走着，路又分了岔，焦急中又选了右边的那一条。我快要哭出声了，因为天在慢慢变黑呢。我一定要返回，如果不能返回通往家的那条路，哪怕返回宿舍村也是好的啊。回到宿舍村那里，我就可以找到归家的路，我这样确信。

我走啊，走啊，走啊……忽然，外婆的声音响起来了，苍老的，欣喜的。

"你跑到这里来了，我们找得好苦。"

三个影子立在路上，是外婆和两个弟弟。

我激动得头发晕。我不是已经返回了吗？我真的返回了！有的时候人可以心想事成。我走了那么远，那么长的时间，我去了从未去过的地方，可是我心里一直在想着回家。

现在，当我记下这件事的时候，我仍然在重演这种事。我每天都要出走，进入那种悬置的空间。我出走的时候，我的目的地是自己的家。不论我往哪个方向走，不论我内心有多么焦虑，我始终确信，在路口会响起我外婆的声音。奇异的转折使我平添了许多胆量。或者这出走是人类远古的本能，在那个时代，迷路也许让人充满了期待和欢欣？

多年前诱使我迷路的道具，是那大树上黄澄澄的酸枣。

第十二章

城市场景

01.烈士塔

　　那个时候，烈士塔也许是城里最高的建筑了，因为它本身就建在高坡上。坡的两旁是生长茂盛，得到精心护理的，长长的两行宝塔柏。我总喜欢反复抚摸，并用自己的脸去贴着那些鳞片状的、肥实的柏树叶子，我觉得那种叶子有点像人的肉体，它们散发出沁人心脾的苦涩清香。一路慢慢抚摸着走过去，天色就暗下来了，叶片变得像婴儿的手，香气更浓……

　　父母已经走进烈士塔了，我和弟弟连忙跟上去。肃穆的大堂很高，一排垂着铁链的栏杆里面摆着大大小小许多花圈。人们压低声音说话。我脑子里面的最大疑问是：烈士们的遗骸在塔里头吗？如果在的话，是在地下室里还是在塔顶上呢？有没有棺材？我细细打量，但从大堂里什么都看不出来，旁边的几张门都关得紧紧的。我估摸那秘密就在门的后面。一定有两张门通到地下室，另外两张通到塔顶。地下室里放棺材，塔顶放骨灰坛子。

我的眼前出现骨灰坛，一排一排，密密麻麻，一直摆到高高的塔顶。

人们来了又去了，我们也是。出来时，外面全黑了，我心里一阵阵发冷。我问父亲，烈士们是不是在塔里面，父亲回答说不在那里，那个塔只是用来纪念他们的。我疑惑，不懂父亲的话是什么意思。不在那里头，他们在哪里呢？我看着高高的、黑黝黝的宝塔柏，我犹犹豫豫地伸手去触它的叶子，可刚一触到我就吓得缩回了手。我感到那不再是叶子，是一些胖乎乎的小手。它们给我的那种肉实的感觉，我至今记忆犹新。

那种夜晚，关于遗骸和鲜活肉体的想象交替在脑海里出现。某种东西离我越来越近了，不是吗？但我还小，我还可以忘记一会儿。我们走回了家，开开电灯，就真的忘记了。不，那种遗忘只是暂时的，我留下的，是最顽强的记忆。

我去过一些灵堂，不知为什么，那袅袅上升的香烟总令我想起婴儿小手般的柏树叶。我还想，如果我死了，可不能让人埋我。埋在深深的泥土中，比进焚化炉更可怕啊。

有一个伸手不见五指的黑夜，我一个人摸到了烈士塔前门那儿，哈，门居然没关。我向前伸着两只胳膊往里走，进入了一张边门。我扶着螺旋形的梯子扶手上去了。但是并没有骨灰坛，也没有摆坛子的铁架，除了钢的阶梯和镀铬的扶手，黑暗中什么都触不到。爬上去却很不费力，不但不费力，还感到虚飘。走了一轮又一轮，怎么会这么高啊？怎么会没有尽头啊？我觉得自己起码上了二十层楼了，再往上走的话，会不会踏进虚空里头掉下去呢？我双手抓紧镀铬扶手不敢动了。扶手真冷啊，冷到了骨头里面。我用一只脚往下面探来探去，可我探不到阶梯……啊，啊？

在白天的闲暇中，有一阵阵的恐惧袭来。

"狼牙山五壮士坠崖前想了些什么？"我将老师的提问在脑子里翻来覆去地想。有时，那种浮夸的理想主义激情会冲破恐怖的阴云。但更多的时候，恐惧仍会占上风。

我站在远处，望着云端里的塔尖，南风在吹，空气里飘荡着宝塔柏的苦香。我知道夜一降临，柏树叶就会变成小手，通往塔顶的边门就会打开。如果我愿意，还可以再次上到那无顶的塔顶，去领略那种彻骨的寒冷。

02. 井

现在城市里的人们不再到处能看到水井了。密集的人口，工厂区和居民区交杂，废物和脏物日夜不停地渗入地下，即使打一口井，冒出来的毒水谁又敢使用？水井虽然早就退役了，但我知道，它们成了我深层意识里面显要的符号。

那口井就在我们宿舍的外面，离大马路还有一段距离。放学回来，我第一次伸着头朝它看，我吓得腿子都软了。多么深啊。我又鼓起勇气多看了几眼，我既恐惧，又受到强烈的吸引。那井很有些年头了，构成井壁的那些整齐光洁的砖头给我留下了深刻印象。我已经知道了地球是一个球体，我们住在球的表面，但我还从未看到过离地这么深的处所。那下面，井水幽幽地发着微光，我每看一眼都感到一阵眩晕，然而还是止不住要看。

一个小姑娘来打水了，她胳膊上挽着巨大的一卷细棕绳，单是将那系着绳子的桶放下去就用了很长的时间。然后她又开腿站在井口开始荡那只木桶。那是需要技巧的，荡三下，满满当当的一桶水就装进去了，往上拉桶子用了更长的时间。夏天里，那水是那么的清凉，散发出井水特有的气息。那一天，我在井边看了很久很久，看到各式各样的人来打水，听到空桶在那个深处发出的回响。

城市里有时会有传说，某某小孩掉到井里去了。一般这类水井都没有盖子的。我一轮又一轮地想象，落进那种深井会是什么样的情况呢？还有，在往下落的过程中人会是什么样的感觉呢？如果我落下去了，能支撑到别人放下木桶来救我吗？在我的想象中，水井下面是无底深渊，要想得救，只有设法浮在水面。

我仍然常到井边流连。终于机会来了，自来水出了故障，我们要用井水了。家里人用一些麻绳和棕绳接起来，凑成了很大的一卷。我就挽着绳子提着木桶到井边去了。我根本就不敢看下面，只是按我记得的程序放下木桶，荡三下，然后往上扯木桶。我感到木桶很轻，不会是空桶吧？扯上来一看，几乎是空桶，只有两杯水。重又放下去，在反复的练习中就忘了害怕了。往下看个清楚是不可能的，要让桶子进水全凭感觉和技巧的发挥，而我，最缺乏这种技巧。所以忙活了好久，别人都等得不耐烦了，最终拉上来小半桶水。

后来就没再打过井水了，但我仍然喜欢看那些小姑娘站在井口打水。她的手腕轻轻地那么一抖，水就进了桶子。多么神奇，就好像地球深处的那水是属于她的一样。而且这些姑娘，一点都不胆怯，还在井口打打闹闹的。

在我的想象中，那些打井的工人应该都是些勇士。那种工作可能随时有灭顶之灾吧，万一地下水突涌呢？万一发生坍塌呢？在那么深的处所工作出了意外，获救的希望大约很微小吧？我并不清楚打井的程序，只是一味胡思乱想。不知为什么，尽管想到绝望的事情，尽管深井中那幽幽闪亮的东西让我害怕，我仍然愿意去设想，我也对桶子掉下后发出的回声着迷。为了测试，我还向那井里扔过小油石呢。

　　童年和青少年时代是难以捉摸的，也许由于某种莫名的关注，你的思维和记忆里会出现那种像井一样的、很深的通道？

03. 古松

那坡上有三株高拔的古松，坡也很高，我将全身贴在树干的巨型鳞片上，仰起头看上面。松枝间有月亮、乱云和青天。我不能久看，因为感到了眩晕——实在是太高了。我的脚下是山泉在咆哮，那是雨后。啊，我沉浸在灭顶之灾的恐惧之中。我下来了，我离开它们，一走一回头，从另外的角度去感受它们的高度。我释然，那并不是世界的末日，树冠上面不是还有两个鸟巢吗？可是贴着树干往上看，那是另外一回事了。只有在那一点上，真相才会显露。我的小伙伴们在远处追跑，大人们在厨房里烧柴草做饭——我们的晚饭吃得真晚。没有人注意到我的困境。那一刻定格成了永恒，无论过去多少年也历历在目。

后来，我每天上学仍然要经过那三棵巨松，我将它们的形状和风度记得清清楚楚，可是我不再站在树干那里朝上看了。这些松树有一百岁了吗？那上面的情况究竟怎么样呢？有时候，我又觉得它们并不是生活在高空，而是地底。因为大雨使护坡塌方时，我见到过一部分树根。就仅仅展露的这一个角落而言，情况也是吓人的。尽管超出想象，同黑暗大地的纠缠仍然让人心中踏实。只有高空的自由才是最可怕的啊。那上面是什么样的鸟儿？

有些事懵懵懂懂地经历了，并没有刻意去关注，可就再也忘不了了。启蒙的确是有些神秘，那么，是谁在对我进行启蒙？那时我觉得外婆应该是深通这类奥秘的，但她也并不曾刻意对我进行过启蒙。她只是行动，在半明半暗中同大自然浑然一体。至于启蒙，那是冥冥之中的另一股更强大的力量在做，一定有那样一股力量存在。

有一晚，没有月，也看不到天，我鼓起勇气又去了那里。阴惨的微光从树枝间透下来，四周那么黑。在我脚下，山泉没有咆哮，而是潺潺地流着。我的弟弟们走到前面去了，我听到他们的只言片语，他们离得那么远，恍若隔世。我用手抚摸着那一个一个的巨型鳞片，我闻到了什么？对了，阳光，真温暖。它们在白天吸收了那么多的阳光，它们在阳光下发出惬意的"喳喳"的声音。我又用耳朵贴上去，我没有听到任何声音，我只是相信那里头有声音。起风了，黑风。我想，此刻，年轮是在生长还是静止不动？忽然，树身明显地抖动了一下，是那只鸟在巢里跳动。一只小鸟居然可以使得这庞然大物发抖！看来我是没法理解那高处的生活了。

我行程万里，走过苍茫的岁月，古松仍在原地。我记得那个坡。坡边垒起的大石块，和坡下轰响着的山泉。熟人告诉我说，那三株大树的格局仍然没有改变。当然，当然，如果改变，那不就像是要改变一个梦一样？你只能重做一个梦，在你的新梦里，古松成了背景，那背景不断变形，但格局始终不变。后来我学会了爬树，但我一次也没有妄想过我可以爬到那么高的处所，那类似于想象末日是怎么一回事。可是我也有了地下的根了，那并非由于蓄意。它们的生长是不受我控制的，既是对我的报复，也是给予我的馈赠。那些无形的盘根错节的一大堆，多少年里头伴随着我远走他乡。

因为对于松的念念不忘，后来我发明了一种"长寿鸟"。那种鸟是通体绿色的，有长长的尾翼，属候鸟，来无影，去无踪。通常，当某个人不知不觉地进入那种永恒境界时，它就悄悄地出现了。它落在亭子的栏杆上、草地上或矮树上。我的"长寿鸟"，大约是松树的变体吧，它在我的小说中尽显风流。

04. 小巷

　　我每天都要经过那条朴实亲切的小巷，它对我来说意味无穷。走在大马路上，往右一拐就进到了巷子里。开始是一段麻石路，我兴致盎然地数麻石条："一、二、三、四……"路两旁的木板房极为低矮，而且没有窗户，我从没有见到那些木门打开过。走过麻石路，就来到了水泥路，路面有些破损，这些破损正好加强了我的记忆。那一溜高高的梧桐树，在夏天里招来风，也给我带来阴凉。我一到梧桐树下就感到路人的脸都变绿了，真好看！梧桐树下有两条细细的岔道，一左一右，各自拐了一个小弯，伸向一户庭院人家——庭院里是破旧的、写满了历史的公寓。走完水泥路，就到我的学校了。

　　一年以后的一天早上，我走在我的小巷里，我在数地下的麻石条。在一个地方，麻石缺了两条。多么奇怪，为什么？我右边矮屋的门打开了，一个极为矮小的女人坐在门口看一张皱巴巴的旧报纸。我纳闷：左边缺了两条麻石，右边的门就打开了，这当中有什么联系？第二天，我走到那个地方，发现了新的岔道，它同我行走的这条道一样宽，并且小道的两旁也有木板屋。我使劲回忆，终于记起岔道口的位置原来是一堵墙。这就是说，这条岔道原来就存在，墙将它变成了死巷。再往右边看，发现那女人也在注视岔道那边的房屋。

　　一个星期后，发现了另一条铺着油石的岔道，试着走进它，不无担忧地注视着巷子两边的高墙，哈，居然也能到达学校！这条新巷子太奇怪了，两边的墙那么高，将巷子遮得极为阴暗。墙的那边是什么呢？再次走进它时，便遭到了雨淋。而出了巷子，又发现天空万里无云，不知雨是哪里来的。遇到同学，她说也有一回这样的经历。

　　读完两年书，岔道变为八条了，原来的那条直巷也变得弯弯曲曲起来，不再像当初那样一眼就可以看得很远。难道是在修岔道的过程中将它改了道？然而那些房屋的位置又并没改变。这事有些不好理解。我的小巷叫"金鱼巷"，也许它是可以不断变形的水路吧。一路走过去，很多房子的门都开了，老太太们坐在梧桐树荫下面纳鞋底，那些房子里头黑洞洞的，我看不清房内的布置。先前这里头真的住了人吗？

　　我很多年没有回家乡，后来，终于回去了。伊叔对我说金鱼巷还在，隐藏在一大群高楼里头，要找的话也不难，从后面这个仓库那里拐过去，就会看见麻石街……我很高兴，向伊叔告辞走出他家。

　　我很快看见了仓库，便绕过仓库，来到了那条麻石路上。啊，金鱼街，外面车水马龙，这里却是寂静的，一个人也没有。木板房还在，都关着门，看来里头早就不住人了。我走了三十米远，就看见了两条岔道，再往前走，岔道更多。我一边数那些麻石一边想，前面应该是水泥路和梧桐树。我抬起头，看见麻石路斜着岔开了，眼前是两条一模一样的水泥小路，路面还像从前那样很旧，两条路的路边都有梧桐树和矮房子。我选择哪一条？我打算将两条路都走一下，就先往右边那条走去。

我走了二十来米的样子，道路又斜着岔开了。这一次，是两条一模一样的油石小路，路旁没有房屋，砌着两道高墙。我选了左边那条巷子走去，我忐忑不安地想，会不会下雨呢？接下去雨倒是没下，只是小巷前方又岔开了。这回是三条土路，都是非常狭窄的巷子，巷子的两旁拥挤着破烂的矮屋，那些矮屋里头都传出人声。我有点害怕，我觉得自己迷路了，就想倒回去。我一转身，自己又站在岔口上，眼前有三条式样不同的小巷向远方延伸。我不再犹疑，任意选了一条就往前走，管它通往哪里，反正是走出去吧。于是很快地走，见到岔道便乱选一条。走啊走的，虽然有些焦虑，但也似乎有了些把握。就这样一不做二不休地走下去，小巷里的风景也顾不上欣赏了。不知道道路分了多少岔，我又选择了多少次。忽然，我站在车水马龙的大街上了。伊叔叔说："你玩得痛快吗？"

我看着他笑盈盈的脸，含糊地应了一声。后来我又想起来问他："我怎么没看到那个仓库啊？"

他深思了一会儿，说："那是城里人的说法，我也知道并没有什么仓库。"

05. 轮渡

　　坐轮渡船在我的记忆中占有极为重要的位置。多少年过去了，那些雾蒙蒙的江边的早晨，浸在江水中的矮木桥，熙熙攘攘往河边走去的人群，特殊的水汽等等，依然令我魂牵梦萦。

　　最早坐轮渡船的记忆大概是我五岁那年。父亲发配到河西劳教，我们全家从河东城区搬往河西的郊区。我和两个弟弟（三岁、四岁）走在没有护栏的木桥上，我们都抓着外婆的那件袍子的后襟。湍急的水流在桥墩那里冲击着，真是惊险啊。在陌生的人流中，我们三个谁也不敢顽皮了，都郑重而紧张地赶路。终于钻进了那条大船，汽笛一叫，我们起航了。我们不敢趴到船边上去观景，因为大人不准，我们就站在舱中体验船在水中的摇摇晃晃。那是依稀的记忆，但令人永生难以忘怀。那次大迁移表面上凄凄惨惨，如果从命运的深层次去看，却是一次让我们终身受益、对我们性格形成起了决定性作用的迁移。不迟不早，正好在那个混沌初开的年龄来到了大山脚下。我们对自身所处的这个世界充满了好奇，频繁地与之交流。那雾中的轮渡，那充满启示的汽笛，带给我们的竟是难以言说的双重体验——乐园和人间地狱并存；美丽的大自然和处处隐藏的阴谋并存；关爱和冷漠并存……那是祸，也是福。我看不破无常的命运，唯有那中转之地沉在记忆的底层永不消退。就是从那个时候起，"搭轮渡，过河"成了我们生活中的日常用语。

后来"文革"来了，我在河东与河西之间频繁奔波，搭轮渡船成了家常便饭，有时竟一天来回两次。轮渡票好像是八分钱。快，快！要吹哨子了！好，又赶上了这一班船，好险啊。我已经敢于在那木头桥上飞奔了。

父亲在那边有事，所以我又要过河了。我是父亲的耳目和信使，那种生活既有恐惧笼罩的时候，也有松了一口气的美好时光。还有的时候，一股豪气会从我的心底生出，我会想象自己保护着父亲免遭毒手。那是十四五岁的黄金年龄，我的情商就在对父亲的牵挂中迅猛地发展起来。而轮渡，寄托着我饱满的激情和忧思。那一声意义含糊不清的"嘟——"，总是让善感的少年的心进入某种永恒的遐想。当然，也许我什么都没有想，只不过恍若置身于另一个空间。江水的腥味弥漫着，那一线小山呈现出古老陈旧的味道，舱里的菜农抽着呛人的旱烟。在过渡地，一切事物里面都藏着很深的谜，我不知道它们是什么，但我能隐隐地感到某种异样的作用力。于是有种想哭的冲动，不是为悲伤而哭，是为感动和渴望。当然，我就连这也不知道。只是忽然，就会掉泪。

整个儿童时代和青年时代里头，我同轮渡结下了不解之缘。我总是往返于两岸之间。一踏上那水中的矮木桥，河风里夹带的腥味就会唤醒我内部某种难以言说的记忆。我里面有东西要出来，但是它们还出不来，它们在这个人生的中转站对我窃窃私语，在浓烈的旱烟味道里面，它们比以往任何时候都要活跃。我总是一个人，似乎从来没在船上遇见过熟人。我在船边的护栏上用手支着下巴，迷惘地凝视着江水。多数时候，我什么都没有想，那也许只是一种静待的姿态吧。下一步会发生什么呢？那是由我里面的东西决定的吧。一切"事件"都只不过是事件，在我所不知道的那个地方的记忆才是一切。

　　轮渡是一种隐匿的转折，是开拓未来的准备。

06. 火车

刚搬到城里不久，我迷上了火车。我家对面有一个很大的煤站，各式各样的货车从密密麻麻的轨道上经过，还有绿色的客车偶尔也从那里经过。有雾的清晨，我沿着铁轨旁湿漉漉的草地前行。一会儿火车就来了，先是隐隐的隆隆声，我莫名地兴奋不已，接下去响声越来越清晰，但雾中还是看不见车身。随着汽笛的鸣叫，车头出现了，浓浓的白烟同雾混在一起，车身以排山倒海之势冲压过来。有时是油罐车，有时是煤车，有时则是装运着大型机器的平板车厢。我总是不厌其烦地数，看看一共有多少节车厢。看得多了之后，情绪就不再兴奋，而是浓浓的惆怅。尤其是雾天或雨天里的汽笛声，令我恍然置身于另外的空间和时间，小身体竟会不由自主地颤抖起来。

这强大的动力机械的冲压，这雾中显得莫测的前途，既令我恐惧又强烈地吸引着我。时常，它劈开空气扬起的那股强风使得我的头发像小鞭子一样打在脸上。这到底意味着什么呢？

秋天里，我第一次近距离地看到了客车。由于临时停车，那长长的绿蛇卧在了煤站里。在黄昏的朦胧中，我看到车窗一扇接一扇地全打开了，有少女和小男孩从窗口探出头来，吃惊地打量眼前的煤山，叽叽喳喳地说着不大听得懂的方言。车厢里头，有些人拿着铝制的食盒子走来走去。他们要吃饭了吗？在这个封闭的绿匣子里头，人们是如何生活的呢？这种事，任凭我如何努力设想也想不出来。一会儿车厢里头就亮起了灯，小孩们都缩进车内，他们要开始就餐了。我也要回家了。我走几步又回头看一看，在黑黑的煤山之间，那一条亮着灯的狭长空间里头的生活，对于从未离开过小城的我来说，是多么的难以理解啊。一直到我走到煤站的大门那里，客车才缓缓开动了。窗子一扇接一扇地关上，也许是起风了，他们担心煤灰吹进车厢内。我还站在那里看，隔着玻璃，那些模模糊糊的晃动的人影更加显得不真实了。他们像是宇宙人一样。又有一个男孩将窗子打开了，他大声喊了一句什么，声音回荡在煤山之间。然后列车就从昏沉的空间里消失了。发生的一切对于我来说很像一个神话，幻觉的味道也很浓。然而我是真的见过载人的客车了。我隐隐约约地感到不安。

后来，只要是待在车站，看到火车或长途汽车，都会勾起我类似的遐想。在那种时候，我会短暂地丧失现实感，沉浸在某种陌生而惶惑的自由感之中。

四十岁左右，我有机会满世界乱飞了。可是我从来不特意去看什么名胜和景致，我喜欢的只是旅行带给我的那种"异地"

的虚幻感，那是可以久久回味的宝藏。在我看来，要旅行最好出国，到哪个国家都差别不大，只要是陌生的语言和景致就可以了。那种既无助，又微微紧张的感觉有益于心灵的超拔。在一个你发生不了社会关系的环境里，人会自然而然地产生一些反思或冥想，灵感也会萌动。这种情况非常类似于阅读实验小说或西方经典——要拉开距离才会进入作者的语境，否则便只能在外围徘徊。

07. 隐没的梦乡

　　小时候，我住在城市的心脏里面。那个时候的城市被我了解得清清楚楚。

　　我们的家位于一条次干道旁，离主干道不是太远，半小时就可以走到。主干道从河边延伸到火车站，大约一个小时就可以走完。那条柏油路不是特别宽，但那个时候在我们的眼里还是很宽的。几条次干道同主干道交会的地方就被称为广场。广场的中心有一个小花园，我帮人推板车赚零花钱，推累了就到那里面去休息一下，躺在野草里头倾听车轮滚动的声音。我住的这条街上有一家报社，一个铁路货栈，一家电台，一个卫生防疫站，城市的邮电总局位于街口。除了这些单位以外，街边连接起来的房屋大都是住着城市贫民，家境不宽裕的那种。那个时候，特权阶层应该是住在大院里头，而不是街道上。我们并不同这些贫民打交道，只是由于日复一日地经过他们门前，便有了亲切感。

　　沿街排列的贫民木板房里头有两个理发店，两个小人书铺，一个废品站，一个烧饼店，两家南货食杂店，一家槟榔店，一家百货商店，一家煤店。而我们宿舍对面，马路的那一边，是一个巨大的露天煤栈，人力板车、吊车、卡车，还有火车在那里来来往往的。我最喜欢待的地方是小人书铺、废品站、烧饼店和食杂店，原因很简单，因为精神和肉体两方面的饥渴。不论有没有零钱我都去小人书铺，有钱就看书，没钱就看贴在窗玻璃上的彩色封面。我久久地站在烧饼店和食杂店的橱窗外面饱眼福。至于废品站，我光顾它是为了用捡来的废品卖几个钱。

　　我最喜欢的是夜游，尤其是夏天和秋天的夜晚。通常有一个目的——买文具。我顺着次干道往前走，除了路灯和贫民家里的小电灯，到处都是黑黑的。不久就看见光圈了，是夜里营业的南食店，透过玻璃窗还可以看到里头的油炸花生米和蜜枣呢。过了南食店就是邮电总局，那一段路很亮，因为办公楼里头有日光灯，工人们在上夜班。抬头望天，天总是好看的，有很多星星。往右走一段，就是最大的百货大楼了，里面什么都有卖。不知为什么，留在记忆深处的并不是百货大楼的辉煌，而是出发时我家所在的那条街上的昏暗。对，就是昏暗，昏暗里有几个人影在活动，那种目的不明的活动。我从来没有特意去观察过，也许就因为没有特意观察，那种暧昧的景象才深入到了我的记忆里头？在我的出游的梦里，那是我常用的背景，总是那一段黑路，总是那个人影晃动的南食店。即使梦里的"我"已成了中年人，背景还是丝毫未改。有好多回我在梦里看到潜藏的黑影，我奔跑起来，那些木板房的门都关得紧紧的。

后来，城市开始生长了。主干道和次干道都在不断地延长、分岔，原来的城市隐没在一大片喧闹嘈杂之中，终于再也找不到了。在发展了的城市里，我开始为生计奔波。拓宽了好多倍的马路上总是车水马龙，商店里永远是人来人往，扩大了的广场中央不再有花园，那里竖起的是广告牌。

慢慢地，我的工作可以坐在家中来做了，从此我便极少出门。每隔一段时光，我就听到别人带来消息：城市又在某个方向向外延伸。我感到自己成了老蜘蛛，我不再记得自己的那张网的疆界。

有一次，仅仅一次，我出门去夜游。城市从高处向我压过来，一瞬间，我的近视眼就像失明了一样。于一片黑暗中我几乎找不到归家的路。原来，这些年里头城市已经变成了潜伏在高空的怪兽。这些怪兽是如何做到不要立足之地的呢？我奔回家之后好久才恢复了视觉。

现在的家在鳞次栉比的高楼当中的一个空当里，我住的是五层楼的楼房。屋后有三株老杨树，是很久以前留下的遗民。它们看上去早已面目全非，生命就要走到尽头。然而春天里，那些扎得很深的根忽然露出了地面，从根子上长出了一些小树苗。已经枯顶的老遗民是多么的不甘心啊。我们一家人赶快为这些树根培土、施肥。树苗迅速地蹿高，不久就有两层楼高了。我站在年轻的树下，想起那些深而又深的老根，那种弯弯曲曲、缠缠绕绕的路径。原来的老城大概已迁移到了那种地方吧，只是老城里的那种夜游仍然是焦虑的，焦虑而好奇。

08. 百货店

　　我们这条街上有一家百货店，那是国营的店子，里面收拾得干干净净，开着日光灯，四五位营业员坐在里头等顾客上门。货物都是日常用品——床上垫的、盖的，桌上摆的，厨房里做饭用的，平时穿的戴的，出门要拿的，等等。还有学生们的文具用品，娱乐用品，等等。我每天都经过这家商店，日子一长，就渐渐地发现了它对我的诱惑。

　　开始我只是漫无目的地在里头东看西看，我的目光扫过舒适的布鞋啦，美丽的印花布啦，一摞一摞的作业本啦，橡皮篮球啦，远征用的铝制水壶啦，舒适的棉手套啦，红红绿绿的头花啦，等等。个别的时候，我也会买一支铅笔，一个作业本，或一条花手绢之类，对于其他的，就再次顺便看一下。后来我发觉，即使不买东西，我也爱在店子里头流连。各种货物都在那些格子里和宝笼柜里向我发出若有若无的信息，我于恍惚中感到它们有可能以某种方式同我发生某种神秘的关系，只不过时间未到而已。

最为吸引我的是那些可爱的乒乓球了，我熟悉那里头的每一种牌子。我使用的那些牌子的小球都是很差的便宜货，两三个小时就打坏了的那种。然而这里却有"红双喜"牌的球拍和球！价钱对于我来说是一个天文数字。盒子里一共二十个球，在日光灯的照耀下显得那么精致，有弹性。我用目光逐一地触摸每一个小球，仿佛听到了它们在球台上发出的声音。每次我都这样遐想一阵，然后若有所思地出门。

物体同我的关系究竟是如何产生的呢？店子里不开日光灯的时候，便很幽暗，柜台后面那几位营业员的脸全都看不清楚，像是一些影子。我在朦胧的微光中分辨着那些发出反光的小镜子哪，精巧的瓷器哪，灯泡哪，等等；至于那些衣裤、袜子还有被单枕头之类，就隐没在阴影之中了。我转了一圈，出店门时一回头，竟看见柜台后面那几个营业员全都站起来了。我慌张地跑出去，怎么回事?

又来了新牌子的乒乓球，还有小汽车形状的铅笔刀。我在宝笼前看了又看，用目光测量刀锋的锐利程度，也测量乒乓球壳的韧性。她们知道我是每隔一两天就来的那个小孩，所以她们都不注意我。啊，那双布鞋，每年春天，我都盼望家里给我买那样的布鞋，黑的鞋面，白的边。当然我的期望无一例外地落空了。

我出远门了，我将百货店抛在身后，很快忘记了。

然而到了下一次，只要看到那张天蓝色的、写着"桂花百货"

的匾，听到里头的说话声，我就会产生隐隐的渴求。那是平和心境中的渴求，却也持久、顽固；模糊的渴求，却又无法摆脱。柜台后面的那几个面目模糊的营业员，也许早就同我有过某种暧昧的交流了，只是我没有意识到而已。

那百货店开在我童年的街上，我是逐渐发现它对我的诱惑的。记忆仿佛是淡淡的，毫不张扬的，却又同永恒有某种联系。红的气球，白的毛巾，油绿的、上面有一排青蛙的铁壳文具盒，玉色的大肚保温瓶，烟灰色的造型优雅的笔筒，纸张高档的笔记本……多么好！多么好！我愿自己老是沉浸在那种有点古怪的氛围里。

09. 行走

　　从前，在我们的灰黄色的天空之下，土壤如此贫瘠，花草呈现短短的生机之后，立刻就枯萎了。哪怕是十三四岁的我们，大概都有过那种体验，那就是，一股吞没一切的无聊和空虚从骨髓里向整个身躯蔓延，人在屋里坐立不安，感到生活没有意义，茫然。是的，我经历过很多次那种时刻。我体内潜伏的魔鬼却从未停止过抗争。抗争促使我走出房子，来到大地之上。我记得，我在烈日下行走，我并不注重于欣赏风景，也不知道风景可以陶冶性情，我就是单纯地行走。在行走中，稀薄的精神开始慢慢地聚拢了。也许那是大自然在暗中同我进行更深层次的交流？在肢体的运动中，书中一些最美的片断开始在脑海里再现，连对话的声音都清晰可辨。有种美丽的东西在我里面，她，在那里，我将阳光吸进胸膛的时候就感觉到了她的存在。她是我吗？她很像我——一个情绪热烈的女孩。她使我那飘忽不定的目光聚焦，也许连我的眼珠的颜色都变深了吧？在远方的堤岸上，有个声音在呼唤，我在心里说："书包上面可以绣一朵白牡丹。"那人坐在水边的石头上沉思，我要走整整十几年才会走到他的跟前。

也有的时候，行走发生在城市里，就像小贩在走街串巷。中午过后，城里不热闹，还有点寂寞。理发店里，老板娘坐在门口扯那根"土电扇"的绳子，那是一块厚绒毯，悠悠地荡过来荡过去。老板则一边替顾客挖耳朵一边同他聊天。我放慢脚步，将里面的情形看得清清楚楚，然后走过去了。接着就是卖零食的私人小店，红红绿绿的水里泡着酸刀豆、菠萝、桃子，还有姜，我对每一个玻璃罐都已经那么熟悉，即使只看一眼也能设想出哪个罐里的东西最好吃。在这里，如果里头没人，我就可以稍稍停留一会儿，打量那些刺激食欲的美食。啊，又增加了水灵灵的橘子！仔细地看完橘子就往前走了。来到街口的南食店，看见玻璃罐里头摆出了新炸出来的"小花片"，那么薄，那么脆！南食店是可以进去逛一逛的，不会有人来问你。柜台后面阴凉的角落里肥胖的女职员在打瞌睡，一个小姑娘在看报。这几个神秘人物的面目我从未看清过，但每次进到店内，沁人心脾的阴凉就从我脚底向上升腾，多么好！多么宜人！从南食店出来，就经过小人书铺了，午休时没人看书，连店主也进去了。我凑近去，仔细琢磨每本书的彩色封面和书的厚度，预测着它们可能给人带来的快乐的程度。有五六本彩色图书摆成一摞放在架子顶上，那些我从未看过，是新书，看一本要三分钱。那里头会是什么样的世界？我很想揣测一下，可又没有线索。

这两类行走充满了我的少女时代。郊区的天空和阳光令我的精神内敛、浓缩，那是少女的天堂，经过梳理与澄清的生活的意志更为强烈；而作为"他"的城市似乎是我的感官和思索能力的延续。我并不真正进入他，但我的确在他里面，他的神秘就是我自己的神秘。我反复地感知他，玩味他，想象他，不断地将他既当作探索的对象，也当作存在的依据。

由童年和少年的行走经历，我产生出这样的看法：独自的行走有利于内部精神的成形，可以促使个性变得坚强和独立。人的世界不应全部为日常生活所占据，总要留下一块生长灵魂的净土，而无目的的、单纯的行走，其实是为了这个高级的目的。何况旅途中的风景永远是那么诱人，既激发人向上，也在潜意识里丰富了人的储藏。我现在仍然常做行走的梦，不断返回我儿时在梦里遇到过的那些地方。我想，那正是通往心灵的天堂之路。

10. 在城市的深处

民族的大苦难接近尾声，我也随家庭从山脚下搬进了城里。在山里身体是多么的饥饿，灵魂又是多么的富足。我就是在山里学会倾听自然王国的呼吸的，那种倾听后来伴随了我的一生。然而关于城市，除了幼儿时代的点滴记忆，我已经基本上没有印象了。

刚到城里时，我和弟弟们就如被迁徙的小动物一样，起先不敢动，然后一点一点地从窝边开始探索了。我们的家就在大马路边的一个院子里，紧挨我们的小院子住着那些贫民。贫民的房子一家挨着一家，惊人的简陋，有的只不过是木板和碎砖搭起来的小屋。至于我们这个院子，房屋的质量和院内的环境当然好多了，但不久我们就得知，住在院里头的全是"有问题"的人，不过这类事并不能从根本上影响我对城市内部的探索。

从马路上进入我们的院子要经过一条窄道，那条道可真是窄，只能容两人擦身而过，而且既不是水泥小道也不是柏油的，只是泥灰和碎砖，坑坑洼洼。这样一条十米长的小道两边，住了五户人家。每天出入那条窄道，自然就观察起那几间破败的小屋来了。在我的印象中，那些东倒西歪的房子里，一般除了一张饭桌一个碗柜，别的家具都没有。可是，这样的危房居然还有楼。楼梯都在阴暗的室内的后部，若隐若现的，小孩子在那里跳上跳下，使得我们羡慕不已！夜晚从那几套房子旁边走过，便看见楼上晃动的灯火。啊，他们一定点了煤油灯在那里玩耍！多么有意思的住所！

那些人家的父母，有的拉板车，有的在外做零工。黄昏的时候，小屋里散发出暴烈的炒辣椒的气味，大人孩子在围着小方桌吃饭。我老是想，楼上一定有几张床，一些小箱子，大概一伸手就可以抓到屋顶的瓦。有一间房的阁楼上有一个窗洞，几个小孩常在那个洞边观望。他们在高处，可以看到什么样的屋顶的景观？那几家的小孩衣衫褴褛，用有戒心的眼光盯着路过的我们。

我在那地方住了好些年，那一段十米长的小道旁的贫民窟对于我来说，是城市心脏里的隐秘场所，我一直没有参透过它们内部的真实结构。后来有一间房要倒了，那一家就用一根圆木撑住墙对房子进行加固。这样，我们走进那条窄道时就得低头，免得碰到那斜撑着的圆木。

我的活动范围渐渐扩大，我又看到了很多类似的贫民的房子。房子一般都很黑很破，但是都有阁楼。从麻石街上走过，朝那些房子里面窥望，有时能看到阴沉的楼梯，那楼梯总是令我想入非非。我没有住过房里有楼梯的屋子，只能一遍又一遍地偷看。

机会终于来了，一个女同学带我上了她家的阁楼，正是从那种摇摇晃晃的楼梯上去的，她家的阁楼房并不住人，只不过是堆着一些废品。我俩站在那里，外面下雨了，雨打在头顶的瓦片上，屋里那么黑，我连她的脸都看不清了。"好玩吗？"她问。"唔。"我含糊地回答。下楼时我小心翼翼，用脚探了又探，生怕一脚踏空了。

我离开这个同学家后，贫民的房子又恢复了它们的魅力。我还在冥想中演绎过一场阁楼上的男女之爱呢，女主角就是我的同学，男主角是她暗恋的小伙子。

再次进到贫民房子的内部是一个很偶然的事件。有天夜里，我在玩捉迷藏时爬上了公共大厨房的夹墙。墙为什么是夹心的，我不知道。我骑在那堵墙上，又兴奋又害怕，因为厨房里的灯全部黑掉了。忽然，高墙的下面有人在小声说话，我还听到人吃东西的声音。细细一听，原来是住在外面的贫民。我骑的这堵墙是我们和他们的共墙。他们在吃饭，也许他们点着灯火，我却看不见任何亮光。我想，我已经在他们家里了吗？我应该是处在他们阁楼的位置上，可是阁楼在哪里？我伸了伸脖子，闻到了外面柏油马路特有的气味。后来我们厨房里的灯就亮了，我再侧耳细听，什么声音都没有。

白天里我到墙外去查看，我看见那墙并不是共墙，只不过墙上有个小缺口罢了。

11. 异地

城里虽然不如山里那么好玩，新奇的事还是间或有的。我一点一点地熟悉这座城，我想将那些从未去过的角落通通探索一下。我不敢单独去一个陌生地方（家里知道了也要骂），一般第一次总是有个人带着我去，这个人或是同学，或是玩伴。在家里静下来的时候，我的思绪就会在那些不太熟悉的地方游荡。

我到过桥下的贫民区了，那个低洼地带房屋鳞次栉比，人们可以听到火车从头顶上驶过。我真想住在那里，哪怕两三天也好。菜场尽头有一条极窄的小巷，我也进去过了。那是一条死巷，巷子里居然有两家理发店。两边的高墙使得巷子里常年不见阳光，夏天倒是避暑的好去处。我每次都走到底，碰壁了再转身出来。巷子里的那些人家十分友善，从不询问陌生人。理发店门口坐着男孩子，懒洋洋地扯那架土风扇的绳子。我看到了他脸上的渴望，他愤愤地瞪我一眼。

啊，我想要去一个异地，一个我知道它在城市的方位，但又从未亲临过的陌生处所。我坐在小凳上思考这事。它是在东边还是在西边？它是在商业区还是在荒凉的、作为城市的大仓库的北郊？还是在铁轨旁边的小树林那边？我已经知道我所居住的小城并不是无边的，我去过它的边缘，也问过好些人了。但我感到，我无法穷尽这座城的秘密。单说北郊那些巨大的仓库，当我从小马路上穿过它们投下的阴影时，就会感到自己彻底的无知。那些大房子里面装着粮食、布匹、油、日用品之类，我无法看到里面，只是听到守卫的人说："咳，今年陈货不少。"

机会终于来了，我的一个住在西郊的同学约了我去她家。那天下午不上课，我吃了饭就跑出去了。我还从来没去过西郊啊，我心潮澎湃！天气不好，像要下雨的样子，我带了一把伞。我和她走了又走，西郊怎么这么远啊？她说，以前都是她爸爸用三轮车接她回家呢。这个同学寄住在学校的工友家中。房屋渐渐地稀少起来，我觉得自己已经离开了城市，我们走在郊区的黄泥路上，路边隔很远才有一家小商店，墙上写着"××合作社"的那种。突然奇迹发生了，我和她站在了一个很宽广的场子里，场子边上放满了铁笼子，笼子上了锁，里头是各式各样的毒蛇和无毒蛇。

"它们的皮都要送到外贸公司去制作胡琴。"同学说，"我的家就在那边。"

广场那边灰蒙蒙的，我看了好几遍，还是没看到她说的"家"在哪里。她说不用看了，走一走就到了。那个阴沉沉的下午，我就跟着我的同学在笼子之间穿过来穿过去的。那些蛇都发出威胁的叫声，但她一点都不怕。最后，我们穿过了广场，来到光秃秃的荒地里，我看到了矮矮的土砖屋。房门开着，屋里竟然没有窗户。我隐隐约约看见一个人在里面的灶台上忙碌。同学要我休息，可是屋里没有凳子，我们只能站在黑暗中。同学又说，灶台边的女人是她妈妈，妈妈正在安置那些客人。我问谁是客人，同学说是溜进来的蛇，妈妈正将蛇放进热锅里呢。要知道这个时候，灶膛里面虽不烧火，但还是热的，而铁锅就架在灶上，至少可以让五条蛇睡在锅里。她的话还没说完我就已经跑出去了。

我想不起我是如何跑回家的。中间下雨了，我的小伞遮不住身体，全身都湿透了。快到家时雨停了，我看见了月亮，却原来已经是夜里了。邻居们在街边乘凉，他们这里好像根本就没下过雨。老头摇着蒲扇大声说：

"把那些角角落落里都搜一搜嘛！"

我的父母穿得整整齐齐地走出来，他们晚上要出门。

第十四章

我 和 自 然

01. 风景

我几乎从不去风景区看风景。"看"对于我来说作用很小很小。然而，我的童年却是在风景优美的地方度过的。

人，只要不是时时刻刻处在濒临饿死的地步，美丽的风景对于他们的心智总有一种潜移默化的作用吧。虽然我不知道具体到底起了些什么作用。那一排傍山的宿舍房子，如今看起来是简陋不堪的，可在我四至七岁这段时间，那里是真正的人间天堂。那时民风淳朴，即使是小女孩也可以一天到晚在附近的山里钻来钻去，并不会有危险。

我总想抓小动物来养。我养过虾子、山螃蟹、螳螂、蜜蜂、蟋蟀、小麻雀、蝙蝠、金龟子、天牛等等。当然每一次都以失败告终，但我还是乐此不疲。也许那是想同小动物沟通？因为年幼，不懂得它们的需要，只有良好的愿望，结果是导致了它们的灾难。螃蟹抓来放在旧脸盆里头养，如果两三天还没死就幻想它们会长大；金龟子抓来用线系着它们的颈部，弄树汁给它们吃；被我饲养的幼雀居然可以像小鸡一样啄米吃，活了十几天却被家里人扔了。山对于我来说，便意味着虾子、螃蟹、麻雀、金龟子等等，几乎每一次出去都会有收获。沟通总是归于失败也阻止不了我继续尝试。只要听见哪里有小动物，便两眼放光，跟了那人走。那些树上，那些水沟、水塘里，那些坟头，到处都有我的足印。每年夏天，被我害死的昆虫不计其数——养着养着就死了。它们不愿意和我做朋友，因为我的方法太蠢了，我囚禁它们，导致了它们的死亡。

山上有一些野坟，常有人看见"鬼火"。我也想看，可我又不敢在夜里外出。我大睁着眼往那黑黝黝的山的阴影里头看呀，看呀，什么都没看到。有时，的确有一点小光在某个处所闪烁，但那是守山的，绝对不是鬼火。鬼火是浮在空中游来游去的。因为我不善于，也不喜欢"看"风景，所以故乡在我记忆中就是那排宿舍房子，以及房子前面的桃树坡，房子后面坡下的泉水井。至于其他的那些风景，一概模模糊糊，分辨不清。然而我却不断地在梦中返回那个仙境一般的地方。在梦里，我记得每一条小小的山路、每一条溪水所在的位置，还有水中小动物藏身的地方。我在一个坟堆上掏呀掏呀，掏出了绿翅子的小鸟。当我梦醒，我就找不到那些地方了。我同大自然进行的或许是深层的沟通，我要理解她，而不是看一下她就走开。鬼火到底有没有呢？很长时间，我一直在想这件事。

住在山下，门口有泉水，有各种昆虫、鸟类和小动物，有大树遮阳，这是我和我弟弟两人几十年来的梦。可是由于我们各自的身体状况，必须住在有电器设备的房子里，看来这个梦实现不了了。如今住那种地方的要么是富人，要么是穷人。我们的梦的原型却是儿时的那栋宿舍房子。如果真有机会重返大自然，我们当然会买些书来研究动物和植物，让它们成为我们的真正的朋友。哪里有让我这个风湿病患者可以居住的乡村平房呢？只有梦里有。我们寄居在城市，靠电器维持身体的健康，整天忙忙碌碌，活在自己的精神世界里。在那个世界的起源之处，人与动植物是没有做区分的，人同鸟、同树，都可以直接对话，说出各自的感受。

02. 自然和我

　　我们有触景生情、睹物思人的传统，然而这个传统在我身上呈现出另类的发挥。触景生情或睹物思人大概都有伤感的味道，我的性情里头则很少伤感，属于那种凡事过了就过去了，尽快忘个干净的类型，可说是没心没肺。可是我也触景生情，并且比一般人敏感得太多太多。

　　无论是天晴下雨、刮风下雪，还是温度的起伏、湿度的变化、气压的高低、云层的动向，我内部那难以名状的"情"无不随之波动。与传统相悖的是，我内部的"情"并不同具体的事物发生关系，它是我生来俱有的一种东西。我至今记得儿时那漫长的雨天或雪天，破屋顶下面那半明半暗之中的冥想；我也记得骄阳之下，在树汁和瓜果味道的刺激下产生的疯狂臆想。也许，我那浓密的幻想力无时无刻不在编织，我的织物是透明的，永无边际。同大自然的交媾直接影响到色彩的变化和线条的颤动。

在这种活动中，自然不再是外部的主宰，她成了心的巨大王国，交合也成了一种内部的行为，一种创造"美"的运动。

童年时的这种能力当然还不是真正的美，只是美的可能性。有那么多的可能性在提醒我：阳光！太阳雨！梅雨！河水的腥味！草儿的清香！温度上升！湿度下降！黄昏的火烧云！夜间的林涛声……每一种变化，动和静，浓和淡，都会激荡起我内部的情感。经常，莫名其妙地就感动了。早上醒来的第一件事往往是感受天气；漫长的假期里，只要一静下来就在感受天气；旅途中，无所事事中，亢奋的游戏活动中也在感受天气。由于这类无时不在的提醒，情不自禁地交合便慢慢成了一种本能——几乎大部分时候我都在感动。我在奋起，在低落，然后又再奋起，无休无止，并不需要外部的"事件"，只是由于某种执着。

大人们说我"多愁善感"，其实我并不多愁，只是善感。我也有愁，但一旦发愁的事过去，便抛之脑后。更多的时候我是奋发进取的，而南方多变的气候，大自然的刺激，成了使我内部那股东西成形的动力。

本地的居民说，多么酷烈的气候啊！多么瞬息万变！炎热催生密密的痱子和各种毒疮；雪天冻坏稚嫩的肢体末端；淫雨中各类霉菌疯长……尽管我幼小的身体为适应而充满了痛苦，但也许我内部的那个东西是欢迎这种变化和刺激的。不然清晨为什么会无缘无故地感到欢欣鼓舞？不然下午的雨声为什么会令我连连好梦？不然雪天为什么会成为在阅读中冥思的最好天气？不然为什么阳光会激起行动的欲望？

我很想看孔雀开屏，便一次次往动物园去，但我一次也没见到过。那几只灰头土脑的孔雀站在笼子里，冷漠地看着我们。那里是阴暗刻板的水泥地，孔雀是不会开屏的。孔雀，孔雀！绿的草地，蓝的天！那并不是触景生情，只是心花的怒放！我同孔雀空洞的目光对视，我觉得高傲的它是视而不见的，它不想开屏，水泥笼子隔断了关于自由的想象。

我本能地抵抗着表层的记忆，用忘却为自己开道，也许是因为往事不堪回首，也无法重现，一切的重现都显得那么矫饰，不可信。我什么都不是，只是一股力，我在大自然的镜像中成形，在展示中发展。

有风的夜晚，也许能闻到鲸鱼生殖的气味，虎啸从不远的山里传来……

03. 美丽的香菌

我的幼年时代得以生活在岳麓山下，实在是命运给予我的馈赠。山，不但培养了我们姊妹朴实、清新、自然的性格，还以自身的丰富催生了我们对于奇迹的渴望。

在那段民族灾祸的苦日子里，我和弟弟们常常整天跟外婆在山上找吃的，找烧的。清秀的岳麓山，早就被人们梳耙了一遍又一遍，但她仍然不断地产生奇迹，使得每次艰苦搜寻的我们能够小有收获。那是严重缺欠营养的时期，如果哪次上山能够找到一窝两窝香菌的话，将会使我们每个人两眼放光！奇迹就在我们面前出现过好多次。最常碰见的是牛肝菌，个大，奶黄色的伞骨十分美丽。可是这种菌特别柔嫩多汁，因而招虫子。当你满心欢喜地采到一枚巨大的，翻开一看，却已蛆虫滚滚，别提多恶心了。就是那些小小的，形状如包子的，也常长蛆。不过只要还没被蛆虫啃光，就可以拿回去吃。最让人放心的是一种被外婆叫作"凉山菌"的、棕色的菌子，菌伞是朴素的棕色，倒过来，里面的伞骨是悦目的月白，闻起来有浓浓的松树的清香，沁人心脾。这种菌子通体清爽，不招虫子。可以吃的菌子大概就只有这两种，捡的人太多，所以一定要努力去找。另外机遇也很重要，要刚刚下过雨又出太阳，最好抢在别人之前去搜索。那些小东西为了保护自己，将自己的颜色变得同那些枯叶和松针一模一样，必须扒开枯叶才能发现。一旦发现奇迹，我的心就在小小的胸膛里剧烈跳动！

尽管收获是那么的小，可是发现奇迹的快乐和幸福是不受收获大小的影响的。过了几年我搬进城里才知道，城里的孩子真可怜。我和弟弟都忘不了那一段刻骨铭心的快乐生活。当我们赤着脚在城里的柏油马路上无奈地漫步之际，我们不约而同地仰望西边的天空，那时多想返回到山里头去啊。我们觉得城里太无味了。又过了六七年，我才得以重新返回山里。

我返回山里是因为父亲住进了"牛棚"，我去照顾他。后来他从"牛棚"里出来了，但时刻有再被抓进去的危险，所以我必须守着他。我和父亲住单身宿舍时，我立刻想到了去采菌子来改善生活。我每天在山上找啊，找啊，找啊，每次都能带回一捧香菌。仁慈的山，从未让我失望过。这些散发出清香的小宝贝，悄悄地在枞树的针叶下面生长，简直不可思议。为了什么？什么也不为，就为了山的美。一枚大的，旁边一圈小的，像妈妈带着孩子；或孤孤单单的一枚，生长在阴湿的洼地边；或整齐漂亮的一对，像两姐妹；或以最最隐蔽的方式露面，根本不能将它们同落叶区分开来。我在三四座山之间穿来穿去，碰不到一个人。有时候，我能嗅到菌子生长的地方。我一拨开枯叶就看见了，那么静悄悄的山的处女花，简直都不忍去采摘。我始终记得山体的那种特别气味——生长香菌的气味。

我将香菌带回家，洗干净，同食堂买回的一点点肉片煮在一起。那时是用搪瓷碗放在一个很小的电炉上煮。一会儿小房间里就变得香气扑鼻了。父亲吃一口，闭着眼嚼半天，说："鲜啊，鲜……"一个多月里头，我们都在享受那种美味。

04. 授粉

到了南瓜开花的季节，父亲便忙碌起来了。他有一项重大的工作——授粉。我们菜地里的南瓜专门长叶，花开得不少，但大多是公花。父亲要我钻进去找母花。我每当发现一个花瓣下面有膨起物的那种花就会大叫起来，父亲就举着一朵公花过来了。"我们这里蜜蜂不够多，一定要搞人工授粉。"父亲弓着背，一边用公花的花蕊擦着母花的花蕊，一边很郑重地说，"这样就会结南瓜了。"

好久好久，我还蹲在那里抚摸着母花花瓣下略微膨起的那个部位。现在一点都看不出来那个部位会长成金黄色的、圆溜溜的南瓜，但父亲说得那么肯定，多么神奇啊。我站起身时有点困惑，两三只蜜蜂在我头上绕来绕去的。

我牢牢地记住了那几朵母花的位置，没事就去看。但南瓜的生长却是一个漫长的过程。最初几乎看不出来。后来，在我没有注意到的日子里，那几个花瓣下的膨起物渐渐变大了，花瓣当然早就干了，掉了。不久，拳头大的南瓜成形了。虽然那几个南瓜因为缺肥料长得一点都不好看，但在我的想象中，那的确是奇迹！授粉的事深深地印在我的记忆里，还有父亲的那句话："这样就会结南瓜了。"也许当时父亲只不过是根据经验这样念叨了一下，但在我幼小的心灵里，却有种创造奇迹似的激动。因为是"我们"让南瓜花结南瓜！是我找出了那几朵母花。我从满地黄星星一般的公花里头将它们一朵一朵挑出来的啊。它们没有全活，有两朵还是枯萎了，我很伤心。

我总是回到奇迹发生的过程中：一开始没有南瓜，只有花瓣和一点点膨起；后来忽然就有南瓜了。南瓜一定是先就躲在藤里头的，它们被我们召唤出来了。那几朵羞羞答答的母花，花瓣下面那几乎可以忽略不计的膨起，它们的样子太普通了，当时我对它们并没有十足的把握！然而南瓜竟然出现了，有如神赐。这当然是奇迹。我，六岁的小女孩，居然可以同父亲一块制造奇迹了。

后来我又同父亲一道为玉米授过粉。虽然不那么成功，虽然结出的玉米不那么饱满，可是等待奇迹出现的日子是多么的充实，多么的有激情啊。我每天都要检查玉米棒，有时还用手去捏捏叶片包裹的棒子，看看里头是否充实。我的这种幼稚的行为在今天看起来有种象征的意味。到底是植物被授粉还是我自己被授粉，在那个年代大约也是难以区分的吧。阳光下的自然之子的活动，竟蕴含了那么多的美！

如果说，残雪的写作有点像巫术，儿时为南瓜授粉不也是最大的巫术吗？我在太阳底下做梦，我心想事成，我的脉搏和着自然的脉搏在跳动！那个年代，我就是南瓜花，南瓜花就是我，浑然天成，未曾分割。在我的身旁，到处潜伏着奇迹，只要我多看几眼，奇迹就会聚焦成像。只要我做一个简单的动作，奇迹就会蹦出来。谁的童年又不是这样？谁又不曾做过小小的艺术家？只不过绝大部分人后来就忘记了罢了，那毕竟不是一种自觉的追求。

卡尔维诺说，写作就像南瓜藤结南瓜。这位伟大的作家必定早就亲身体验过了。童年里的那些南瓜，就是未来的作品；只不过当时，它们还嵌在童年的风景里头，要经过好多年的分割与杀戮，真正的分离才能实现。南瓜还是同一只，背景却完全变化了，蒙昧的浑然成了主动的暗示。

05. 生长

在朦胧的天地里，有一种景象最能引发我热烈的遐想，那就是生长的景象——动物和植物的生长。

那一天，我们走了很远，爬了山，来到一个庙里。我们从和尚们那里买了一篮子水淋淋的、细小的白菜秧子。将白菜秧子带回家之后，外婆和哥哥他们就开始栽种了。太阳当空照，白菜终于栽完了。多么令人沮丧啊，先前水淋淋的秧子被栽进土中，浇了水之后，好像死掉了一样，一律倒伏在泥土上。"死了吗？死了吗？"我不断地问自己。睡觉时我还在惦记着那些可爱的小秧子。

清晨，我在雾气中来到菜地边。啊，大部分的秧子都有一两片叶子竖起来了！虽然犹犹豫豫的，虽然有的叶子已经变黄，但我看到了复活者内部奔腾的汁液。"活了，活了！"我在心里欢快地说。下午我又去看了一轮，又有更多的叶片竖起来了，几乎每一棵都活了。

不知道是第三天还是第几天，我发现了新叶。新叶是那么的细小、柔嫩、洁净、精致！新叶一点都不羞怯，吸取着地气、阳光、露水，发出"嗞嗞"的生长的声音。六岁的我为这魔术所倾倒，常常往菜地里跑。当然，缺少肥料，白菜长得一点都不好。我不关心它们长得好不好，我看过奇迹了，奇迹啊。原来没有，后来长出来了。

外婆在叫我，可我不想挪动，我在守着那株野牵牛花，我要亲眼看到它如何攀到旁边那株小树上面去。那柔软的藤如动物的触角，它缓慢地为自己探路，先让开一点，形成一个松一点的弧，然后试探着贴上了树干，缠绕就开始了。植物体内被发动起来的生长力是很疯狂的，只要几天不来看，你就认不出原来的藤了——它早爬到了树梢。

疯狂的生长力导致植物不停地否定自己，每一个时期有每一个时期的图案，一个图案完成，立刻转入下一个阶段。我最喜欢看到的，就是那种转化了。白菜由细小的秧子变为绿油油的大白菜，最后还要抽出菜薹长出花，一个阶段有一个阶段的期待、展开和实现，直到达到饱满、完成。牵牛花的展示最为壮观。有露的早晨，我看到十来朵紫红的喇叭沿着小树的树干排列上去，花瓣的质地如丝绢，底气那么充足，色彩和形态那么抒情，我便在小树旁发起呆来。牵牛花只开一天就谢了，可是秧子内部又在酝酿新的爆发。第二天早上，我又看到了更美的景象。它要开好几茬花儿才会穷尽自己的创造力。

我喜欢用食指去钩植物的藤须，让它绕着我的小小的指头生长。我抬起头来看太阳，在阳光里面，生命是可以触摸到的。你瞧，它将我绕住了，一圈，两圈……指头上可以感到细微的牵扯，对于它来说，那是何等巨大的爆发力啊。我屏住气，等啊，等啊，它终于向我的手背延伸过来了。我不忍心骗它，于是小心地松开它，将它放回它攀附的竹篱笆。

我也见过暴烈的生长——一株藤将幼小的树活活缠死。自然界并非都是莺歌燕舞。真实的暴力总是让我万分害怕，我连观看都害怕。但暴力是普遍的，无论你看与不看。我最后将生命中的暴力转化成了我内部的戏，这个戏就是我的文学。无害的暴力如同体育竞技场上的搏斗，将生命的精彩完整裸露地呈现于世人眼前，刺激读者体内沉睡的生长机制，使之发动内力，进行创造。

06．石榴之梦

几十年里头有无数次，我梦到一种奇异的石榴，红黄色的外皮里头是紧紧地挨在一起的那样的种子，其美，其晶莹，无法用语言来形容。在梦里咬一口，那味道，那清香，超出了任何一种水果。

也许是在我两至三岁的期间吧，有一天夜里，我本来已经睡着了，忽然被吵醒，听到哥哥姐姐们在说话。人影晃动着，灯光不太亮，他们在吃东西。"我要！"我迷迷糊糊地说。有人将一个大石榴递到我的手里。我从未见过这种水果，看得简直入了迷。我做梦似的吃完了那只大石榴，汁水流到了我脖子上。第二天，我还依稀记得享受美味的狂喜，记得咽下珍珠种子的惬意。

然后就是漫长斑驳的苦难年代。那个年代里，如果我和同伴讨论什么东西最好吃，我就会想起那只石榴。我也曾好几次有机会得到石榴。有一次是去校园里偷，还被校园的工人追赶。那偷来的石榴又小又酸，根本不能吃。还有一回，是别人送的。用颤抖的手掰开外皮，露出种子。种子很硬，有骨，汁水也不是那么多。怎么回事呢？终于弄到了一点零钱，就去买那觊觎了好久的石榴了。但是不对，一点都没有我从前吃过的那种味道。渐渐地，我对石榴的印象就坏了。我不再喜欢这种水果，认为吃起来一股生涩气味。我甚至将石榴排斥在能吃的水果之外。我想，也许是本地的土壤不适宜于栽培它们吧。此地的石榴都是赝品。

物质充沛的年代里，我吃到了品种优良的石榴，但这些石榴都没有引发我缅怀的情绪，石榴就是石榴，一种水果而已。

在某个幽暗的地带，人的感觉完全放开之际，所出现的事物，同这个紧张而闹哄哄的表面世界里出现的事物是何等的不一致啊。那种一次性的事物不断离我们远去，远去……如果我们执着，如果我们念念不忘，重返的希望便会逆向地出现。

渐渐地，我已不再将石榴同食欲联系起来，石榴仅仅出现在梦中。梦中的食欲或其他欲望是很不相同的，醒来以后就知道，那些欲望都没有实用价值。于是石榴越来越完美。有一回，那些美丽的水晶种子纷纷落在我脸上，醒来用手一抹，居然是泪。难道人在梦里会感动到这种程度？"这是石榴。"我费力地说出这几个字。空气挤压着我，我看到在大地之上，无数的人影从地缝里涌出来。

可是我自己，我并不想入梦，我要停留在那种幽暗地带。我开始采取人为的方法来向那种地带挺进，这就是所谓的冥思。冥思可以在任何时间段发生，我朝着一个方向用力，我将光的碎片聚拢，使之成为一条光之河流。当我的身体变得透明起来时，我就看见了它。石榴，地母的奇迹，心的归宿。

07.玫瑰水晶球

那是我第一次看到人造水晶球。小球放在邻居的书架上面，令阴暗的陋室四壁生辉。那时我没有任何一件玩具，也很少去商店，所以在我眼中，这枚水晶球是世界上最好看的人造物。亮晶晶的球体内是一朵艳丽的玫瑰花，当我凝视那球、那花的时候，我一定在心里头多次肯定过了：这就是人间奇迹。

邻居很快就将水晶球收起来了。我再也没见过。可是那小东西已经在我的梦想中扎了根。那时我还没学过"一尘不染"啊、"异物"啊这类词。小球给我的强烈印象一定远远超出了这类词的含义吧。我忘不了。撇开我所在的大自然，我周围的一切人造物都是灰蒙蒙的。一般来说我习惯于认为人造的物体就是那个样。这枚水晶球是怎么回事呢？那朵比真花还要好看的玫瑰又是如何安进水晶里头去的？我又开始了那种假设：如果我有一枚水晶球，我就要将它放在我枕头下，夜里不停地拿出来看；我还要将它带去学校，向同学们炫耀。我会让别人看，但是不让别人摸。

其实最让我弄不明白的是，人怎么能造出这样的东西——同周围的一切物体有一道鲜明的界线，其完美和登峰造极超出人的预期。在那个饥饿的年代水晶球没有实用价值，我却因为见过了它而被挑起了无穷无尽的饥渴。自然的造物我已看过了很多，我熟悉自己对它们产生的激情。这一个却不是自然的造物，它对我的刺激是异样的——尖锐的，压倒性的，难以解脱的。在此之前，我根本就没料到人造物可以有这样的无懈可击的逼人的美丽。我解脱不了自己。

我没有玩具，即使婴儿时代有过，我也不认为那些东西很美。是啊，同水晶球相比，它们实在是不屑一顾的。水晶球让我隐约产生了自卑，因为它的确高不可攀啊。我反复地窥探邻居的神态。他垂着双眼，没有任何表情，看来他认为我这样的小孩不配同水晶球发生任何关系。以我的年龄，还不懂得事物的价值。我认为水晶球是一件无价之宝，超越了世上物体的一切伟大用途。但是这个邻居对我说话了，他说：

"小姑娘，走路别老东张西望，把路看清啊。"

他皮笑肉不笑的，好像望着我，又好像在看别的地方。我满心疑惑地走开了，以后再也不到他家去。那几年里头，我仍然想着水晶球。这件天堂的物品居然就藏在如此暧昧的人家中，令我感到此事迷雾重重。此刻水晶是否蒙上了灰尘？太阳一样灿烂的玫瑰是否暗淡了？

在学校里，我的同学们炫耀着他们拥有的那些俗物，我却慢慢地对那些东西无动于衷了。有一支塑料手枪，里面装满了糖球，扳一下扳机就射出一粒。这种玩具当然也很有趣，既可以玩又可以吃，但它一点都不像玫瑰水晶球那么逼人，属于看过了就忘记了的那种。我对他们说，有一种任何人都想不到的东西存在着，我就看见过一枚那样的，它被藏在……我的话音一落大家就开始嘲笑我，说我"吹牛""没话找话"。于是没人理我了。我只好走开去。郁闷，绝望，但心仍在渴望着。

阴沉沉的天气里，我在柏油路上狂走，然后我又转入那些无人的小巷，我所见到的物体一律对我封闭，但辨认已成了本能。那枚玫瑰水晶球啊！

08. 隐喻的王国

在这个迷雾重重的王国里头，一切事物都似是而非，很难看清它们的真实面貌。一般人说，童年是清纯的、善的乐园，这大概是一厢情愿的简单化的倾向吧。在我看来，童年既不善也不恶；既非乐园也非地狱，它是二者的中和物，一个混沌的王国，你可以在那里面找到一切的起源。各种事物都戴着面具，各种事物都像要开口说话；面具后面还有面具，口张开着，话吐不出来。毫无疑问，这是最接近文学艺术的、充满了可能性的跃动的王国——当然她本身还不是艺术。要成为真正的艺术就得分离，而分离，往往是血腥的过程，丑陋的过程。

同亲人断绝，同爱人分离的，以及种种杀人不见血的阴谋的戏，在浑浑噩噩的王国里就已经在暗暗地上演，只不过人没有觉察到而已。面具掩盖了一切，我们不断看见的是一些另外的故事，匕首的刀尖在温文尔雅后面若隐若现。这种混杂的、背景复杂的、始终在幕后上演的戏，催生了一颗敏感的心。有很多画面含义不明，成了永久的不解之谜——因为那个时候说不出，现在去说又早已变了味。但越是那些含义不明的事，越具有深远的影响力，它们隐匿在记忆的底层，以巨大的辐射力对你的生活发生作用。你无法解开它们的谜，是因为你的功力还没有到那一步。有时候，它们像一些死结，你在生活中绕开它们走，但它们的影响力决不因此而减弱。那些黎明前在幽暗中晃动着的结啊，带着童年的熟悉的气息，在一闪念之间竟会忽然化为绞架上面的绳套。我开始了描绘，否则还能怎样呢？描绘并不能完全解开那些结，但可能性成了生活中的永恒召唤。然而，也有一些属于"好的故事"范围的、最纯粹的形象，它们是通往永恒的入口。这就是我下面要写到的。

　　我常想，是什么激起了我对南方的骄阳的热爱呢？夏日炎炎，柏油马路都快熔化了，人身上的汗液不断，娇嫩的、缺乏营养和护理的皮肤上长满了痱子，甚至疖子。唉，那毒日！但我却喜欢，一种由衷的酷爱。我甚至天天打着赤脚在柏油路上走，试探自己的耐力。只要一想起外面的阳光，我的情绪就变好，就振奋。那些漫长的暑假里头，涌动着无数的闪光记忆。即使厚厚的纱布蚊帐里头闷得睡不着，即使汗液将密密的痱子沤得发火烧，我仍然在冥想中向往着耀眼的白天。郁闷不堪的、长而又长的淫雨季节已经过去了，白晃晃的夏天意味着行动。我是个做事的人，在阳光的刺激下，我会做出很多事来。我还不知道这些事的意义，也不知道它们会导致什么，它们扭在一起又会拧成什么样的命运的绳索，我只是充满了行动的欲望。我在阳光里萌生出秘密的希望，我朝着那希望拼命努力。我到底在做什么事？当然，现在我知道了，那是像每个人一样，在冥冥之中做自己。有的人做出的"自己"被他意识到了，有的人从未意识到。这两种人的分界既取决于人的欲望，也取决于某种理想的作用。

阳光在促使行动，驱走颓废的同时，便呈现出明朗清晰的、理想主义的庄严。有某种东西在前方召唤，我听到了。我的行动必须慢慢地转为自觉，这就是那种东西告诉我的。但是我怎能自觉？我只能挣扎，以肢体断裂的痛感来辨明方向。时常，在拼尽全力的挣扎过后，生活又默默地向前流动了。我不愿回味痛苦和羞辱，每次都盼望自己快快忘记，最好是睡一觉一切又重新开始，艳阳高照，罪恶隐迹……如果一个人不行动，如果在大千世界里同一切事物拉开距离，那会少了多少断裂的惨痛啊。而我却总在扮演，因为那阳光。我是太阳的女儿，我终将意识到自己做出的"自己"。为什么会这样，在早年是不知道的。人们说那个小孩天生有点奇怪。

所有我居住过的地方的周围都有树，品种不同的、形状各异的树，人不断地迁移，树根却仅仅往下生长。这些垂直发展的植物，总被我默默地注视，直到有一天它们变为了我的镜子……它们是如何变为我的镜子的呢？是因为我反复的注视吗？深山里的树和平民们院子里的树也许是不一样的，但它们都同样从下面的黑暗王国里吸取生存的养料，那些探索的根须，扎得深而又深。当我爬到主干的最顶端时，我的瘦小的身体贴着它。我能够感到可依赖的力量正从下往上涌动。我长大了，学到了"根基"这样的词汇。什么叫"根基很深"呢？深得过这些老树吗？黑暗中的盘根错节远远超出人们的预料。

我是盐碱地上的树，我的根须具有比较高明的生存技巧，在下面，越深的处所越储藏着更多的养料。我的根凭着本能感觉到：最深的地方通向自由的海，而根子，在那里会化为深海的鱼。我在梦里去过了很多很多地方，而实际上，我始终留在故乡那片盐碱地上。盐碱地里没有鸟儿也没有花儿，连植物都很少见。傍晚，北风吹来了，我的那些根须在下面向我传达着海的欢乐。我感到了，这就是自由，这就是自由！

那么，是因为凝视才有了镜子？抑或镜子本就存在，它们不间断地向我们发射信号，我们终于被吸引过去？是时候了，要行动，要重返旧地。沉默着的会开口说话，面具会掉下，真实将同探索者接吻。

泉水是最为奇妙，也最难以捉摸的东西。我们在山里头玩着，忽然就发现了一眼新泉。有茅草遮着它，拨开茅草一看呀，那么清澈！里头往往有虾，也许虾是同清泉一同到来的。那个年月里，山里似乎到处都是泉眼。一转背又发现了一湾，是较大股的，哗哗地从上面流下来，各种水虫勇士在宽宽的水面竞技，高超惊险的表演令人眼花缭乱。粮食缺乏，吃的东西少得可怜，我们整日饥肠辘辘。然而泉，总是不断出现，哪里都少不了这种自然的媒介。从山的深处冒出来的琼浆清而亮，口感微甜，唤起遐想。闲着没事的日子里，我脑子总出现那个计划：用竹管将山上的那湾清泉引到家里，那样就用不着挑水了。那种计划是不可能实行的，也没有人去做这种事。或许人们不理会泉水，是从心里认为泉水不是用来消费的。那么泉水可以用来干什么呢？当时没人管这种事。我却总为那些不断新发现又不断忘记的泉眼暗暗兴奋。

后来就搬进城了。城里没有泉，连公园里都没有。多么干燥的地方！我老是幻想我们后院那里出现一眼泉，幻想一直挖下去，挖下去，挖出泉水来。当时也做过这类梦，具体内容都忘记了，只记得挖的冲动。

在再后来的日子里，关于泉的想象是越来越丰富了，就如同天赐，我不断发现新的泉眼。我的嗅觉也日渐灵敏，夏日里，闻一闻南风就可以确定泉水的位置和走向。有好多次，从那渺无人烟的幽微处所聆听叮咚的水声，我沉浸在巨大的狂喜之中！

第十五章

它们

01. 美翼

　　我在菜园里和草丛中钻来钻去，有时候又守候在某根藤、某株树的下面，一个小时，两个小时……我总在这种地方流连。我想抓一只螳螂来养着。在那座美丽的山下，我见过了许许多多的螳螂和蝗虫，最令我着迷的是它们的翼，有翠绿、粉红、烟灰、淡褐等多种色彩，透明的翼在六月的骄阳里如同一个个释放出去的梦，牵住了五岁的我那小小的魂，所以我总不愿意离开。如果说有天堂，我的山坡、菜园和草丛就是天堂，否则天堂会是什么呢？我的明亮的目光在每一株菜、每一株树里头搜寻。我很想拥有那种多层的、彩色的透明翼，所以我总是一个上午或一个下午地泡在它们出入的地方。我抓到过一些小的，但都不是最美的。在我的想象中，我要抓的是螳螂王子，最美、最骄傲的那种，有着举世无双的翅膀。

　　终于，我看到它落在豆角架上了，它的全身是紫褐色的，它飞翔时，浅紫透亮的翼令我无限地迷醉！它的眼像玉石，里面有紫色、灰色和绿色，它是不折不扣的螳螂王子，令我梦想成真的极品。我开始悄悄地靠近它，这么大的螳螂我还从未见过呢。我必须从它背后捉住它，不然就会被那两把大钳子钳住。我用拇指、食指和中指猛地夹紧它的细长的背部，它开始拼命挣扎。它的身体那么长，它很有力，很狂暴。我年小力单，它很快占了上风，它的钳子刺向我的指头，钳住不放。我的指头马上出血了，我去救我的指头，一咬牙将它的整个前臂都撕了下来。它被我摔在草丛里，一定痛得不得了，可是我看见它一瘸一瘸地离开了。它还能走，什么样的耐痛能力啊。几秒钟之内，美翼就变成了残臂和渗血的伤口。我糊里糊涂地成了屠夫。我见过了美，紧接那美而来的，是卑鄙的杀戮。我不知道这是为什么。为什么一定要饲养螳螂呢？想占有，留住那美吗？我不懂。那时我周围的儿童都像我一样残忍，我们对抓小动物来饲养都有极大的兴趣。

虽然没能占有它，美的印象和心灵的伤口却无意中留下来了，定格成了永恒。我仍然去那些地方守候，可是那么大、那么令我心动的美翼却再也没有遇见过，这更使我确信它就是王子，它是决不屈服于我的侵犯的。不论后来抓过多少螳螂，"那一个"始终是最美的，那种美翼，是抓不住的，也是不可征服的。因为梦到它，我觉得我并没有失去它。那蓝天下的亮丽的浅紫色，不是梦的本质又是什么呢？

梦中的美总是伴随着杀戮的血，似乎从一开始就是如此。而死亡之旅中，看见的才是最美最美的风景。这是我的悲剧，还是人的悲剧呢？或许根本不是悲剧，只是正剧。螳螂王子在我手中翻滚绞扭的力度令我永生难忘，那是能够达到美的极致者所拥有的原始之力，击退死亡的自然之力，捍卫尊严的崇高力量。我被震撼，但在那个年龄，我还完全不懂得。我失落地站在草丛里，隐隐感到自己犯了大错。像别的孩子一样，我仍旧日日干着毁灭生命的勾当，这是我们的惯性，想要改也改不掉的癖好。对美的追逐越急迫，毁灭掉的东西就越多。啊，美翼，美翼！历历在目，心旌摇摇！

为了让美变成我的现实，我终于找到了复活逝去的美的途径。几十年的追求所做的就是这项工作。我开始不由自主地在我虚拟的世界里进行杀戮，似乎是，我要制服我自己的野蛮的天性，让文明的旗帜在美的王国里高高飘扬。但又好像并不完全是那样，我的表演，总有点类似于那只在我手中求生的螳螂王子的最后挣扎。我看见血（我自己身上的），看见残肢（从我身上掉下的），也看见了水晶般的蓝天里那巨大的美翼。这美翼，正是产生于我身体的阵痛，我的野蛮的耐痛的能力。五岁的时候，我以儿童的野蛮撕下了螳螂的前臂；如今，在我的创造领域里，我将那种原始之力转化成了促使自我新生的力量，我不断地杀戮，否定着旧我，向那终极的美翼突进。啊，那令我战栗的、浅紫色的梦幻啊。

一旦投身于艺术创造，我的力量就不再是盲目的了，我对自我实施的制裁使我进入高贵的螳螂王子的境界。我必须被制裁，必须日日更新，我更要不顾一切地挣扎、反抗、求生。这二者缺一都会导致美的隐退。儿时一个不经意的行为竟然成了我一生的隐喻，勾勒出我追求的姿态。高贵和野蛮，剧痛与升华，阴谋与大无畏，钳制与自由，这些我要用一生来体验的矛盾，早就包含在我早年生活的混沌之中了。我在冥冥之中经历了，记下了，但直到在创造之中，才真正解开里头的生命之谜。童年是人生的缩影，但那个缩影里的风景还未产生自我意识，也就是说，灵肉还未分家。我们的艺术创造，就是被意识到的童年。一切都早就有过了，但如果我们不追求，不在杀戮中不断地分裂自身，一切都不曾有过。那种传统式的返回是绝对不可能的，因为当人返回时，童年早已面目全非，没有美翼，只有生命的残骸和人造的标本。我将在对往事的忏悔中独行，我要摒除一切伤感，不断地拿自己做实验，一次又一次地体验王子的境界，创造属于我自己的紫色梦境。

02. 我们的邻居

　　从机关宿舍大院搬到类似乡下的郊区小屋，这一人生中的重大迁移不但打掉了我身上的娇气，也使得我同自身所处的世界的关系变得比从前友爱、单纯而又丰富了。在那之前，大自然同我离得那么遥远，我们两不相干。搬家后，一出门便置身于自然界了。于是，一点一点地，我发现了那些幽秘的王国。这些王国里的居民，它们的生命，同我自己的生命是平行地发展着的。当我的占有欲没有发作，没有去危害它们的时候，它们的自然之美曾无数次令我惊叹过。

　　我们最先注意到的是那些最小的居民——蚂蚁。大概这些地下居民们围绕着我们的房子建起了无数的隐蔽的或不那么隐蔽的巢穴。我们站在走廊上吃饭时，只要掉下几粒饭，马上就会被巡逻的工蚁搬运回府上。有时，我们会搬一张小凳坐下，看它们如何将一只死蝗虫、一只死苍蝇拖到家里去，那过程有时很长有时很短，但都充满了惊险。

　　我一直对蚁巢内部的情况感到好奇，我觉得那漆黑的地方的活动是不可思议的。想想看，成千上万的居民生活在那种堡垒里头，里面的结构该有多么复杂。有一天，一场极大的暴风雨满足了我的好奇心。由于泥土的坍塌，大树下的蚁巢暴露在光天化日之下。蚁后早就不见了，被破坏的巢内只有工蚁在忙忙碌碌，似乎在收拾残局，又似乎只是盲目地来回乱跑。像磁石一样吸住我的眼球的是那一大堆美丽的、晶莹透明的蚁卵。那种精致的几何排列，那种神秘的光泽，令我永生难忘！在我日日路过的这块普通地面的下方，怎么会有如此美妙的小生物藏在这里啊。我蹲在那里等啊等啊，但一直没有谁来将这些弃婴搬走，被毁坏的巢穴内仍然只有工蚁。也许，当地裂发生之际，王国内的大部分居民，包括高贵的蚁后，都被深渊所吞噬了？也许我所见到的王国只不过是部分的遗迹？一天，两天，三天过去了，我终于在心中悲哀地确定，那残缺的蚁巢是被彻底遗弃了，那些美得令人心疼的蚁卵终将变为泥土。在外面，黑色的和褐色的工蚁和雄蚁们仍在匆匆地行走，或在觅食，或在回到各自府上的路途中，它们都知道这里发生过毁灭，但它们都能镇定地对待这种事。

　　有一天，在无意之中，我又发现了离家不远的那条野沟里头还有一个王国。我在沟边洗手，突然就看见水里有两只一动不动的很小的虾，再仔细看，远一点的水里又有一只大一点的青色的虾，虾的旁边还有一条小指头大的鱼在游。这不过是一条没人注意的野沟，被各种各样的野草野花遮掩着，浅浅的水流是从山上曲曲折折流过来的，我万万没想到这里头会有这么美丽的居民。我把这个发现告诉弟弟，弟弟说："早知道了，那些石头底下还有螃蟹呢。"这话令我心潮起伏。我一路看过去，哈，又两只虾，又三只！又一条黑背的小鱼，有大拇指那么大！它们是从哪里来的呢？这种没人留意的小沟，谁又会去放鱼苗，谁又会去放虾？当然，这些水族小动物是属于山的，是本来就有的，正如屋前屋后那些蚂蚁一样。它们多么静谧，同周围环境是多么协调！也许这些居民永远只能长那么大，要是长得太大，沟里不就挤不下了吗？再往前有一个小水潭，那里头的微型鱼和微型虾更多了，游来游去的，那么自在！

那天上午我观察了很久很久，我不知道自己得到了什么样的启示，但那种陶醉的情绪至今记忆犹新。想想看，只不过是天天路过、司空见惯的一条野沟，那里头就有这样多的宝贝！那么，还有什么事是不可能的呢？我们又怎能看得透眼前这个魔幻的世界呢？隐秘的邻居们，它们的梦会同我们的梦交错吗？也许只有在梦中，白天里从未有过的沟通才会发生？潺潺的溪水响在我的梦中，我将脸贴着水底的石头去追逐那些细小的虾子。

03. 另外的空间

　　我同好友一块帮人推板车赚零花钱，我们推到了很远的城郊外。小树林的旁边，有一个碧波荡漾的水塘。我们来到塘边的青石板上蹲下来洗手。啊，野鱼！水塘一定是很深，不但有小小的野鱼，还有一条一尺长的鲤鱼游过！这里是城市的边缘，旁边还有铁路，对面就是钢厂，怎么会有野鱼生活在水塘里呢？抬眼望去，方圆一里多路没有人家，如果不是野鱼，是什么人养的鱼呢？

　　一条一条的小鱼舒展而灵活地游往水的深处，另外一些又从深不可测的地方游上来。我和我的好友看入了迷。不知不觉地，我移到了青石板伸进水中的那一端，我太想抓一条小鱼了。我一伸手，还没来得及想一想，就滑下去了。多么恐怖的瞬间啊，幸亏我会一点水。我向青石板扑了两次，才勉强抠住石板上的一个凹处爬了上来。这时我后怕地看到，石板上靠水的部分长着一层薄薄的青苔，不仔细看就不能发现，青苔使石板变得溜溜滑滑。

回家的路上，火热的太阳一下子就晒干了我的头发和衬衫，我和好友都尽量避免提起先前那恐怖的一幕，也许是为了尽快忘记吧。就在城市的边缘，怎么会有那样一个幽灵世界，我又是怎么会失足的，这事真难想通啊。如果我在那个瞬间没有抠住石板上的那块凹处，小命不就没了吗？从前我也在相似的情况下滑倒过一次，但并没有像这次这样没入水中……我当时太慌乱了，所以已经记不起水里的那个世界给我的感觉了。或许，那是另一种空间，只能想象而无法真正体验？

那并不是死，只不过是我没有经验过的世界。瞧那些野鱼，多么的舒展、惬意！那么深，那么不可捉摸的锅底塘！我总在想着这件事。我看着阳光在脚下移动，猛地一下就想起了这件事。我被某种久远的情绪所笼罩，心里生出惶惑。有时，在细雨绵绵的阴天，这件事也会像电影一样回放出来：骄阳当空，粼粼碧波，清凉的石板，幽灵般的野鱼，下滑瞬间的恐怖，挣扎时的绝望……

有关另外的空间的想象从来没有停止过。那种空间可能在繁忙的城市里，也可能在我的心底。我知道，某种东西一直在悄悄地渗透我的生活，我的生活越来越少，它却越来越多。无缘无故地，我就会回到童年里的青石板上，一次次失足滑入深水之中，产生无所依傍的恐惧感。当然，野鱼总是有的，它们是使我落水的诱饵。大自然的恐怖之美摄人心魂，人性中那个最深奥的部分常会产生这种莫名的冲动，于是在念念不忘之中返回禁地，尝试绝境中的表演。

四十多年都已经过去了，如今作为艺术家的我仍然不时身临其境地来到那块青石板上，那是我的命运的跳板。就是从那块跳板上，我无师自通地懂得了另外的空间的存在。城市屹立着，细小的原子入侵了它的每一个毛孔，使它在夜间渐渐变为透明的网状之物。在有风之夜，你甚至可以听到城市起飞的声音——呼！呼！呼……惨白的月亮吃惊地跳跃起来。

04. 蝴蝶

　　我最害怕的动物里面，除了毒蛇，就是那些丑陋的毛虫了。夏天上山拾柴时，毛虫掉到过赤裸的胳膊上和颈窝里。那可是不大不小的灾难，红肿刺痛要延续好几天。我观察过一种体形很大的棕色毛虫，身上有蓝色花斑，有毒的毛刺密密麻麻。联想起被这类毛虫蜇过的疼痛，越观察越毛骨悚然。

　　有时候，无意中看见被咬得残缺的树叶，我随手将树叶翻过来，啊，两条恶心的家伙聚在一块，太可怕了！在我的印象里，毛虫是既无赖又阴毒的寄生虫，应该彻底消灭。然而不久就迎来了蝴蝶的季节。在小河边，在灌木丛中，甚至在阴湿的沟壑里，飘飘而来的仙子们在展示世纪的奇观。又有谁会不为他们的美所打动？

　　蝴蝶由毛虫变来这件事是外婆告诉我的。"翅膀上有毒粉。"她警告说。可是这样的美才惊心动魄呢。我千方百计地去观察蝴蝶了。我在河边的一块石头上看见了她。她是双翅的，棕色的底子上起着翠蓝的圆点。在发白的石头上，她是那么显眼，一种聚精会神的美。她的身子和梦一般的触角、腿子，妖艳的头部也由棕蓝两色构成。我并不想捉她，那时，我也许知道了那美不能属于我——你去捉她，她就成为有毒的了。哈，又有一只飞来了，这一只是雄的，身体小一些，翅膀是黑缎子一般的底子上起天蓝圆点。她看见他，就也起飞了，他们一上一下地飘飞，那大概是交配的前戏。

　　我还见过粉底起金红斑纹的蝴蝶王，雍容华贵，美得那么从容，因为这世界属于他。在偷窥蝴蝶王之际，我脑子里会浮出红斑毛虫的模样。它啃食树叶时尽显恶魔般的贪婪，所以身体才长得那么大。奇怪的是阴沉可恶的回忆并不能遮蔽美的华彩，我内心深处涌出的崇拜之情竟可以使自己一连一个多小时站在原地不动不挪。因为听说了他有毒，就只能隔得远远地观察，而距离，又增加了他的神秘，他的毋庸置疑的主宰的力量。我无条件地拜倒在他的脚下。

　　附近有一个老头是负责修剪树叶和维护花圃的，他经常吃毛虫和青虫。这个人长得像野人，只有一只眼睛。当他手执大剪刀走过来时，我们就会吓得四处奔逃。我常常想，当老头睡着了的时候，会不会有一只一只的彩蝶从他口腔里飞出来呢？那么多的毛虫啊。瞧，他靠着树干睡着了，半张着大嘴，那丑陋的牙齿，刚刚嚼过毛毛虫……

　　关于蝴蝶和毛虫的关系，我思考了很久很久，有三十多年吧。我其实没有将它当作通常的问题来想，我只是不断地联想。

这种有点机械的、重复了千百万次的脑力劳动忽有一天导致了意想不到的结果，那就是视力的改变。我从毛虫身上看见蝴蝶，又从蝴蝶身上发现毛毛虫。我的目光既能混合，又能分解。又因为我拥有了这种技巧，"美"便被我保留下来了。

我脑海中的蝴蝶之美是绝对的美，至高无上的美。那飘向天堂的仙子们，婀娜多姿，如梦的流光，然而他们却来自于丑恶不堪的肉体。

05．虎

传言已经来到我们这里好几天了，据说有两只华南虎到了山里。家里不让上山了，我们很害怕。我没有见过虎，只见过虎的画像，那画像模糊不清。听说那是身体很大的、吃人的（尤其是小孩）动物。玩着玩着，只要有人说"虎来了"，我们就会发出害怕的尖叫。虽然有点矫情，却也是真心害怕。对于那时的我们来说，"虎"就是"死"。我们谁也没见过虎。

因为家里没烧的，外婆他们还是上山砍柴，不过不敢走远了，就在附近砍。

忽然，大弟不见了！这就像晴天霹雳。我们全家结伴出去找。先在坡上、沟里和路上找，再到山上去喊。喊啊，喊啊，越喊身上越冷。面对着自己不能理解的事，真是怕得腿子都软了。怎么会有虎的呢？虎吃小孩就像黄鼠狼吃鸡吗？我并没有见到黄鼠狼吃鸡的场面，只在事后看到地上的羽毛和血。我不敢往下细想了，拼足了力气又一次高喊大弟的小名。这一次，喊得那么绝望、悲怆，因为天就要黑了！天一黑，不就等于"死"的到来吗？啊？当然不能放弃，我们还是抱着希望的。我想，为什么不到后面坡上去找呢？后面坡上我们去得少，但并不是从来都不去。

我刚刚走到坡下面，就看到他下来了，慢悠悠地走着，手里拿着蟋蟀草在看。啊，我真想用力打他！"你要挨打了，全家都在找你！"我气冲冲地说。

"我扯草去了，就在那边沟里，好多草！"他兴奋地说。

不知为什么我摸了一下他的脸。我是想确定他还在么？是啊，他在，虎还离得远远的呢。我高兴起来了。

全家都高兴起来。大弟没有挨打，他立刻将虎的事忘记了。于是"虎"又一次变为缩在角落里的阴影，而不是笼罩一切的真实。在我不自觉的情况下，我经历过真实了，那真是令人后怕的情景啊。我记得当时在我的脑海里并没有华南虎的形象出现，只有一波一波的黑浪，大海深不见底。

终于，我要开始描写虎了。我在动物园里见过各式各样的虎，它们冷漠地在笼子里走来走去，我无法同它们对视。我要写的，不是这样的虎。我在冥思中凝聚起一个模糊的背影，一秒，两秒，三秒……那背影很快又散乱了，关于虎的想象不复存在。

有那么一天下午，南风懒散地吹着，一只小鸟站在屋檐上一声接一声地叫，我决心来写虎的脚爪了。尤其是爪子下面的肉垫，激起我无限的遐想。轻轻地踏下去，会没有任何声响吗？那么，同幽灵唯一的区别就在于重量吗？这黑沉沉的动物，竟长着如此轻灵的爪子！我想不通，也许一切都是误会。我能捕捉到什么真相？我只知道，从前，在我家所在的山上，虎来过了。它就卧在岩石上，它看着下面的宿舍房屋，其实又什么都没看，它在等待人们来注意到它。

人是不可能弄清虎的念头的，万重山岭隔在我们同它们之间。然而每个人都要同虎相遇，无论你自愿还是不自愿。在大山中，树的年轮默默增长，虎的身影时而迸散，时而聚拢，永无定形。人啊，你们那执着的目光里头不是都有一只虎吗？

06. 鹰

我和哥哥，还有弟弟，我们爬了很久才爬到峰顶。峰顶是凸出地面的巨大的岩石。我们每个人选了一个平坦的位置躺下来。休息，看天。晴天里，天空多么美，鹰多么庄严！那两只鹰，怎么会这么不知疲倦地绕圈子？我听见哥哥在说，不能躺着一动不动，否则那两只饿鹰会以为我们是死人，扑下来吃我们。于是我不断地挥动自己的手和脚。

我们躺了一个多小时了，鹰还在飞，不紧不慢地做匀速运动。如果真是饿鹰，怎么能维持这么庄严的风度？难道有某个看不见的装置在遥控它们的圆周运动？我们在阳光里头站起来，两眼黑黑的，沮丧地感到自己进入不了大自然里头的永生之谜。

下山时，我们一路上都听到有人在附近说话，可我们就是看不到那些人。弟弟侧耳细听，他听清了两个字——"河边"。这能说明什么呢？什么也不能说明。我抬头看天，天上起了云，那两只鹰已经不见了。难道它们抓到了猎物？是鸡还是野鸽？我大声将我心中的疑问说出来。于是我们仨一齐想象那种血淋淋的场面。当我们想象鹰的活动时，灌木丛里传出来的窃窃私语就消失了，四周的寂静令人起疑心。我们加快了步子。

死鹰都堆在那个山涧里，起码有十几只，硕大的身体，灰黑色的羽毛，身上都看不到伤口。会不会是下毒？我们凑近去闻，闻不到臭气。本来我们是下来喝山泉的，见了这番惨象之后便打消了喝水的念头，忍着渴，一步一回头地离开。猎杀？集体自杀？自然老死？那种画面给了我们太大的震撼，我们三个人一路无语。

快到山脚了，我偶然一抬头，才发现天空中又出现了一只鹰——只有一只。它似乎要捕捉什么，又似乎什么都不捕捉，只是为盘旋而盘旋。我觉得它是一只更年轻的，活力充沛。它在旋转之际那么不动声色，那么优雅！看着它，便想起山涧里它那些同伴，也许它们竟是它的家族成员。它是不是幸免的、唯一的一只？我一边走一边看它，不知为什么，我从它那匀速的盘旋中感到了它的至深的悲哀。不，也可能根本就不是悲哀，只不过是某种力的展示。

有一年，我听到了关于"禽流感"的说法，于是我便回忆起从前目睹过的那些尸体。那么样一大堆的残骸……令万物震惊的死亡。后来那一堆一定是化掉了，不再占据空间了。然而年复一年，美丽的岳麓山顶仍然有鹰在盘旋——孤独地、崇高地、永恒地、庄严地，一圈又一圈。山的低语和林涛的呜咽属于它，静默的晴空属于它，就连那光芒万丈的太阳也属于它。

它是有着强盛的食欲的饿鹰，它也是不食人间烟火的神鹰。那时我的眼力太弱，我看不透其中的奥秘，只有那非凡的旋转姿态摄住了我的心魂。啊，那种飞旋! 那种飞旋!

　　是因为那种场景的感染，从此我总爱将目光投向那些晦暗不明的事物。我愿意以暧昧的身份玄想，我在玄想中去接近鹰的境界。我开始注意地底的矿藏，不知不觉地，我会尽最大的努力去获取来自黑暗深处的信息。那个时候，我自发地这样做了。但我并不知道，童年的邂逅定终生——我一直在寻找鹰的故乡。

07. 芦花鸡

我把芦花鸡放到桌子上，我用我的鼻子在它的颈脖那里嗅了好久。多么温暖、干净，还有那种纯洁的体香！过了一会儿，芦花鸡"咕咕咕"地低语了两声，有了睡意。我的鸡随时都能睡。我伏在桌上，将我的脸颊贴着它的翅膀，让它那美好的气味笼罩着我，我也有了睡意。外面下着大雨，有人穿着套鞋踩在水洼上走过。这种天气，正是鸡梦繁衍的天气。芦花鸡最后还"咕咕咕"地低语了几声，低得几乎听不见，然后惬意地坠入了梦乡。随后我也入梦了，我们共同的梦干燥、温暖、明亮！人贴着鸡，鸡贴着人，我们将淫雨挡在了外面，仅仅依仗着我们的热力和心跳维持那个梦。

芦花鸡全身的羽毛上布满了玄妙的花纹，当我定睛注视之际，就会有阵阵热浪从花纹中涌现出。我们的梦里热浪滚滚，人和鸡都是脸红心跳，幸福至极。我每每惊叹：天底下怎么会有这种花纹?

我挣扎着醒来,看见雨已经停了,一枝粉红的桃花在窗前晃动。芦花鸡又发出细微的"咕咕咕"的抱怨声,似乎怨我不该醒来,似乎要重新坠入梦中——它始终闭着眼。于是我眨了眨发困的眼,又贴着它睡着了。桃花和鸡头在梦里交错出现。也许在那种瞬间,双方都将自己完全交给对方了?这是真正的春梦,属于儿童和鸡们的那种春梦。我们时而睁眼时而闭眼,粉红的桃花在我们之间晃动,吸饱了春雨的大地蒸腾出生殖的气味。

唉,芦花,芦花!你已经有很多年没有入我的梦了。在那条黑暗寂寞的长街上,你踽踽独行。每走一段,来到一盏街灯下,你就用睡昏昏的圆眼打量自己那短短的影子,犹疑一阵,然后又继续前行。如今你是一边走,一边做梦了,你只好如此,因为遮雨的小屋已经拆除,屋里的人也早已流浪到了远方。现在,身处异地的恋人正在做那种单向无望的运动,只为那早已被断绝了的沟通!人的面目已模糊,那么,桃花李花还在吗?

雨天是永久的单调乏味了,雨打在水泥路上,然后流进排水沟。那是没有梦的、孤独的死雨。在坚实的水泥房子里,人心正在长霉。慢慢地,硬壳便取代了皮肤。镜面上生出水雾。楼下有汽车发动了,一个瘦小羞怯的男子举着伞冲向车门。那把伞是鲜红的。车子猛地掉过头往前冲去,车内的人表情既清醒又苦涩。

我在干瘪的文字之间游弋,我用力说:"芦——花!"但过去的意境并没有重现。今天是晴天,外面灰蒙蒙的,我透过窗玻璃看到了那条干燥的土路，路边有几只白母鸡，鸡很肥，身上弄得很脏。啊，这是那种痴肥型的鸡，它们的眼睛睁得很圆，都是些近视眼。

芦花是小巧灵动的，难解的花纹里头恒久地涌动着激情，一双眼睛似梦非梦。它在睡前自我催眠，发出的声音既催眠了它自己也催眠了我。

我外婆用糠拌菜根养大了芦花，芦花身上也有外婆的气味，它们都那么好闻。

在从前的雨天里，芦花"咕咕咕"地梦呓着，屋外穿套鞋的脚踩在水洼上，一枝粉红的桃花出现在半明半暗之中，外婆在轻轻地呼唤：

"芦花！芦花！"

08. 我和它们

　　我们那个时候说不出我们的感受，但我们心里都知道：动物是最美最美的，比人要美得多。无论是鸡、鸭、麻雀、蜻蜓，还是蚕、蚂蚁、蝙蝠、老鼠，在我和弟弟们的眼里都是那么的赏心悦目，令我们心里升起同它们交流的渴望。

　　时常，我们一连几个小时待在动物的旁边不愿离开。鸡是多么的温柔，它们的步态是多么的美好！从破壳的毛茸茸的小鸡，到朴实安详的老母鸡，一个阶段有一个阶段的美。观察这种美的瞬间使我们感受到幸福，我们领略了动物身上的神性。当然，动物世界并非世外桃源，那里头也充满了残忍和杀戮。一天上午，一只恶鹰抓走了我们钟爱的小黄鸡，而它的妈妈则被鹰吓破了胆。此后母鸡日见憔悴，生命很快走到了末日。那时，我的梦里头总是那只鸡妈妈，总是那场找不出原因的灾难。然而，当我躺在巨大的岩石上面，观察那两只在天空盘旋的鹰时，我便为它们那自由高贵的风采倾倒了。多么有力啊，蓝天也像为它们而存在。难道能不爱它们，能不为这样的神性所打动？我，身处矛盾而浑然不知。

蝙蝠是在天井里捡到的，小家伙生着细密的牙齿和美好的柔毛，最让我羡慕不已的是它的翅膀，那么大的翅膀却不是羽毛构成，它们是两块柔软的深灰色的透明膜。对于我们来说，这种翅膀近似奇迹，可以引发多少遐想啊。在夕阳西下的空中，数不清的蝙蝠们在那古老的建筑物之上高飞，那是我最爱看的景色。我站在那里，我被镇住了，我居然听到了那些黑色幽灵的叫声，我脚下的大地也在火热中发出那种"咝——咝——咝——"的声音，那是在应和。天色很快就暗下来了，它们仍然在飞，仍然在叫。我很害怕，我想躲起来；可我又想看，看个明白。我去过那种漆黑的岩洞，我因为怕死而不敢进到深处。

蚕是理想主义的动物。一旦破壳就从容地、持之以恒地摄取着养料，一刻也不懈怠。这些比头发丝粗一点儿的小东西，它们那妙不可言的摄取动作无不预示着未来的华贵与光辉。世界上最悦耳的声音就是蚕吃桑叶的声音了，我和弟弟围在纸盒边，屏住气倾听。那条蚕很大了，大蚕进食的声音才可以清晰地听到。我们倾听之际，就仿佛我们自己也在吃，我们要"吃"出那枚晶莹的茧子来。加油啊！一段时间以后，蚕的身体渐渐变得透明了……吐丝究竟是怎么回事？唉，唉！我没法形容我观看吐丝结茧的感觉。那不属于形容的范围。也许是从那个时候，从我九岁时起，我便知道了世界上有种这样的独特运动？

虎在公园的铁笼子里，我们常去看虎。哪个小孩不爱虎呢？

那是种天然的吸引力。虽然心里头有点怕，可是我多么的渴望同那个威严的庞然大物对视一眼啊。然而虎在笼子里走来走去，它决不看笼子外面的我们。它何等的高傲，我们捕捉不到它的目光，更加揣摩不透它的目光的性质。年幼的我们，何等的傻乎乎！我，执着而傻乎乎。我将那种莫名的执着延续下来了，一直延续到了今天。因为念念不忘，虎就总在我的心里。有一个梦里，我瞟见了树丛间的虎，我拼命奔跑，它在后面追击，眼看就咬着了我。为了梦醒，我决绝地跳岩。也许我捕捉它的目光，是为了同它达成妥协。但是虎，决不同任何人达成妥协。这个热血的动物之王，决不容许任何异类同它亲近，我只能将爱和恐惧深深地埋在心底。

09. 本能

　　蚕在还没有开始吐丝结茧的时候，身体里盛满了那种液体，我甚至可以透过它薄薄的皮肤看见那些液体了。它知道它即将做的工作吗？不，它用不着知道，因为体内的那种导向是那么的强烈，有奇异的浪涛扑过来，一波又一波。它的身体变得僵硬了，就如同成了化石一般。然后闪光的液体就从它嘴里涌出来了。起先它还有些踌躇、有些怀疑，它让它吐出的丝画了几个乱圈。然而它马上找到了感觉，从容不迫地开始它的营造。来自远古的本能是如此的强大。

　　在阴暗的房间里的小方桌上面，放着我的纸盒，纸盒里面是那些蚕。我日复一日地观察它们，也许那是我想要猜透它们体内的那个谜吧，当时我却不知道。

　　我们远不如蚕那么纯粹，人类将所有的事都弄得复杂了，我们必须通过隐藏在大自然里头的各式各样的镜子才能看见自身的本能。在我们小的时候，那些镜子到处分布着，比如蚕，就是我的一面镜子。那时我还没料到，日后，我同蚕的境界之间会隔着千山万水，要经过一场万里长征，沟通才会真正达到。有好多沟通方面的事，我一定于不知不觉中反复地做过了，因为幼年时期的耳朵和鼻子是更接近于动物的。

黑暗的夜里，林涛从山间向我们的小屋冲过来，我们皮包骨头的小身体在破棉絮底下蜷得紧紧的，而启蒙，正是发生在我们半睡半醒之间。那是松涛，不是枫涛。那些涛持续不断地向我们冲击，进入到我们的梦的深处。昏沉的灌木里面，小型动物和蛇类来来去去，乔木则高得到了云端，不像真的树。在那样的夜里，在寻求温暖的营造中，我含糊地、不确定地用第三者的口气说出了那个"我"。于是脑海里便出现了月光下那巨大的阴影。我说完那个字后马上就忘记了，要待第二天夜里才能去重温。

城市里也有镜子，那些镜子更是专为人所设计的。在若有所思的一瞥里，我身上的古老历史便全部复活了。小城很少有完全漆黑的夜，总有一盏灯在为它守夜。我在那些小巷里匆匆地走，拐弯，碰壁，回头，再拐弯……路灯黑了，不知从何处来的微光照在古墙上面。我听到我的脚步在空巷里发出回声，我想，这座城是醒着的。接着我就听到了从远方呼啸而来的庞然大物，雄强，凶暴，像要将我彻底撕碎！那是一墙之隔的火车路过，它很快又消失在远方了。我抬起头，看到了破败的阁楼上的油灯，那人正在修理一只闹钟。他有些吃惊地瞪着远去的火车，有些疑惑不解。后来他又举起那面小钟，放到耳边听了听。他的这个动作令我陶醉不已。火车过后，是死一般的寂静。那人吹灭了灯，我感到灭顶之灾正在临近。可又并没有什么灭顶之灾，我看到了出口，熟悉的街道和房屋呈现在眼前，路灯仿佛在倾诉。

好几次我差点溺水。我能感到命运粗暴的拖曳。我自己当然是拼死挣扎。在祥和安宁的外表之下，这座小城到处都有黑影，那种地方，即使南方威力四射的烈日也照不到。黑影们经营着自己的地盘，有日渐扩张的趋势。当我放松警惕之时，从那种地方就会有绳套抛出，套在我的脖子上。我永远会记得那个碧波粼粼的水塘，还有塘里的野鱼。我踩在石板的青苔上下滑时，还没来得及意识到绝望，深水就将我吞没了。几十年当中，那种恐怖的演习在我脑海中进行了无数次。我还要同小城的阴险对峙下去。

啊，那种东西，它从不曾隐藏。它袒露，而且不断发光，但我们却是瞎的。它就在空气里，在霜冻的早晨的空气里飘荡着。你有那种眼力看见它吗？当你终于看见它的时候，沟通就真正发生了。你的体内燃起野火。

10. 鮟鱇鱼

我得到了一本关于海洋生物的小书，整个下午，我沉浸在关于鮟鱇鱼的遐想之中。那是一幅小小的粗糙的黑白画，画的是几千米深的海底，那条原始的怪鱼在寂寞地守候猎物的情景。它的诱饵就是它自己那可以发光的触须。

我还没有见过海，在我的想象中，鮟鱇鱼所待的地方是同"死"差不多的地方。鲸鱼和鲨鱼这类庞然大物令我肃然起敬，但它们还是比较普通的，可以理解的。鮟鱇鱼是怎么回事？日子一天天过去，白天里，我将这事忘了。在深夜，如果意外地醒来，就会想起鮟鱇鱼。那时背脊骨发冷，全身缩作一团，一颗心怦怦直跳。在屋外的风中，有什么地方的警笛拉响了。我反复地问自己："我该不会死吧？"警笛响了又响，总不肯松懈。

那时我觉得，关于鮟鱇鱼，我心里有太多的疑问。我还小，要等到我的知识成长后才能接近这些问题。那么，在它的眼里，是否我才是深渊的幽灵呢？我对它所在的世界的一切都无法理解，我在大海的"外面"游游荡荡，完全没有生活的目的。如果它看得见大海外面的事物，我不就成了它眼中的怪物吗？静下来的时候，我会去想那些黑洞里的事。我已经知道在地球表面到处都是这类黑洞的洞口。然而鮟鱇鱼还是超出了我的想象。也许，我应该忘记这样一种生命的存在，哪怕它那么独异，美得那么恐怖。奇怪的是从第一眼看见画面，我就在心中接受了它的异类之美。尤其是那根发光的怪须，一见之下永生难忘。

老师让我们说出自己最喜欢的一种动物，我在心里反复地说："鮟鱇！鮟鱇！"但我没说出口来，我不想哗众取宠。我正在想，如果我也生活在黑暗的海底，鮟鱇鱼打着它的红灯笼在前面为我引路，那会是何等的幸福。我将我的秘密藏在心底，不同任何人分享。即使是在黑风大作、警笛四起的夜晚，关于鮟鱇鱼的想象仍然有某种幸福的成分。我试过好多次了，那种绝望中的确信，阴沉中的惊喜。

好多年之后我才读了美人鱼的故事，那是丹麦童话作家安徒生写的。然而我并不那么感动。我的心底有我的美人鱼，那就是鮟鱇鱼。一想到这种深海鱼就有种隐秘的激动，就像进入了另一个空间一样。后来我才知道人们将它看作恶魔，他们认为它长相"邪恶"。啊，懦弱的人们，你们的生活多么的乏味！

沉浸在回忆之中，我感到了直觉所抵达的真理。"第一眼"是可以决定人的一生的，如果那第一眼达到了一定的强度的话。可是那种强度，我们不能用一般的尺度去测量。"第一眼"所触动的是一个深层的、连人自己也很难感觉到的机制。只有那些"记住了"的人，才会在日后的生活中将许许多多这类的感觉转化为理念的追求。

　　我想，鲛鲢鱼应该是半瞎的吧，漫长的世纪里待在没有光的地方，眼力一定大大退化了。它行动迟缓，越来越执着于心底的一个东西，那个东西便逐渐变得强烈起来。起先，那是一个无形的东西，只有从遥远的处所传来的动荡使它短暂成形。经过了多少个世纪，它才长成那根发光的触须？那需要什么样的顽强意念？那光好像是红的，多么阴险，多么令人震撼！谁能同这样的意志较量？它坚守在那个深渊地带，同类渐渐远离了它，是不断袭击着它的恐惧使得它的本能超强。它以独异的方式延续了它的种群。

11．无名小动物

我经常见到它——在无所事事，情绪低落的时候；在夜深人静，外面院子里闹鬼的时候；也在欢庆成功，幸福的浪潮汹涌的时候。它是一只动物，白白的皮肤起了很多皱，皱纹里头渗出黏液；它长着一丛一丛的褐色肉刺，这些肉刺都有溃烂的现象；它目光暗淡，绿色的眼睛是半瞎的；它的牙齿和身体都有毒，当它吃草的时候，旁边的那些草也立即枯萎了；它的腿脚大块脱皮，粒状的肌肉裸露在外。这样一只怪物，要多丑有多丑。我不知道它从哪里来，为什么会在我脑海里反复出现。

最初晤面时，我曾有过好奇心，我竭力去想象它的脚爪。脚爪上有很厚的肉垫吧？要不走起路来怎么这么悄无声息？它挨着我的腿走过，身上的黏液擦在我的裤腿上面。后来我就极力压抑关于它的想象了。然而有一个画面总是跳出来，这就是它从笔陡的水泥斜坡往上爬，坡下是滔滔洪水。坡上刚淋了雨，很滑，它的身体很重。它爬到半腰又滑下去，半截身子被洪水淹没了。它又再次竭尽全力向上，可是脚下一滑，又溜下去了。它的两条前腿已经在流血，那是它往下滑时，本能地将双腿跪下造成的。在它经历了好多次（七八次？）这种可怕的折磨之后，我的想象变得疯狂了。最后它成功地爬上来了，两条前腿血肉模糊，露出了白森森的骨头。它全身抖个不停。当我注视它的伤口时，我也在发抖。我是怎么回事？

我们在明媚的阳光下绕着玉兰树奔跑，我们大汗淋漓。然而我看见了它，它在那边的灌木底下蹲着，正咬啮着一只小鸭，小鸭拼命挣扎，它松开口让小鸭掉在地上，然后用前爪按住不幸的小东西。我看得发了呆，多么恶心的景象。我的同伴将它称为"白癞子"。"那是一种最臭的动物。"他断言，"我见到它就赶忙让开。"这时那只小鸭死里逃生，跌跌撞撞地进入了水塘。它呢，早就不见踪影了，它蹲过的地方留下一些黏液，是那种阴险的蓝色。

有一回，我将它堵在土洞里面了。我看见它进去了，就跑过去用砖将那个洞口堵死。那个洞是一个天然的洞，里面很潮湿，洞口长满了茅草。我在洞口倾听了一会儿。一开始，它想弄开那些砖，但没有成功。后来洞里面就悄无声息了。我跑开去玩了一会儿，心里突然感到很恐怖——它会不会因窒息而死？我返回，用煤耙子掀掉那些砖头，往里头一瞧：那洞变得其深无比了。而我知道那本是一个浅浅的洞。好多天里头我满心愧疚。它到底是死还是活？我多么凶残！后来我挖开了那个洞，土塌下去，洞就消失了，我不知道它的隧道通往哪里。事情很蹊跷。

我的朋友也见过它，她说："它就是我的姨父，姨父也是身上很臭。"她的逻辑很奇怪，身上臭的就是她的姨父！"那么，它没有死？"我问。"当然啦，刚才它还在那下面的风道里头嘛。"她告诉我说。我心里的一块石头落了地，可是我的朋友因此很看不起我了，她说没有人会把这种动物放在心上的，那叫作"没出息"。我的朋友修长、轻灵，多才多艺，眼睛长得像孔雀的眼。她当然是对的，我决心忘掉那个丑东西。既然它好好的，我就没有必要内疚了。

　　我越是想忘掉它，越是频繁地见到它。有时，在深夜，它不知通过什么办法进来了，它干脆就待在屋里不走了。我看见那一团黑影，就知道是它。我闭上眼，还是看得到它。后来我做梦，它就在我梦里潜伏，使得我因莫名的害怕而醒来。我走过去，抬起手想抚摸它一下，一股奇臭的味道扑面而来，我立刻缩回了手。它发出了声音，像老头在说话。这时睡在外面的弟弟也说话了："那种东西，属于哺乳动物吗？"他的话音一落，它就不见。我问弟弟他看见了什么，他说是梦，梦里头很多又像鸟又像兽的东西来来往往。"我想要它死！"他又说。这句话在我听来惊心动魄。

　　我对它的居住条件感到忧虑，寒冬快来的时候，我和弟弟跟踪过它。它就住在垃圾站的宽敞的平台上，那里无遮无拦，冬天结着又厚又滑的冰。它在寒风中瑟缩着，样子很可怜。我和弟弟对视了一眼，我们在想同一个问题，那就是下雪了怎么办？弟弟还叹了口气，他似乎又并不想要它死了，人心真揣摩不透。于是夜里它再来的时候我就没法将它关在房里了。我打算给它在我床底下做一个窝，我怀着这个美好的心愿睡着了。早上起来我感到房里很冷。啊，原来是它将那张木门咬了一个大洞钻出去了。那么一大堆木屑，它的牙齿真厉害！弟弟说他早听到了声音，可是不敢起来，因为它的样子很吓人，像要拼命一样。"别说是木门，就是砖墙它都要穿过去！"我回想起土洞里发生的事，便沉默不语了。真倒霉，我们得将门补好。

雪下了一尺深，我们上学经过垃圾站的平台时看见了它。它一动不动地站在雪里头，身体冻成了乌青色。它的机警的神情告诉我们：只有垃圾站才是它的家，谁也别想让它离开那里。我见过它吃垃圾的样子，非常贪婪。它还吃死老鼠。那时人们将家鼠打死了就扔到垃圾里头。令我欣慰的是，它的腿在冬天长好了，它的自愈能力真强。

我童年时代的"白癞子"，它如今长成什么样子了？有时候，我的目光盯着那些角角落落的地方，希望它那可怕的、衰老的嘴脸从那些处所出现。

12. 猫之死

在经历了好多天的严重腹水，和仅仅只给他带来剧痛和恐怖的抢救之后，我的老猫走到了他生命的尽头。

从下午起，屋里就开始弥漫着"死"，那是一种说不出的东西。他开始不安。他的窝原来在饭厅，可是他嫌饭厅太吵，就用力撑起身子，走到我的书房里去。他摇晃着迈步，还像婴儿那样柔弱地叫了两声——那不是我们习惯的叫声。他钻进沙发后面去了。我想，他要悄悄告别这个世界吗？

突然，他又挣扎着出来了，他的腿立不起来，他侧身用前腿费力地刨地，使身体一寸一寸地挪动。每挪动一下，他就侧过头来看我。我突然明白了，他害怕！我赶紧抚摸他，让他安静下来，然后我又拿来干净的布垫，塞在他的上半身下面。借助布垫，他又一次立起来了，还居然舔了舔我递给他的糖水。我知道了，站立还有喝水，是他活的姿态。头晕的发作使他又一次跌倒，他又用前腿刨地了。我将布垫塞进去，他就刨那块布垫。每刨一下就挪动一下，每挪动一下就侧过头来看我。啊，他是多么的害怕啊。我不停地说："喵、喵、喵……"我是想告诉他不要怕，我在这里，我不会离开。可又有什么用呢，只不过是我在一厢情愿罢了。他刨啊，刨啊，冷不防又站起来了，颤颤巍巍的。因为只有站，才是活啊。几秒钟后他再次倒下。

他的肚子那么大，胀得像一面鼓，我尽量不碰他的肚子。有一刻，为了将他移到布垫上舒服点，我不小心碰到了，他就发出微弱的抱怨声。我真后悔！阳光在窗外缓慢地移动，下午过完了，我连忙开开灯。他不讨厌灯光，从来不。我想，他的发作应该是肝昏迷吧，要不他决不会倒下的。现在他显出弥留之际的模样来了——他还是看着我。这就意味着，我决不能离开。否则他会因恐惧而死吗？我没有停止抚摸。

半小时后，他猛然站起来了，跌跌撞撞地拖着肚子，冲到了沙发后面。难道毕竟，他那孤独的天性，使得他要在最后时刻避开我们？他靠墙半躺着，似乎不再昏迷。我将糖水挪到了沙发后面。我感到他在剧痛中静静地告别世界。动物的耐痛能力，可以达到什么样的程度呢？是不是无论多么痛都能忍呢？现在，既然他不要我们打扰他，我们就先去睡下吧。我和丈夫在十一点多离开了他。

深夜，突然听到他叫了两声——仍然是那种小猫的柔弱叫声。我们惊起，开开灯来到书房，看见他已经从沙发后面出来了，他在摇晃着向前走。他的目的地是客厅，那里有他的窝，他多年来就睡在那里。然而他的力气不够，他又在半途倒下了，他用力抬头看我们。丈夫说，可能他要死在自己的窝里。这时他用尽最后一点气力又挣扎着站起来了！他走到了客厅，倒在那里，然而还是用力抬头看我们。丈夫连忙搬来他的窝，抱他睡进去。他躺下之后就安静下来了。我想，他已经知道了那件事。他大睁着双眼，他的海蓝色的眼珠比任何时候都更亮，更美！

三点钟的时候，他开始喘气。这个时候恐怖已经过去了，那件事已经到来，他做好了准备。喘气越来越急促，他张开了口，吐出最后的那一口气。他的美丽的瞳孔在渐渐地散开。也许在那个瞬间他看到了那件事——在自己熟悉的窝里。

这是我多年里头见过的最美丽的死亡。

第十六章

儿时人物

01．一种麻将游戏

院子里有一张乒乓球桌，是隔壁单位扔在这里不要了的。在漫长的夏天里，只要不落雨，有一个小姐姐总是在球桌上玩一种特殊的麻将游戏。游戏是这样玩的：三十颗麻将牌，一只松软的小沙袋（四分之一块豆腐那么大小），将麻将牌撒在桌上，将沙袋抛到上空，然后用右手将麻将牌在桌上快速摆出某种图案，再用同一只手收拢麻将接住沙袋。每抛一次沙袋，就要灵活地变换一次图案，沙袋越抛得高，扔得直，那只手在下面所做的工作就越漂亮，越从容。小姐姐是一位行家、魔术师。我伏在球桌边盯着那只手看，不放过手的每一个动作。她是非常有底气的，沙袋好像扔到半天云里去了一样。每一轮，我都在暗暗地为她使劲："快、快、快！"那只漂亮的手，不用眼睛的配合，单凭本能的摸索，就在紧迫的时间段里弄出了种种奇迹……

不论她将沙袋抛得多么高，它也会很快地落下来，而她的

435

力气是有限度的。所以问题就集中在如何抢时间、如何在短短时间里做完复杂的工作了。她总能恰到好处，总能在沙袋掉下的一刹那间弄完她的魔术，并接住沙袋。

时间一天又一天地过去，我每天都津津有味地在旁观看，像中了魔一样。她的技巧越来越高超，一段时间之后，事情就变成了这样：沙袋抛上去的高度基本上是一定的，手在下面所造出的图案却一天比一天复杂、难度大。我即使用眼睛死死地盯着，也很难事先设想她会如何巧妙地完成她的造型。有些神来之举，她完全是凭直觉搞出来的，因为在那么短的时间里头随机应变是真正的高难度。

我现在回忆起来，在整个院里，我是那个小姐姐最坚定的"粉丝"。我自己手笨，玩不了那种游戏，可是我怀着多么狂热的心情观看啊。每场必到，一直看到最后。我的心随着她的动作一起一落，比她本人还要紧张！这究竟是怎么回事？一般是吃过晚饭就玩，要玩到天黑看不见了才收场。黄昏里头，黑黑的小沙袋悠悠地在上面旋转，每每给我一种异样的感觉。也许我隐约感到了它是命运的黑蝙蝠？有时我忍不住在心里头数："一、二、三……"一般数到六或七就落下了。而下面，那只秀美的手拨弄着麻将牌，发出"里啦里啦"的流利动听的响声。我心里头也有支歌，我的歌应和着这只手，我们一道将黄昏的光线一点一点地吸进我们的体内……周围不知不觉地就变黑了，最后一次抛向空中的沙袋似乎要停留在上面静止不动了，我感到有点眩晕……"里啦里啦，里啦……哗！"游戏终结了。多像一场梦啊。我的整个身心沉入黑暗之中。

某一天，我读到博尔赫斯的《死亡与罗盘》，我立刻想到了童年时的这个麻将游戏。在浩瀚的时间宇宙里，如果定睛凝视，每一小小的时间段就是一个宇宙。完美而自足，尽显风流。

02. 掌心的纹路

　　小学三年级的时候，女孩子里面流传着一种说法，从自己掌心的纹路，可以看出今后的生活——找到什么样的爱人，会有几个小孩，会从事何种工作，事业上的成就有多大等等。那个年代，看手相是被禁止的，这种说法显然是看手相的一种变体。我是那种皮肤特别嫩，掌心的纹路既复杂又隐晦的类型。上课的时候，我在课桌下面盯着自己的手心发呆。按同学的说法，我会活得很长，并且会有六个小孩，那究竟会是一种什么样的情况呢？凭我的经验，是怎么也想象不出的。我，我们，在那个年代对于自己的前途都想得很少很少，因为没有给予我们自由想象的翅膀，而那种"从此刻做起"的现实可能性更是不存在，我们每个人都是懵懵懂懂的。然而我还是固执地天天看着手心。

　　由于本性，也由于所受的家庭教育，我一点都不迷信。我之所以对手心的纹路感兴趣，只是因为某种说不清的感觉。那种感觉就如同我在梦中在那些蛛网般的小路上徘徊一样。出口是很难找到的，或者根本就没有。有些焦急，有些迷惘，更多的是好奇。哪一条道通到哪里，在哪里交叉，哪里又是死胡同……"第一个小孩是儿子！"同学叫了起来。儿子？我马上想到家里的哥哥和弟弟。儿子很好嘛。但我并不能从这上头想象出什么来。

整个青少年时代，我像其他人一样没有设想过自己的前途，也没有任何预测。然而梦中的迷路和辨认是怎么回事呢？在一个亭子里头，我对弟弟说："这里先前来过的，你看这屋顶上的花纹就知道了。"那上头是一些苍老的白鹤，飞成一个圆圈，圈子中央有古怪的图案——我们无法破译的图案。有人在亭子外面叫我们，可是雨雾遮蔽着，无法看见那人的身影……"你看，来过吧？要不怎么会有人叫我们呢？"可是雨下个不停，那人总不现身。

梦里的路没有地域的限制，我走到哪里，就将迷雾中的未来王国带到哪里。"文革"中，我同小友一道爬车到了广州。由于两天两夜没睡，我一到主人家就伏在她家桌子上进入了梦乡。然后我就站起来梦游了。我要找我的那个柜子，那里头有我很久很久以前藏在里头的一本图书，好像后来藏丢了。我从餐厅游到厨房，厨房里有一大堆柴，我感觉柴堆下面有东西，就将那些柴一块块都搬开。我要找我那本图书，我一定是将它寄放在未来的世界里了。小友和她的亲戚都站在旁边观看，觉得既吃惊又好玩。"好了，好了……"她俩推了推我。好了吗？我立刻清醒了，我觉得刚才我在梦里已经找到了它。于是很高兴地拿了毛巾去洗脸。

人无法看穿掌心的纹路，正如人无法看穿命运的安排。但人可以做，起先自发地做，然后半自觉地做，在做的当中去破解命运之谜。然而认识是一件多么幸福的事啊。人在认识中辨别出一个又一个的美的图案，那是他的生命之痕，轻盈、灵动，犹如水母的梦！一切真正拥有过的，都不会丢失；一切应有的，终将产生。不断行动的人，他在宇宙间划出的痕的图案都是最最美丽的，因为他的行动实现着、也改变着他的命运，并将命运变成了真正的自由。

03. 有时候

有时候，我的心田里很干枯，就像一块沙地，什么都不生长。大人们出去了，弟弟们也出去了，玩伴们一个都不在。门响了一下，我冲过去看，然而是风，我满心失望。我应该干什么呢？我应该消沉？但我不懂得消沉。空空落落的房间里到处是日常生活的痕迹，有一只小鼠从地板的破洞那里探出了头。我被熟悉的人们甩下了——在这个有风的日子里。他们去忙去了，或者在玩好玩的游戏。而我，从他们当中消失了。他们没想到，也不会需要我，要不然，他们就会叫上我一块去了。

我用纸叠了一会儿小灯笼、小衣服，我感到了厌倦。这时我看到了粉笔。我弯下腰，在地板上画了一个城，又画了一个城。我要自己轮流充当敌我两方，来玩攻城的游戏。我单腿跳着出城了，我琢磨着种种技巧，在城门口喊着口号冲进去。然后我又变成守方，堵在城门口，视死如归地做拦截工作。关于这个游戏，我积累了很多激动人心的记忆，我不断地复活那些记忆，沉浸在演出之中。我要纠正从前的失误，以崭新的姿态打一个漂亮仗。因为聚焦在门口的那些守将，城便有了些高深莫测的味道。在现实游戏中，瘦小的我很少能成功地冲进去。那时，我多么羡慕我姐姐她们那几个大个子女孩的守城的能力啊。她们坚如磐石，任何人都别想钻她们的空子。我的游戏还没做完，那些人就回来了，带来外界的种种信息，我的心田又成了水汪汪的绿地。

有时候，生活一下子变成了煎熬，每分每秒都是对痛苦的预期。我的双脚长满冻疮，夜间发过烧，没法去上学了。我坐在被窝里头，等待那一阵一阵的剧痛袭来。疼痛的间歇之间便是无聊。没法行走，也没有图书可以消遣，那副破旧的军棋也已经玩腻了。多么冷啊，心都要结冰了。嘿，那是谁，门边那毛茸茸的小脑袋，鲜艳的贝贝棉袄，可笑的棉鞋。是楼上的小纯，新来的小女孩。她也觉得冷吗？

我叫她在我床边坐下，她便乖乖地坐在那里看我，真是个好孩子。我要给她讲故事。她的黑眼睛盯着我的嘴，我讲啊，讲啊，讲啊……她是个好听众，不时发出笑声，一句也不漏地听进去了。成就感使我的脸上泛红，我脚上的病痛便不存在了。后来，一时想不出故事了，我就开始现编，她还是听得津津有味。她的心田里也干枯，那么需要雨露，我给她提供了雨露。她的奶奶在叫她吃饭了，开始的时候她装作没听见，催促我继续讲。那边叫了又叫，带威胁意味了，她才站起来，信誓旦旦地对我说，"下午还要来！"我瘸着腿，用双手撑着身体去那个木盒子里翻找。

我找出了那副旧扑克，它缺了一个小鬼，但还可以玩，用一块硬纸代替就是。下午小纯来了，我就同她玩扑克！啊，木盒子里还有一副钢针，是用废弃的伞骨改制的。我可以用它来织线袜，穿上厚厚的、软和的线袜，脚就不会冻坏了!

说干就干。我找到砂纸，将那几根钢针擦呀擦呀，直到擦得闪闪发亮。然后再洗一下，用抹布抹干。我还没有找到足够的棉线，袜子就已经在脑子里头织成了。多么暖和啊! 工作的激情使我将病痛抛到了九霄云外。

我不记得我织成的袜子是不是真的软和好穿，很可能并不好穿——我不很擅长手工活。但是疼痛不再是不可忍受的了，它降了一个等级。

04.隔壁小男孩

我们隔壁是两夫妇带着一个小男孩住在那里。据说，小男孩不是那对夫妇生的。由于那男孩长得特别瘦小，又黑，我只要一见到他心里就会生出奇怪的感觉。

有一天，弟弟很神秘地来报告我说："他偷米缸里的米吃了。"他说的是那男孩。弟弟的这句话令我遐想联翩。那是成日里饿肚子的时代，可是谁也不会去吃生米啊。我设身处地想了一想，觉得吃生米就像是吃木头一样不可思议，我觉得天天看见的这个小孩已经成了怪物。我甚至觉得他有点像一条蜥蜴。

然而当他走到我们面前来的时候，我却对他抱有温情。我们都站在走廊上玩，一根棕绳子上晒着很多咸菜。我们玩一玩，又趁着大人们没注意从绳子上扯一根咸菜下来放进口里嚼着。做这件事的时候，我一直惦念着小男孩，我认定他饿得慌。但他为什么不像我和弟弟们一样偷咸菜吃呢？我扯下一条很长的，往

444

他怀里塞，要他吃。可是他一直往后退，不领我的情。"我不吃这个东西！"他突然大声说。啊，原来他并不像我设想的那么饿，我完全想错了。他当然不可能像我们那么饿，他家只有三口人，两个有工作，而我们家八口人，完全没有正常收入。但那个时候我是不懂的，我仍然认为小男孩过着一种阴暗的、可怜的生活，要不他为什么吃生米呢？而且他又没有爸爸妈妈。唉！

　　细细一回想，我们在那个时候真的一点都不觉得自己可怜。小孩子有小孩子的事，我和弟弟们成天都很忙，我们常常很快乐。隔壁的这一个，我们都觉得他很可怜，没有人和他玩，他因为饿肚子才长得又小又黑。一定是！我们也饿，野草粑粑又苦又撕不动，可是我们并不时刻感到这一点，因为好玩的事太多了。水沟里啊，山上啊，我们到处乱跑。

　　瞧，他又一个人站在门口，他从来不敢走远。我发愁地想，他怎么长得大呢？他今天挨了打吗？按照我的逻辑，没有爸爸妈妈就一定要挨打。但我们又并未亲眼见过他被打，所以这个问题也变得讳莫如深起来。我很想问他今天吃了些什么，从他口里套出点信息来，然后据此去设想他的生活。但他是很警惕的，他站得离我远一点，决不愿意同我谈论这类事。我呢，因为从来没有进过他家的房门，所以也无从设想他的生活究竟是什么样的。只要我一见到他，我就深感他的饥饿。虽然事实上，他一定比我们有东西吃，吃得好。他的饥饿不是单纯属于肠胃的吧。他很懦弱！

　　我们姊妹都是很阳光的，虽然害怕生人，但我们在自己家是玩得很开心的。我从未见过这种像蜥蜴一般的小男孩，所以印象特别深。然而时光流逝，虽然住在隔壁，我始终没有弄清关于他的一丁点儿事情。他成了我生活中最早的谜之一，他像一个式样怪怪的符号，在我混沌的脑海里标志着一个陌生而无法进入的领地。

直到今天，我也无法解释那孩子偷吃生米的故事。那也许是某种生理上的变异而导致的癖好，因为显然，并没有发生虐待的事。据我弟弟们描绘，他当时的确是满嘴生米，吃得"吱吱嘎嘎"地响！而且他额头上面有皱纹，完全不像我们这样嫩头嫩脑的。

05. 白茶花

后花园里生长着好几排茶花树。那是小雨过后的艳阳天，我在茶花树旁流连忘返。它们就像竞赛似的，一朵比一朵更美，一朵比一朵更令我心跳。老天怎么造出这样勾魂的东西来了啊。我终于看到最美最美的了。那是白雪王后！雍容高雅，气质压倒群芳。而且它冷艳地绽放在那矮矮的茶花树的顶上，仿佛周围的绿草和小鸟都是为它而存在。我心跳之余，便想到赶快回去拉好友来分享。

好友不在家，我的情绪被泼了一瓢冷水。挨到下午，她终于回来了。"真的吗？我刚才路过那边也看到，开花了。"她淡淡地说。但我绘声绘色，额头上都出汗了。出于友情，她同我去了。我直奔我的白雪王后。我记得那棵树在第三排，但是为什么没有呢？那里有一棵开白花的，但那是两朵，小多了，而且有点脏。"是这个？"好友关切地问。"不是！"我断然否定。我又窜到前面去找。哪里有王后的踪影？都是粉红和桃红的，虽然也很美，很娇艳，但都不能同王后比。我将茶花园细细地搜索了好几遍，还是没见它的踪影，有一朵长得像它，但形状和色泽又差得太远。那个时候，小孩们没人敢去偷花的，因为园丁特别凶，所以它也不可能被偷。

我满心沮丧，还有点迷惘，这事实在想不通。"其实——"好友试探地说，"我最喜欢的是桃红色的茶花，比如这一朵。""那算什么！"我激烈地打断她，"你根本想不到我看见的那一朵有多么美。哼，没人想得到！"我真的发气了，也不知是向谁发气，我感到我被大大地捉弄了一场。

茶花要开好几茬，我仍然去看它们，但已没最初的激情了。我反而觉得那种美艳有点徒然的味道。美丽的白茶花，难道是我的幻觉？当然不是。它为什么要藏起来呢？现在回忆这事才觉得，也许那就是我看见的终极之美，那种美是一次性的，无法再现的。总之有某种说不清的魔法促成了她的诞生。

后来我又见过好多好多茶花，还去看过花展。美啊，美得没法说。但那些美丽的花儿只激起我一些感叹，从前经历过的那种突如其来的心跳是不会再有了。

在梦里，我还在继续同好友争辩，我说："不是这个，不是这个……"我到底要说什么？或许，谁的灵魂能出窍，他就可以同终极之美晤面。不过这话说了也等于没说，因为仍然不能解释那种美，不能解释她的无常。

她是有过的，我的白茶花。我同她交流之际，鼻尖差不多都凑到了花瓣上。那是南方雨后的艳阳天，大地里头的精灵纷纷往上蹿的时刻。如果凝神屏气去听，还可以听到地心深处的甘泉汩汩流过呢。后来她消失了，因为她不属于这个世界，她只能在这个世界瞬间现身。我们这些凡夫俗子，在自己的生命旅途中都见过这一类的精灵。一些人因为无法捕捉而扼腕哀叹；另一些人用遗忘来镇压了自己身上的诗意，转向世俗或颓废；而我，成了决心要将这种邂逅演习到底的狂人。

06．冰天雪地

冰冻期延续十天了，大地白茫茫、硬邦邦的，冷风吹在脸上像刀割，我戴着自己缝的棉手套，缩着头往学校赶，我的双脚冻木了，只有冻疮还可以感觉得到。糟糕，居然又飘雪了，很大的雪，非把我的衣服弄湿不可。我躲到那一家的屋檐下，我一边跺脚一边盼望弟弟们经过，他们一定带着伞。

那个小孩同我差不多大，他正在房里糊纸盒。房里很暗，没有炉火，木板壁四处透风。他跪在地上，摆弄着糨糊刷子，他的手上有紫红色的冻疮。他的鼻涕流下来，眼看要掉到衣服上面，他用力一吸又吸回去了，隔一会儿那鼻涕又往下掉。他的爹爹，那个瘫痪的老头子在后面房里同他说话，他"哦哦"地答应着。他没去上学，这个小孩。这样严寒的天气，我多么想对他说一句："冷啊。"可是我不认识他。不，我是认识他的，因为天天经过他家，我只是从未对他说过话，我不好意思对他说话。

他又弄了一钵糨糊过来，开始刷了。他的动作沉着而老到。难道他就不冷？街上的孩子，他们抗寒的能力是多么强啊。当然，还有抗疼痛的能力。我觉得他们可以将疼痛完全忘记。我继续跺脚，脚仍然是麻木的。到处是硬邦邦的，雪花也不能使大地软化。那两只麻雀在屋檐那里等待，它们快要饿死了，觅食的机会微乎其微。

我顺着屋檐钻到杂货店的雨篷下面。有两个人在店里买炭盆，他们将陶制的小小炭盆举到亮处去察看，他们聚精会神于他们的工作。啊，炭盆！我们家里是没有炭的，只有一点点炭末，是用来引火的。他们买走了炭盆，一人一只。到夜里他们家里会燃起美丽的炭火。杂货店的店主在后面的黑暗中对他那个亲戚说："那种地方哪里用得着炭盆呢？他真该多想一想啊。"我听到这句话时心里一怔，原来还有用不着炭盆的地方啊，那是什么地方？！在我看来，只要弄得到炭，哪里都可以使用炭盆嘛。冷风从头顶的瓦缝里灌进来，我将身上的棉袄裹紧了一下。

我的弟弟们过来了，我跑出去，钻到他们的伞下——那种很大的老式油布伞。我离开杂货店的时候，听见店主的亲戚在说："冰岛。"我们三个人共一把伞走在冰天雪地里，有时风将我们的伞吹得倒向一边，我们合力将它扶正。我想，我们这里不就是"冰岛"吗？这么硬的地；严寒，无处可躲。还有脚上的冻疮，碰一下就钻心痛。"冷啊。"我终于说出口了，可是两个弟弟都没有反应。大约他们知道独自忍受是不可改变的命运。

夜里，我将被子裹紧，将冻伤的脚小心地搁在被头上。我入睡前向对面床上的弟弟谈起了糊纸盒的那一家人。弟弟说那个小男孩用冰水洗脚。"冰水洗了脚之后，待在屋里就很暖和了。"他说。看来我的判断都错了。他虽然流着鼻涕，但并不像我感到的那么寒冷。也许明天，我应该将冻伤的脚放进冰水中长久浸泡？我想着这件事，拿不定主意。如果我像荒原上的狼一样完全不怕冷了，也就用不着炭盆了。我们家有一个旧炭盆，我依稀记得在我婴儿时代从那黄色的陶盆里蹿出的火焰。我们将糯米糍粑放到炭火上去烤，烤得香气四溢。在梦里，我轻轻地对人说："给我一个炭盆吧。"

早晨，雪停了，但寒冷并没有丝毫减轻。我的脚踩在冰上，想象自己是生活在极地。我这样一想象，心中的焦虑就减轻了一些。那么，用冰水泡脚的方案是否可行？我心底明白我是不可能实行那个方案的，那会使我患上肺炎。于是，我再见到糊纸盒的小男孩时心里就充满了羡慕——原来他心里有团火！

07. 可爱的黄梅

　　黄梅是楼上的小姑娘，她的样子有点怪，我觉得她有点像蛙。而大人们认为她长相丑陋。黄梅是极为躁动的那种类型，在我的眼里，她几乎从未有过安宁的时候。很长一段时间里，我总是和她在一起，因为我很空虚无聊，也因为她常给我带来欢乐。

　　那时我们常去卖报纸赚零花钱。黄梅每次都来叫我同她一起去卖。我的业绩一般很差，但只要同黄梅在一起干，就会卖得多一点。她对这项工作有种"死缠烂打"的勇气。到了人多的地方，不管人家大人们要不要买报纸，都厚着脸皮同人攀谈，逗他们笑，打打闹闹，然后将报纸硬塞到别人的怀里。大人们又恼她又觉得好笑，一般就会给她报纸钱哄她走。有时候，那些人捎带着也从我手里买去几份报纸。黄梅是我的福星。然而我多么为她感到难为情啊。她"不要脸"，我恨死了她！

　　我的脸皮是很薄的，我动不动就发窘，尤其在生人面前。

所以黄梅的很多行为我看了就身上起鸡皮疙瘩，我认为那是世界上最最"不要脸"的行径。我还认为她是个下流的小孩。尽管这样认为了，我心底里是不是有点羡慕她呢？她多么快乐，多么投入！她想干什么就要干什么。当大人们以为自己在逗她玩的时候，她也在挑逗那些大人们，她完全不将他们放在眼里。不错，她心眼很坏，她将一条毛毛虫放到婴儿的脖子上，她还毒死了我心爱的花金鱼。可是为什么，只要她一叫我，我就同她一块走了呢？我恨自己这种同流合污的行为，可是不同她在一起，我什么也干不好——报纸也卖不掉，捡废品也无收获。我的能量很小，我太爱面子了，我常常沮丧不已。

我又同黄梅去卖报了。我们来到一家大医院，那个院子里坐了好多人。黄梅大显身手，一会儿将一个老头的帽子藏起，一会儿又将报纸罩在一个打瞌睡的中年人的脸上。那些人来追打她，她就到处跑，跑得飞快。后来她又故意放慢步子，让那老头追上了，我看见老头高高举起手掌，却没有打下去。于嘻嘻哈哈之中，她的报纸和我的报纸都快卖完了。我在心里不断地感叹，我的确佩服她。就在这时一件事发生了。

黄梅拿了一位中年男子的两元钱（那是很大的数目），然后她要找零钱给他。可是黄梅突然撒腿就跑。"我的钱啊！"那汉子发出凄惨的叫声。另外一名青年，是清洁工，扔下手中的活就去追黄梅。可是他哪里追得到，黄梅熟悉那些弯弯拐拐的小巷子，很快就不见踪影了。沮丧的清洁工回过身来一把抓住我要我赔钱。我说我没钱，旁边有个小孩说我同黄梅是一伙的，他还用棍子打了我的头，很痛。后来我哭起来，他们就放了我。

我在小巷里走，黄梅忽然就出现了，笑嘻嘻的。我的血往脸上一冲，我骂她是"汉奸"，但是她一点都不在乎。"你这个贼！"我更恶毒地说她。她将那两块钱在我眼前扬来扬去的，跳跃着，如同过节一样快乐。我暗想，黄梅大概是早有预谋的，她该有多黑，病人的钱也要抢，这种人就该枪毙。可是我对她的恨为什么总不能持久呢? 难道因为她爱钱，我就应该将她当成敌人吗？还有，那些病人不来追她，是不是有意放她一马？我不再同黄梅一块去卖报了，但我还是同她一起玩。每当她做了什么不要脸的事，而且牵连上了我，我就会后悔得要命。黑夜里，我睁着眼骂自己不要脸、不争气，我赌咒发誓不再同她来往。我想起她的样子，就轻轻地说："多么丑陋！"

第二天，阳光普照大地，黄梅像一只小香瓜一样出现在我窗前。她手里举着那只漂亮的玩具铁环，洋洋得意。

"你等等！"我急忙对她说。我要赶快扫完地，然后去同她玩个痛快。

08. 来自那边的孩子

邻家小孩的名字叫汉呆，他长得有点笨，个子大，阴沉，患有严重肺病。家里要我们不要同他接触，因为怕传染肺病。但是我和弟弟们喜欢去观察汉呆。肺病，是什么病呢？我们太好奇了。我们将他打量了又打量。

他总坐在地上，拿着桃子核往一块石头上面磨。他的头发很黑，眼仁也很黑，脸颊上有红晕。他应该是很好看的。我们从他身边跑过，大声喊道："汉呆！汉呆！肺病佬！"他跳起来追我们。他的动作不灵敏，我们早就跑得没影了。在屋后，我们跑得气喘吁吁，三个人笑成一堆。笑着笑着，大弟忽然说："他还吐过血！"啊，这种事！我们都恐怖起来。他会不会死？我们会不会被传染？

过了两天，我们忘了前面的事，又去找汉呆玩了。我们一块儿在石头上砸桃核，弄出里面的桃仁来收集着。汉呆说桃仁可以卖钱。汉呆容易出汗，我闻得到他身上的汗味，那并不难闻，只不过有点独特罢了。

他用蝗虫喂蚂蚁时，就将蝗虫的腿一条一条地撕下来，我们看了很气愤。我和弟弟趁他不注意，从他背后用力一推，推得他摔下走廊，他发出撕裂人心的哭叫。他的家人出来了，可是我们跑到山坡那里去了。后来大人告诉我们说，汉呆活不长，会死。我想起他的样子，心里有股怪味往上涌。他肺里面有很多细菌，那么他是很脏的。他知道自己活不长吗？我突然很怜悯他，我要送给他一点东西。他正在泥地上挖洞，还往洞里灌水。我拿了家里的一粒小白兔形状的扣子去送给他。他抬头看了看我，阴沉地摇了摇头。

"我不要。"他很坚决地，甚至有点鄙夷地说。

我大概红脸了，极为尴尬地将扣子放回衣袋里。他到底是怎么回事呢？

他聚精会神地干他的工作，弄得满手都是泥。太阳辣辣地照着，我又从他后颈窝那里闻到了他的汗味，他的黑头发湿成了一绺一绺的。我记起了他身体里头的那些细菌，我有点怕，有点嫌弃他，但不知为什么我又很想同他交谈。也许我内疚，为了自己对他犯下的恶行。我在旁边蹲了很久，他终于没同我说话，他太专注了，无暇顾及我。

当雪花飘飘，我们穿上外婆做的棉鞋时，汉呆被送到乡下去了。我不明白为什么要把他送到乡下去，大家都说乡下很苦，莫非这是他"死了"的另一种说法？

不久，我们都传染上了肺病。我和弟弟们照了X光，发现肺部都有黑洞。现在轮到我自己"很脏"了。这就是很脏吗？我一点都不觉得啊。我有点咳嗽，有时发烧，如此而已。我认为自己不会死。我们三个人都认为自己不会死。太阳红艳艳，我们还是满山坡钻来钻去，搜寻某些植物和野菜。秋天里，我还是收集桃仁，可是那些桃仁并没有为我换来钱，谁也不要它们。

闲下来的时候，我也会记起汉呆，记起我们将他推下走廊时他发出的惨叫。从声音听起来，他是多么的有活力啊。要是乡下能使他的肺病恢复就好了。医生说我肺里头的洞最多，一共有三个，那么，汉呆有几个呢？我想象细菌在我胸膛里生长繁殖的情形，当我的思维专注于这上头时，我仍然有隐隐的内疚。

我童年的伙伴汉呆离我那么远，他那阴沉奇特的世界里的事，我并不完全懂得。也许我只是一个外人，他才是知情者。所以当我们试图去进入他的王国时，他用那种鄙夷的眼光看着我。他是有理由自负的。我们这些愣头青，浑浑噩噩地过活，我们又能看得到什么呢？这个汉呆，这个肺部被凶恶的结核杆菌所咬啮的孩子，他看到了。但他不想告诉我们。

将肺病传染给我的汉呆，总是在我的记忆中占据着那个特殊的位置。

09. 医院里的玫瑰花

我在家中的时候总听到别人提到"高岭"这个地名。从人们的谈论给我的印象来看，那里似乎是一块高地，好几条狭长的小街伸向那个高坡，坡上是这个城市最大的医院。据说高岭离我家不远，那几条街道旁边布满了狭小的平房和破旧的两层木楼，贫苦的体力劳动者住在那种地方。那些人都烧不起煤，所以家里的小孩只要一有时间，就提着扫帚撮箕来到大马路上，一看到人力板车上掉下了一点煤，就奔过去用扫帚扫进撮箕。说起高岭，家里的大人就是这样介绍的。我越来越好奇了，高岭究竟是什么样的？

一个星期天，我碰巧去高岭的附近买文具。买完文具之后，我就顺着一条窄小的巷子进入到了高岭内部。那天太阳很烈，人们都躲在屋子里头，窄窄的柏油马路上从头至尾看不到人影。我流着汗，一直走到马路尽头，仍然没碰到一个人。爬到坡上后，马路转了一个弯，变成了下坡。我想了一想，决定进入那些窄小破败的房屋群里头去。我是从一栋土砖屋旁边进去的，一进去就看见很脏的公共厕所，经过厕所，来到一家人家刚刚搭起的灵堂。灵堂里挂着死者的照片，是一位戴红领巾的、样子很乖的女孩，不会超过十四岁。棺材还没有抬进来。我很疑惑，我还从来没有见过为小孩做道场呢。我还想站在那里多看一看，就有人来赶我走了。一掌打在我的背上，很重。我忍痛跑开，眼泪都差点掉下来了。

"她啊，是得了脑膜炎才死的。"一个同我一般大的女孩在我旁边说。

她的样子很老到，扎了两个牛角辫，双手很粗糙，一看就是做惯了家务的。

"我是不敢在那灵堂里停留的。"她又补充说，还傲气地撇了撇嘴。

我不敢同女孩搭话，周围的氛围太诡秘了，我想到了逃离。两栋土砖屋之间有一条很窄的通道，只能容一人通过。我正要抬脚进入通道，女孩将我抓了回来。她的力气真大，我被她扯得差点跌倒呢。

"那是条死路，傻瓜。"

她要我同她走，于是我们又绕回灵堂，从它旁边穿过。灵堂里已经坐了一些人，开始吹打了，一个女人在哭诉，不知道是母亲还是亲戚。我们匆匆地将灵堂抛在身后了。我问女孩我们这是到哪里去，女孩简短地回答："医院。"我说我一点都不想去医院，她让我去了再说，还说："那里头好玩得很。"

我们七弯八拐地爬坡，终于穿过了蛛网般密布的居民区，来到了一个水泥坪。水泥坪的一边是高高的围墙，女孩说围墙里头就是医院。我以为医院大门离得不远，可是走了好久，走过了水泥坪，又进入了一条横向的马路，还是那堵围墙，连大门的影子都没见到。

"我们休息一下吧。"女孩说着就往地下一坐，背靠着围墙，垂下头。

我看见她在抚摸自己手掌上那些细细的裂口。我呢，又热又渴，只想回家了。

"医院里头好玩得很。"她又说，似乎猜到了我的心思。

终于看到了一个卖冰棍的老女人，我想买，她却摆摆手，说已经卖完了。女孩见我茫然失神的样子，就扑哧一笑。她告诉我前面有一个围墙缺口，从缺口可以进到医院里。

我们又走了一会儿就看见缺口了，于是一前一后钻过去。眼前是一栋五层的旧建筑，楼前很脏，到处是一堆一堆的玻璃试管啦，注射器啦，胶管啦等等。中间还夹杂了好几个玻璃罐，罐里装着可疑的物体，有点像人体器官。

"那里头是小孩儿，有活的也有死的，不要去看！我们跑吧！"女孩大声说。

我和她一道飞跑起来。我们跑过了好几栋青砖楼房，每栋楼的众多窗口都有人伸出头来看外面，那也许是病房。最后，我们跑到了花园里。女孩扑倒在草地上就不动了，我呢，也在她旁边坐了下来。花坛里的玫瑰开得特别茂盛，我从来没有见过这么大这么美的玫瑰，它们浓烈的香气居然一下子就消除了我的疲劳和干渴。花园里特别静，连蜜蜂的嗡嗡声都听得清清楚楚。我想，原来这里就是女孩说的好玩的地方啊，这里倒是真好，我都不想离开了。我推了推女孩，要她起来同我一道去欣赏玫瑰花，可是她没有动。我就独自绕着那个很大的花坛转了几圈。蓝天底下的这个奇迹是多么的赏心悦目啊。我越看越急于要同那女孩分享，就又去推她。她终于打着哈欠坐起来了，沉着脸，很老派地对我说：

"你这个傻瓜，那花儿下面有小娃娃，活的死的都有，你可不要拨开花丛去瞧啊。就在上个星期，一个生病住院的女孩在这里被吓得……"

她卖关子似的不说了。我用力推她，问：

"吓得怎么样了？怎么样了啊？快告诉我！"

"死了。"她撇了撇嘴。

"你胡说！是你告诉我说这里好玩得很的。"我觉得心里头一下子空掉了。

"就是好玩得很嘛，我又没有骗你。来，我们一起去看花！"

我却不愿同她去了，我担心她忽然掀开花丛让我看见那种鬼一样的东西。我提议我们隔得远远地赏花。她狡诈地盯了我一眼，点点头同意了。啊，玫瑰花！玫瑰花！在花儿浓浓的芳香里，在温柔的蓝天下，我感到自己身处仙境！医院地处贫民窟旁边，病房那边那么肮脏，这里却藏着一个世外桃源，叫人怎么想得到。这么美的草地也是很难见到的，又深，又绿，又干净！

我躺在草地上，用双手枕着后脑，多么惬意，就这样躺下去才好呢。女孩站在我的上方，她弯下腰来对我说话，她的脸部显得特别巨大，像一面簸箕一样。

"你啊，你枕着三个小娃娃，两个已经死了，还有一个活的，被你压住了腿子。"

我猛地一下蹦了起来，我一心想冲出这个中了魔的花园。她从身后用力揪住我的衣服，不让我走，她甚至来扫我的腿，想让我跌倒。

"你看花嘛，看花嘛！让你看你又不看了。"

委屈的眼泪夺眶而出，透过泪眼，我看到满天都是硕大的玫瑰花在旋转。于是我渐渐地安静下来了，就那样傻傻地站在那里观看。女孩悄悄地将一节软绵绵冷冰冰的东西塞到我手里，要我抓住，我慌乱地扔开那东西，拼命甩手，我感到有液体沾在手上了。

"你为什么这么紧张啊，那是一节树枝！"她说。

风停了，玫瑰花缓缓地落到草地上，这里一朵，那里一朵，活生生地抖动着。我将手掌放到眼前用力看，终于看清了，上面干干净净的，什么脏东西都没有。于是我全身松弛下来，小心翼翼地挪动脚步，免得踩着了美丽的玫瑰花。女孩的声音在我耳边响起，柔软而坚硬，热切而冷漠，那么怪异的声音——

"高岭的贫民窟里，有女孩死去了，就在医院旁边，医院里有玫瑰花坛……嘘，静，静！我们走出来了，你看，这是那个墙洞。"

我和女孩走在炽热的柏油马路上，黄昏快要降临，卖冰棍的老女人回家了。

我们在路口分手，双方都对对方的存在感到吃惊。

图书在版编目（CIP）数据

趋光运动：回溯童年的精神图景 / 残雪著. —长沙：湖南文艺出版社，
2017.2（残雪作品典藏版）
ISBN 978-7-5404-7895-7

Ⅰ.①趋… Ⅱ.①残… Ⅲ.①散文集－中国－当代
Ⅳ.①I247

中国版本图书馆CIP数据核字（2016）第315479号

趋光运动:回溯童年的精神图景
QUGUANG YUNDONG:HUISU TONGNIAN DE JINGSHEN TUJING

残雪　著

出 版 人：曾赛丰
责任编辑：陈小真
责任校对：彭　进
装帧设计：弘毅麦田
湖南文艺出版社出版、发行
（湖南省长沙市东二环一段508号　　邮编：410014）
网址：www.hnwy.net
湖南省新华书店经销
湖南省众鑫印务有限公司印刷

2017年2月第1版第1次　　2019年10月第2次印刷
开本：880 mm×1230 mm　　1/32
印张：15
字数：308 千字
印数：8，001-15，000
书号：ISBN 978-7-5404-7895-7
定价：58.00元

本社邮购电话：0731-85983015
若有印装质量问题，请直接与本社出版科联系调换